은해상단 막내아들 28

초판 1쇄 발행 2025년 9월 23일

지은이 ㅣ 향란
발행인 ㅣ 최원영
편집장 ㅣ 이호준
편집디자인 ㅣ 박민솔
영업 ㅣ 김민원 조은걸

펴낸곳 ㅣ ㈜ 디앤씨미디어
등록 ㅣ 2002년 4월 25일 제20-260호
주소 ㅣ 서울시 구로구 디지털로32길 30 코오롱디지털타워빌란트 1301-1308호
전화 ㅣ 02-333-2513(대표)
팩시밀리 ㅣ 02-333-2514
E-mail ㅣ papy_dnc@dncmedia.co.kr
블로그 ㅣ blog.naver.com/gnpdl7

ISBN 979-11-364-6434-7 04810
ISBN 979-11-364-4602-2 (SET)

28

향란 신무협 장편소설

PAPYRUS ORIENTAL FANTASY

은해상단 막내아들

PAPYRUS
파피루스

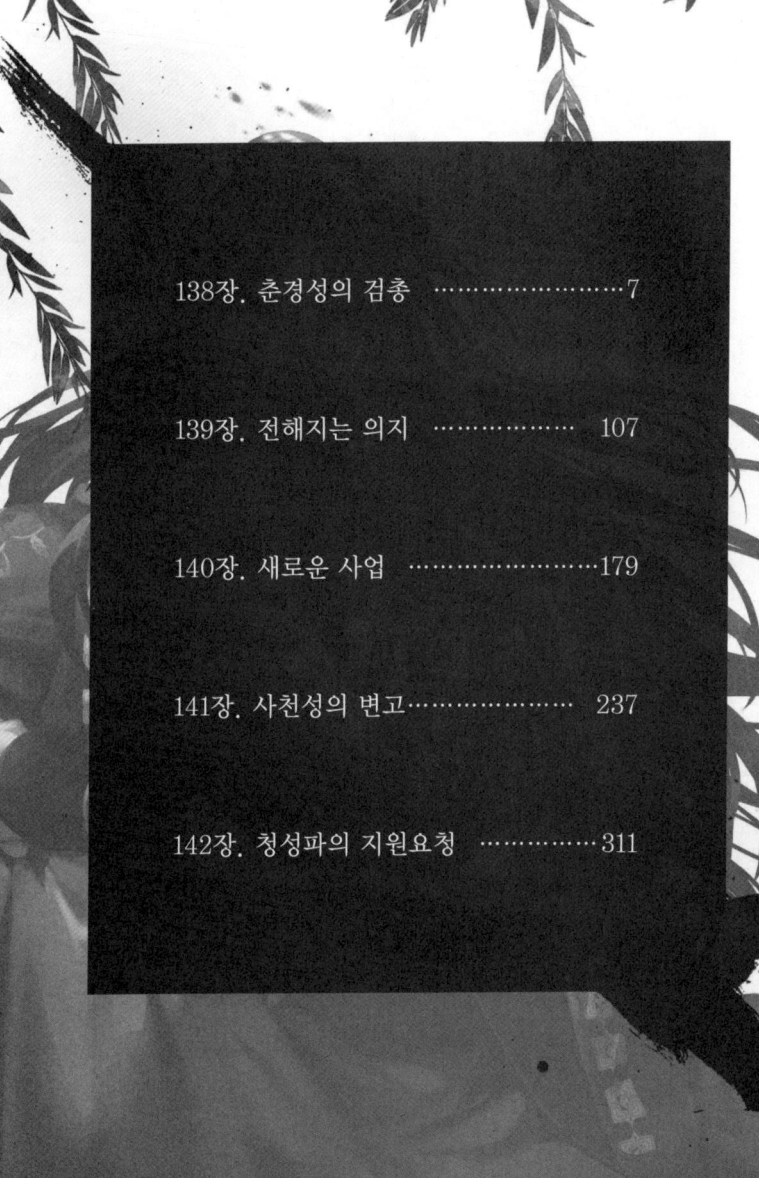

138장. 춘경성의 검총

춘경성의 검총

이번 은해상단 낙양지부의 확장을 위해서는 이곳저곳 기름칠을 해 둘 필요가 있었다.

가장 먼저 찾아가야 할 사람은 맹주님이다.

후…… 가기 싫지만 어쩔 수 없지.

이 낙양에서는 다른 사람을 백 명 만나는 것보다 맹주님을 한 번 만나는 게 더 효과가 좋으니까.

나는 이필 무사를 보내어 약속을 잡게 했다.

워낙 바쁜 분이니, 미리 약속을 잡아놔야 이번 달 안에 만날 가능성이 높아지니까.

게다가 이제 일 월.

연초라 바쁜 달이다.

이번 동지 때 우리 은해상단의 순위는 상승했다.

십칠 위.

지난번에 이십 위였던 것을 생각하면 세 단계가 올라간 것이다.

외국과의 교역을 비롯해서 우리가 인수한 주조장의 반응이 좋았던 일 등이 반영된 결과다.

나를 비롯해서 상단 사람들이 열심히 하는 것에 비해서 느리게 올라가는 것처럼 보일 수도 있지만, 내실을 다지며 차근차근 올라가는 것이라 만족스럽다.

지난 삶에서와 지금을 비교했을 때 내실 면에서는 완전히 달랐다.

그땐 성장 위주였기에 내실을 잘 다지지 못했고, 그래서 다른 상단의 견제에 제법 힘들었지.

그 누구의 견제를 받더라도 흔들리지 않을 정도로 단단하게 준비해서 올라가야 한다.

그래야 진정한 천하제일상단이 될 수 있으니까.

또한 지금 겉으로 드러나지 않은 것들이 진가를 발휘할 순간이 다가오고 있었다.

"주군. 저 이필입니다."

"네. 들어오세요."

객실의 문이 열리고 이필 무사가 들어왔다.

"맹주님과 만남을 요청하고 왔습니다."

"수고하셨습니다."

이제 연락을 기다리면 되겠군.

맹주님은 무척 바쁜 분이기에 만나고 싶은 사람은 미리 만나고 싶다고 요청해야 했다.

그러면 일정을 관리하는 곳에서 맹주님과 일정을 논의한 후 언제 만날 수 있을지를 알려 준다.

이필 무사가 나가고, 나는 한숨을 내쉬었다.

"왜 한숨이세요?"

서향 소저의 걱정스러운 물음에 나는 가볍게 웃었다.

"아직 가야 할 길이 멀다는 생각이 문득 들었습니다만 괜찮습니다. 아직 이 정도로 지칠 제가 아니니까요."

"그래도 잠은 제때 주무세요."

"네. 알겠습니다."

그때 서향 소저가 잠깐 멍해지다가 이내 나를 보며 웃었다.

"왜 그러십니까?"

"생각보다 일찍 뵙네요."

"……네?"

이거, 빠르게 만남이 잡힐 모양이네?

젠장, 아직 준비가 안 되었는데…….

다음 날.

아침을 먹은 후 객실에서 일을 하고 있는데, 팔갑이 나를 불렀다.

"도련님! 손님이 오셨습니다요."

"손님?"

"예. 무림맹에서 오셨습니다요. 지금 객잔의 일 층에 모셨습니다요."

나는 즉시 문을 열고 일 층으로 내려갔다.

그곳에는 내가 알고 있는 인물이 차를 마시며 나를 기다리고 있었다.

일전에 금불상이 사라진 일을 조사한다며 나를 데리러 왔던 무림맹의 호정대 소속 왕구 조장이다.

"소상이 왕 조장을 뵙습니다."

내 공손한 인사에 그가 마주 인사했다.

"너무 과하게 예를 갖추지 말아 주십시오. 선협미랑 대협께 그런 예를 받으면 사람들이 저를 손가락질할 겁니다."

"무림의 질서를 위해 애쓰시는 분에게 당연한 예입니다."

"그리 말씀해 주시니 감사합니다. 하하하."

그렇게 분위기를 부드럽게 만들고 물었다.

"이곳까지는 어인 일입니까?"

"맹주님께서 부르십니다."

서향 소저 덕분에 예상은 했지만, 진짜냐?

하지만 나는 깜짝 놀라는 표정으로 물었다.

"네? 맹주님께서 말씀입니까?"

"맹주님께 접견 신청을 하지 않았습니까?"

"그건 그렇습니다만, 저는 적어도 보름 정도는 지나야 가능할 거라고 생각했습니다."

"하하하. 무림의 영웅이신 선협미랑 대협을 어찌 보름이나 기다리게 하겠습니까?"

"맹주님께서는 공사가 다망하신 분이라 이미 약속이 많지 않습니까?"

"괜찮습니다. 만약을 위해서 일정을 조금씩은 비워 놓으시니까요."

"그럼 다행입니다."

"지금 시간이 되시면 가시지요. 아니면 제가 좀 기다리겠습니다."

마음 같아서는 기다리라고 하고 싶었지만, 그랬다가는 앙심을 품거나 속으로 투덜거릴 게 분명하지.

"그럼 얼른 채비만 하고 내려오겠습니다."

만남을 요청한 지 하루 만에 만나게 되었다.

서향 소저가 아니었으면 정말 많이 당황할 뻔했네.

마음의 준비를 할 시간도 가지지 못하고 말이야.

나는 얼른 채비를 한 후 내려왔고, 왕 조장을 따라 무림맹으로 향했다.

그리고 안내를 받아 맹주의 접빈실로 들어갔다.

"소상 은서호, 맹주님을 뵙습니다."

"허허, 반갑네. 자리에 앉게."

"감사합니다."

우리는 서로 마주 보고 앉았고, 하녀가 따뜻한 차를 따라 주었다.

맹주가 푸근한 미소를 지으며 물었다.

"그래, 그간 잘 지냈나?"

"덕분에 무탈하게 잘 지냈습니다."

"움직임을 보니 다리는 다 나은 듯하군."

저번 무림대연회 때 화재 현장에서 사람들을 구하다가 다친 일을 말하는 거군.

"네. 거의 다 회복되었습니다. 아직 무리하면 안 되지만, 일상생활을 하는 데 지장은 없습니다."

"그래도 다행이군."

"사실, 죄송한 마음입니다. 무림대연회 때 저에게 기회를 주셨는데 그 기회를…… 제 부주의로 날려 버려 송구한 마음을 금할 수 없습니다."

나는 고개를 숙였다.

그러니까 왜 나를 추천해서 귀찮게 하십니까?

이에 맹주가 허허 웃었다.

"아닐세. 어쩔 수 없던 일 아닌가? 이전에 내가 전했듯이 괘념치 말게나."

"이해해 주시니 감사할 따름입니다."

내가 이렇게 재차 사과를 하는 건, 높은 위치에 있는 사람일수록 자존심이 강하고 쪼잔한 경우가 많기 때문이다.

그리고 맹주가 내게 좋지 않은 감정을 가지게 되면 정말 피곤하니까.

"그래, 오늘은 무슨 일로 만나자고 했나?"

"우선 이것을 받아 주십시오."

나는 다탁 위에 가지고 온 예물을 올려놓았다.

"이게 무엇인가?"

"제가 이번에 해남도에 다녀오면서 준비한 것입니다."

"해남도에? 그렇게 멀리까지 말인가?"

"네. 사업상 볼일이 있었습니다."

나는 그리 말하며 맹주의 눈빛을 살폈다.

그는 이미 내가 해남도에 다녀왔다는 것을 알고 있을 가능성이 높다.

그렇기에 이를 의도적으로 숨긴다면 나에 대한 의심이 다시 생길 게 분명하다.

이제 겨우 나에 대한 관심과 의심을 거둔 것 같은데 그러면 안 되지.

하여 나는 일부러 이를 숨기지 않은 것이다.

"맹주님께서 차를 즐기시는 게 생각이 나서 그 지역의 특산물인 고정차를 가져왔습니다."

나는 직접 상자를 열어 잘 포장된 차를 보여 주었다.

"이거 상등급이군!"

"네. 맹주님께 드릴 선물이기에 신경 써서 골랐습니다."

"아주 좋아 보이는군. 잘 마시겠네."

맹주는 흡족한 얼굴로 선물을 받아 옆에 놓았다.

"그래, 다른 할 이야기는 무엇인가? 이 선물만 주기 위해서 나를 보자고 하지는 않았을 텐데."

이제 본론이군.

"사실, 저희 은해상단이 이번에 낙양의 지부를 좀 확장하려고 합니다."

"지부를?"

"네. 기존의 낙양 지부가 너무 작아서 거래를 늘리기가 어렵습니다."

"하긴 그도 그렇겠군. 확장할 부지는 마련했나?"

"네."

내가 이번에 매입한 부지를 말하자, 맹주가 고개를 갸웃했다.

"내 기억대로라면 그곳은 귀신 들린 장원이 있는 곳 아닌가?"

"맞습니다."

"그런데 어찌 그곳을?"

"마땅한 부지가 없었습니다."

"그렇긴 한데, 기존 지부의 주변 땅을 매입하는 방법도 있지 않나?"

"말씀대로 그것도 방법입니다만, 그러기에는 돈이 너무 많이 듭니다."

나는 말을 이었다.

"저희 은해상단이 요즘 성장하고 있다고는 하지만 지부 확장을 위해 큰돈을 투자할 정도의 여유가 없습니다."

"하긴 사려는 사람 쪽이 급하면 비싸게 사야 하는 법이지."

"맞습니다. 그래서 다른 부지를 찾던 중에 그 부지를 싼 값에 살 수 있다는 말에 구입하게 되었습니다."

이 정도면 경계심이 좀 누그러지겠지.

"뭐, 내가 상단의 사정까지 왈가왈부할 수 있나. 다만 걱정이 되는군."

"그래도 위안이 되는 건 그 귀신으로 인해 사람이 죽은 일은 없다는 것입니다."

그렇다.

처음 몰살당한 장주와 그 식솔을 제외하고는 사망자는 없지.

부상자는 있지만 그건 놀라서 넘어져 다친 거고.

"게다가 맹주님께서 계시는 낙양인데 무슨 걱정이 있 겠습니까? 하하하."

내 말에 순간적으로 살짝 맹주의 얼굴이 떨떠름해졌다.

그곳은 무림맹의 실패이자 치부이니까.

나는 그걸 알면서도 이렇게 맹주의 속을 한 번 긁어 준 것이고.

아, 속이 좀 시원해지네.

"그…… 그렇지."

"그럼, 잘 부탁드립니다."

그렇게 맹주와 만남을 가진 나는 무림맹을 나왔다.

그나저나 내가 혼인한다는 소식을 모르지 않을 텐데도 그에 대해서 말하지 않는 것을 보니, 이제는 내게 큰 관 심이 없음을 알 수 있었다.

다행이군.

그리 달갑지도 않은 관심이었으니까.

맹주에게 허락을 받았으니 이제 공사를 시작하면 되겠군.

하지만 그 전에 해야 할 일이 있다.

나는 객잔으로 향해 서향 소저를 데리고 이번에 구입한 부지로 향했다.

그 담비와 대화하기 위해서는 서향 소저의 도움이 필요했기 때문이다.

그 장원에 도착한 나는 서향 소저에게 그 담비를 찾아 달라고 부탁했다.

그녀는 금세 담비를 찾았다.

"저기 있네요. 이리 온."

곧 그녀의 품에 담비가 안겼고, 나도 담비를 볼 수 있게 되었다.

"안녕."

내 인사에 담비가 꼬리를 흔들었다.

"우리가 이 땅을 샀거든. 그래서 곧 이곳에 우리 은해상단의 지부 건물을 세울 거야."

"삐익. 삑!"

담비의 말에 내 옷소매 안에 있던 금령이 나와 나에게 말했다.

"꾸이! 꾸이!"

"그러니까, 그 맥을 막는 짓만 하지 않으면 자신은 아무 상관 없다고?"

담비는 고개를 끄덕였다.

"알았어. 그건 유념하도록 할게."

나는 그렇게 약속하면서 담비를 유심히 살폈다.

분명히 눈으로 보이는데도 전혀 기운이 느껴지지 않는다.

그리고 금령이가 이 녀석을 보고 대화를 할 수 있는데도 지하에 숨겨진 보물의 냄새는 맡지 못했지.

이에 나는 한 가설을 세웠다.

이 맥에서 흘러나오는 정순한 기운에 담긴 성질 때문이 아닐까 하는 것.

땅에 흐르는 정기의 맥은 그 맥마다 고유한 성질이 있다.

부드러운 성질, 청명한 성질, 날카로운 성질 등.

그리고 그 자리에 자리 잡은 문파나 무가의 무공은 그 성질을 띠고 있지.

우연이라기에는 공교롭다.

그러니까 지금까지의 현상으로 보아 이곳의 맥의 성질은 은신이겠지.

덕분에 이곳이 맥이라는 것도 사람들이 모르고 있었던 것이다.

나 역시 직접 운기조식을 할 때까지도 몰랐으니까 뭐.

전대 설풍궁주님께서는 알아차리신 것 같지만.

그렇다면 이걸 활용해야지.

이곳을 지키는 영물이라면 그와 관련한 능력을 사용할 수 있을 거다.

"그래서 말인데 혹시 이 장원 부지와 건물들의 존재감을 조금 옅게 해 줄 수 있을까?"

"삐익?"

금령이가 전해 주지 않아도 뭐라고 하는지 알 것 같았다.

그러니까 "내가 왜 그래야 하느냐?"는 의미겠지.

그건 즉, 가능하다는 의미이기도 하고.

"내가 이곳의 맥을 막고 있던 금벽돌을 치워 준 거 기억하지?"

"……."

"영물이 되어서 은혜도 모르면 쓰겠어?"

"삐이이……."

"꾸이."

"귀찮다고? 그러면 다시 금벽돌로 쫙 깔까? 아! 이왕 까는 거 이 바닥 전체를 쫙 깔아 버려야겠다. 그럼, 반짝반짝 빛나고 흙도 안 묻고 좋겠네."

"……."

내 말에 담비의 귀가 쫑긋 서고, 꼬리도 빳빳해져서 부들부들 떨었다.

상상만 해도 싫다는 듯.

"그래서 부탁, 들어줄 거야?"

내 물음에 담비는 격렬하게 고개를 끄덕였다.

짜식, 진작 부탁을 들어줬어야지!

그리고 이미 약점을 들킨 이상, 협상에서 우위에 있는 건 나다.

내가 그런 부탁을 한 이유는 조금이라도 우리 은해상단이 눈에 덜 띄기 위해서다.

앞으로 내 행보가 눈에 띄게 될 텐데, 이렇게라도 무림맹의 눈을 가려야 할 것 같아서 말이지.

．

．

．

다음 날.

내가 구한 인부들이 장원을 치우기 시작했다.

우선 주변의 풀을 제거하고 건물을 청소하고 보수하는 작업이 필요했기 때문이다.

귀신 들린 곳이라고 해서 일하려고 나서는 자가 없었지만, 상당한 양의 보수를 약속하자 금세 인부들을 모을 수 있었다.

역시 귀신보다 무서운 게 돈이지.

날씨가 춥기는 했지만 땅을 파거나 하는 일이 거의 없기에 일은 순조롭게 진행되었다.

장원 건물은 장주와 그 식솔들이 몰살당한 후 다시 지어진 건물이다.

하여, 사람이 산 기간은 그리 오래되지 않았기 때문에 많이 낡지는 않았다.

원래 사람이 살지 않으면 쇠락하는데, 아무래도 이곳의 기운이 그걸 막은 듯했다.

여러모로 괜찮은 땅을 구해서 뿌듯하네.

그나저나 이번에 발견한 지도가 계속 마음에 걸린다.

춘경성의 검총을 표시한 것과 검총을 탐색하기 위한 밑작업이 적혀 있었지.

춘경성을 독립된 나라로 만들어 제국의 시선이 닿지 않

도록 하는 것이 목표였다.

그것이 실패했을 경우 춘경성을 철저하게 파괴시켜 그 누구도 관심을 두지 않도록 하는 것이 차선책이었다.

그 어느 쪽이든 제국의 눈에 띄지 않는 상황에서 검총을 탐색하기 위한 것이다.

이를 위한 밑 작업이 시간이 걸리지, 정작 탐색에는 그리 오랜 시간이 필요 없다.

그러니까 황제가 춘경성의 일이 잘못되었음을 깨닫고 위령제를 지내려 왔을 땐 이미 일이 끝난 상황이었을 터.

이번에는 내가 개입하여 춘경성은 무사할 수 있었다.

하지만 그렇다고 저들이 이걸 포기할까?

그럴 리가.

분명히 다시 수를 쓸 거다.

문제는 그걸 어떻게 막느냐인데…….

저들의 개수작을 막으려면 그 검총을 누구든 먼저 탐색해서 효용가치를 떨어트려야 한다.

그래야 춘경성이 안전하다.

그리고 그 검총은 혈곤성승의 검총처럼 가짜가 아닌, 진짜 검총 같았다.

그걸 저들에게 넘겨주는 건 정말 아깝다.

하지만 그런 대규모의 탐색을 위해서는 사람이 제법 많이 필요했다.

그것도 배신하지 않을 자들이.

그렇다면 방법은 하나다.

황제를 끌어들이는 수밖에.

.

.

.

나는 낙양 지부로 향했다.

"어서 오십시오."

낙양지부의 지부장인 은중선이 직접 나와 나를 맞아 주었다.

그 역시 은씨 성을 가진 먼 친척인데, 안타깝게도 몇 년 뒤에 명을 달리한다.

사인은 병사.

치료를 시작했을 땐 이미 늦었다.

이번에는 그렇게 되지 않게 막아야지.

그가 병사하지 않고 계속 낙양의 지부장을 맡아 주어야만 한다.

이전 삶에서 그의 후임이었던 새로운 낙양지부장이 은 해상단의 정보를 백천상단에 팔아넘겼기 때문이다.

우리가 그걸 파악하고 그를 잡으려고 했는데, 백천상단에서 이를 눈치채고 먼저 제거해 버려 죄를 물을 수도 없었지.

그런 일이 벌어지지 않게 하려면 은중선 지부장의 병을 미리 치료하는 것이 여러모로 최고의 방법이다.

"지부장님. 이사 갈 준비는 다 된 것입니까?"

"네. 어느 정도는 준비되었습니다."

"그럼 일전에 말씀드린 대로, 내일부터 새로운 지부로 이사하시면 됩니다."

내 말에 지부장이 조심스레 물었다.

"저…… 진짜 괜찮은 겁니까? 그곳은 귀신 들린 장원이라서……."

그 역시 낙양에서 살고 있기에 그곳의 악명은 익히 들어 봤을 테니까 우려를 표하는 거다.

"이번에 그곳을 치우고 고치던 이들이 귀신을 봤다고 하던가요?"

"그, 그건 아닙니다만……."

"걱정 마십시오. 제가 직접 며칠을 지내면서도 귀신을 본 적은 없었습니다."

작은 담비 영물을 봤을 뿐이지요.

"아마도 그곳에 있던 귀신이 다른 곳으로 옮겨 간 듯합니다. 아니면 흑백무상이 데리고 갔든지요. 저희에게는 행운이지요."

내 말에 지부장은 고개를 끄덕였다.

"소단주님께서 그리 장담하시니 믿겠습니다."

"솔직히 이곳보다 그곳에서 머무시는 것이 훨씬 좋을 겁니다. 위치도 좋고, 시설도 더 넓고 쾌적합니다."

그 장원만 하더라도 이곳 낙양지부보다 열 배는 더 넓다.

"그러니 이번 겨울, 그곳에서 지내십시오. 그리고 날이 풀리면 본격적인 공사에 들어가겠습니다. 아마 증축 정도로 생각하면 될 겁니다."

"알겠습니다. 말씀하신 대로 준비하겠습니다."

"그리고 저는 이제 북경으로 가 봐야 할 듯합니다."

"벌써 말입니까?"

"네. 제가 할 일은 다 끝났으니까요. 이제 다음 일을 하러 가 봐야지요."

"알겠습니다."

"그리고……."

나는 바깥을 향해 말했다.

"의원님! 들어오십시오."

그 말에 문이 열리고 내가 데리고 온 의원이 안으로 들어왔다.

"소단주님, 갑자기 의원은 왜……?"

"지부장님의 안색이 좋아 않아서 염려되는 마음에 제가 초빙한 의원입니다."

"의원이라면 저희 지부에도 있지 않습니까?"

은해상단의 대표적인 복지 중 하나인데, 각 지부에는 본단의 의각에서 파견한 의원이 상주하고 있었다.

"저도 압니다."

그리고 그 상주 의원은 매달 모든 지부의 이들을 정기적으로 진찰한다.

그런데도 은중선 지부장이 병을 뒤늦게 깨닫고 병사했다는 것은 의원 역시 누군가와 한패라는 의미지.

그리고 그 의원은 지부장이 병사하기 얼마 전에 미리

퇴사했다.
한몫 챙겨서 뜬 거지.
그래서 후임으로 이곳에 온 의원이 지부장의 병세를 파악했지만 이미 늦은 일.
나는 부드럽게 말했다.
"그래도 때론 다른 의원의 진맥을 받는 것도 나쁘지 않지요. 그리고 이분은 이 낙양에서 소문난 명의이십니다. 지부장님도 잘 아시죠?"
"물론입니다."
"그러니까 진맥 한 번 받아 보시죠."
내 설득에 그는 고개를 끄덕였다.
"잘 부탁드립니다."
"허흠, 우선 혀를 내밀어 보십시오."
의원은 지부장의 눈과 혀를 살펴보고는 고개를 갸웃하며 진맥을 시작했다.
맥을 짚은 그의 표정이 점점 굳어지자, 지부장이 걱정스럽게 물었다.
"무슨 문제라도 있는 겁니까?"
"후…. 이거, 이대로 치료하지 않고 있었으면 위험했을 겁니다."
"네?"
"간장 쪽에 문제가 있습니다."
"저희 상단의 상주 의원은 아무 이상 없다고 했습니다만……."

"어디 돌팔이가 의원 행세를 하고 있나 보군요. 이 증상인데도 병을 잡아내지 못하다니 말입니다. 쯧쯧. 내 제자가 이랬으면 당장에 절굿공이로 등짝을 갈겼을 겁니다."

"……."

은중선 지부장이 입술을 깨물었다.

지금까지 이 낙양 지부를 이끌어온 분이다. 그런 분이 지금의 상황이 무슨 상황인지 알아차리지 못하셨을 리가 없지.

"그럼, 치료는 가능합니까?"

"아직은 그리 늦지 않았습니다. 조금 시간은 걸리겠지만, 완치에는 문제 없습니다."

"다행이군요. 그럼, 부탁드립니다."

나도 한마디 덧붙였다.

"치료비는 신경 쓰지 말고 좋은 약재로 잘 치료해 주십시오."

이에 의원이 고개를 끄덕였다.

"알겠습니다. 그러면 필요한 약재를 좀 챙겨 오도록 하죠."

"아닙니다."

지부장이 고개를 저었다.

"번거롭게 그러실 필요 없이, 제가 직접 찾아가겠습니다."

"그러시다면 저야 좋습니다. 준비하시고 오시면 됩니다."

그렇게 의원은 돌아갔고, 접빈실에는 나와 지부장만이

남았다.

　잠시 침묵이 감돌았고, 먼저 그 침묵을 깬 자는 지부장이었다.

　"소단주님. 언제부터 눈치채셨습니까?"

　"무엇을 말입니까?"

　"제가 아프다는 것 말입니다."

　"얼마 전에 알았습니다. 그런데 지부장님 본인은 잘 모르시는 것 같아서 지부의 의원에게 넌지시 떠봤는데, 그는 대수롭지 않게 대답하더군요. 혹시나 해서 다른 의원을 초빙해 본 것입니다."

　"……죄송합니다."

　"괜찮습니다. 빨리 나으시면 됩니다."

　그는 내 말에 잠시 침묵하다가 입을 열었다.

　"소단주님, 방금의 '이 지부의 의원에게 넌지시 떠보셨다'라는 말씀은 이미 다른 것도 눈치채신 것 아닙니까? 본 지부의 의원이 제 병을 의도적으로 방치했다는 것 말입니다."

　"……."

　"제 관리 소홀로 소단주님을 신경 쓰이게 해서 죄송하다는 의미였습니다. 그리고 이번 일은 제가 처리하고 싶습니다. 허락해 주십시오."

　이에 나는 부드럽게 말했다.

　"이 낙양지부의 지부장은 은중선 지부장이십니다."

　내 말뜻을 알아차린 그가 대답했다.

"감사합니다."

"그럼 저는 예정대로 내일, 북경으로 돌아가겠습니다. 치료 잘 받으십시오."

"네. 알겠습니다. 곧 보고 올리겠습니다."

나는 자리에서 일어났다.

여기까지 했으면 알아서 잘 처리할 거다. 은중선 지부장은 그럴 만한 능력이 있는 분이니까.

이 일로 인해 마음에 상처를 받으시겠지만, 은중선 지부장님도 제법 산전수전을 많이 겪으셨던 분이니까.

그리고 직접 해결하셔야 하는 문제기도 하다.

비가 온 뒤에 땅이 굳는다는 말처럼 낙양지부가 이 일을 통해 더 뭉쳐야 한다.

그래야 백천상단을 비롯한 다른 상단의 방해나 꼬임에 흔들리지 않을 테니까.

다음 날.

나와 일행은 북경으로 향했다.

아무래도 내가 손에 넣은 춘경성 검총에 대한 일을 빨리 처리해야 할 것 같았기 때문이다.

또한 시기도 지금이 적합하다.

춘경성은 운남에 있기에 봄이 넘어가면 돌아다니는 것만 해도 힘들고 지친다.

물론 나는 덥거나 추워도 활동에 문제가 없지만, 함께 움직이는 다른 사람들은 그렇지 않으니까.

나는 북경에 도착하자마자 이필 무사를 보내 진영 대협에게 방문을 요청했다.

다행히 그날 저녁 진영 대협이 찾아왔다.

"대협을 뵙습니다."

"낙양에 다녀온다고 하지 않았나? 그런데 벌써 온 것인가?"

나는 고개를 끄덕였다.

"네. 매우 중대한 일이 생겨서 급히 황제 폐하를 뵙기 위해 부랴부랴 올라왔습니다."

"그런가? 그럼 어서 가지."

"네."

그렇게 우리는 황궁으로 향했고 황제를 알현했다.

극상의 예를 올린 나에게 황제가 물었다.

"표정을 보니 뭔가 심각한 일이 있는 듯한데…… 무슨 일이냐?"

이렇게 단도직입적으로 물어봐 주시니 고맙군.

나는 품에서 두루마리를 꺼내며 말했다.

"우선, 이것을 봐 주십시오."

이에 태감이 나에게 다가와 두루마리를 쟁반에 담아 그것을 황제에게 내밀었다.

황제는 두루마리를 펼쳤다.

"음……."

그리고 그 내용이 심상치 않다는 것을 알아차린 듯 굳

을 얼굴로 말했다.

"이것에 대해 설명하라."

"네."

나는 얼른 자초지종을 설명했다.

"이번에 제가 낙양에 갔던 건 은해상단의 낙양지부를 확장하기 위한 부지를 마련하기 위해서였습니다. 그리고 저는 귀신 들린 장원이 있는 부지를 구매했습니다."

"귀신 들린 장원이라는 그곳, 제법 유명하지 않나?"

"맞습니다."

황제도 그곳에 대해 아시는군.

"대체 무슨 생각으로 그곳을 산 것이냐?"

나는 최대한 있는 그대로를 전달했다.

다만 그곳이 정순한 기운이 흐르는 맥이 위치해 있고, 그곳을 지키던 귀신이 사실은 담비 영물이었다는 것 등은 말하지 않았다.

"우선 위치가 매우 좋고, 가격도 매우 쌌습니다. 그래서 며칠 정도 들어가 지내보았는데, 별다른 일이 생기지도 않았습니다. 그래서 그곳을 구입하게 되었습니다."

나는 차분하게 말을 이었다.

"하지만 오래 방치된 곳이라 여러 곳을 수리해야 했는데, 그 와중에 그것을 발견하게 되었습니다. 그 내용이 심상치 않아 곧바로 북경으로 올라온 것입니다."

"확실히 네 말대로 이건 심상치 않은 물건이다. 이걸 작성한 놈들은 이미 오래전부터 춘경성의 검총을 노리고 그 천인공노할 짓거리를…… 후우."

심호흡을 하시는 것을 보니, 상당히 화가 많이 나셨다는 의미다.

"이 천인공노할 계획을 실행했다는 의미군."

"저 역시 그리 생각합니다."

"이걸 보니, 새삼 네놈에게 고맙다는 마음이 드는구나. 네가 아니었다면 춘경성에서 끔찍한 일이 벌어졌을 터이니까."

이를테면 고문을 받던 주현 황자가 죽는, 그런 일 말이다.

톡, 톡, 톡.

황제는 손가락으로 팔걸이를 두들기며 생각에 잠겼다.

톡.

한 식경쯤 지났을까, 드디어 손가락이 멈추었다.

"내 너에게 묻겠다."

"하문하시옵소서."

"지금 한가하냐?"

"……네?"

나는 순간 반문했지만, 이내 황제가 그리 묻는 저의를 알아차렸다.

"저는 그저, 폐하께서 명하시면 어디든 갈 준비가 되어 있습니다."

춘경성의 검총을 탐색하는 일에는 나도 꼭 포함될 필요가 있었다.

그 안에서 발견되는 것을 확인하면, 지난 삶에서 있었던 일에 대한 의문이 풀릴 수도 있었으니까.

그리고 솔직히 궁금했다.

대체 어떤 곳이기에 혈교에서 그렇게 기를 쓰고 춘경성의 검총을 탐색하려고 하는지 말이다.

그러는 사이 황제의 하문이 이어졌다.

"네가 볼 때 이 춘경성의 검총을 탐색하는 데 몇 명이나 필요하다고 보느냐?"

"백 명 정도면 충분합니다. 너무 많은 수는 오히려 방해가 될 가능성이 높습니다."

"단순히 무력을 가진 이들만 말하는 것은 아니겠지?"

"맞습니다. 함정 전문가나 기관진식 전문가를 포함해서 그 정도입니다."

"알겠다. 이만 가 보도록 해라."

네?

"뭐 하느냐? 안 나가고?"

명백한 축객령이고 더 이상 말을 붙일 핑계가 없다.

그래서 나는 예를 갖춰 인사한 후 조용히 물러났다.

음…….

황제가 고민할 것이 제법 많은가 보군.

.
.
.

북경지부로 돌아온 나는 평소와 같이 일을 하면서 하루

하루를 보냈다.

춘경성의 일에만 신경 쓰기에는 산적해 있는 일이 너무 많으니까.

"소단주님, 제갈 총관께서 오셨습니다."

"들라 하세요."

이번에 제갈천두 공자에게는 정식으로 총관이라는 직책을 주었다.

아직 무관이 건립되기 전이었지만, 무관의 총체적인 구성을 담당한 이가 직책이 없으면 일하기가 힘드니까.

무관이 건립된 후에는 총관 및 교관으로 일하게 될 예정이다.

"여기, 기본적인 뼈대를 구성해 왔습니다."

"고생하셨습니다. 그럼 여기에 맞는 교관들을 구하면 된다는 의미군요."

"네. 봄이 되면 본격적으로 건물이 올라갈 터이니 바빠지겠군요."

북경의 겨울은 춥다.

제국에서도 최북단에 가까운 지역이니 어쩔 수 없다.

그래서 한겨울이 되면 모든 공사가 중지되는데, 그건 무관 역시 마찬가지다.

봄이 되면 바빠질 것은 불 보듯 뻔했다.

그렇기에 운남성 춘경성에 갈 수 있는 건 봄이 오기 전이다.

전에 황제를 뵈었을 때는 당장이라도 "사람을 보내어

춘경성의 검총을 탐색하도록 해라."라고 명할 것 같았는데 말이야.

혹시 진짜 춘경성에 검총이 있는지 확인하고자 하심인가?

아니면 인선 문제?

그런 의문이 들기는 했지만 이내 접어 두었다.

다른 사람도 아니고 황제 폐하가 하시는 일이니 알아서 잘 하시겠지.

이전에도 말했지만 황제 폐하가 두려운 것과 별개로 일을 맡겨야 하는 단 한 사람을 고른다면 황제 폐하를 고를 정도로 대단하신 분이니까.

그렇게 약 보름 정도 시간이 지났다.

그사이 나는 아버지와 금령을 통해 여러 차례 서신을 주고받았다.

낙양에 새로운 부지를 마련해서 이사를 시작했다든가, 봄에 추가로 증축할 예정이라든가, 북경의 무관 건립 진행 상황 등등.

아버지께서는 신뢰 가득한 내용이 적힌 답장을 보내 주셨다.

[귀신 들린 장원이라지만, 정말 귀신 들린 장원이라면 네가 그곳을 고르지 않았겠지. 무엇보다 사람을 가장 중요하게 여기는 네가 문제가 있는 곳을 고르지는 않았을 터.]

역시 아버지는 나를 잘 아신다.

[이번에 해남도로 용 선장과 사람들을 보냈고, 네 조언을 따라 설계한 설계도를 토대로 공사에 들어가기로 했다. 황궁에서 파견된 관리가 알아서 하라더구나.]

소문을 들었다면 그 관리도 알아서 몸을 사리겠지.
해남도는 추운 곳이 아니니 지금 공사를 시작해도 별 상관이 없다.
그곳에 지어질 해군기지와 은해상단의 정박지가 기대되네.
용 선장과 일행도 좋아하겠지.

[그리고 시간이 될 때 집에 들르거라. 네 혼사에 관해 의논해야지 않겠니?]

아버지의 말씀대로 슬슬 다녀오긴 해야지.
혼사에 관한 것도 금령을 통해 주고받을 순 있지만, 그래도 대면해서 이야기해야 하는 것도 있으니까.
"꾸이!"
나는 금령이에게 은자를 주었다.
은자는 제법 큰돈이지만, 사실 그 속도를 생각하면 이게 훨씬 싸게 먹히는 거다.
하지만 이건 금령이에게 비밀이지.

그때 팔갑의 목소리가 들렸다.

"도련님! 진영 대협께서 오셨습니다요."

드디어 때가 되었군.

.

.

.

나는 자리에서 일어나 밖으로 나갔다.

그리고 진영 대협이 기다리고 있는 접빈실로 향했다.

"소상이 대협을 뵙습니다."

"아! 늦은 밤에 미안하네."

"아닙니다. 이유가 있으니 이 밤에 오신 것 아니겠습니까?"

"이해해 주니 고맙군. 그럼 황궁으로 가세. 황제 폐하께서 부르시네."

"네."

잠시 후.

나는 황제 앞에 부복하고 있었다.

"고개를 들라."

"황은이 망극하옵니다."

"운남성에 다녀와라."

황제의 단도직입적인 말.

"네?"

내게 운남에 다녀오라고 명령할 것은 예상했지만, 이렇

게 다짜고짜 다녀오라고 말할 줄은 몰랐기에 나도 모르
게 반문하고 말았다.

"운남에 다녀오라고 했다. 춘경성 검총을 탐색하기 위
한 인원을 꾸렸다. 너도 보내줄 터이니 다녀오라는 거다."

"제가…… 말입니까?"

나는 모르는 척 고개를 갸웃했다.

여기서 "아이고! 감사합니다!"라고 하면 너무 속 보이
잖아.

그런 나를 보며 황제가 혀를 찼다.

"쯧쯧. 내가 너를 모르느냐? 가고 싶은 마음이 목구멍
까지 찼으면서 말이지."

젠장. 역시 황제다.

"험험, 그저 단순한 호기심이었을 뿐입니다."

"그래, 호기심이란 말이지……."

그리 말하며 웃으시는 것을 보니 괜히 간이 쪼그라드는
것 같았다.

"네 역할은 물자조달이다. 상인이니 그것이 가장 자연
스러울 것 같아서 말이지."

"물론입니다. 그럼 물자조달에 대한 제반 비용은 따로
협상을 하면 되는 겁니까?"

"뭐, 그렇지."

갑자기 떨떠름해진 표정의 황제.

"걱정하지 않으셔도 됩니다. 저도 정도를 압니다. 적당
히 남겨 먹겠습니다."

"기회를 놓치지 않겠다는 거군."

"소상은 상인입니다. 상인이 기회 앞에서 물러남이 있으면 어찌 돈을 법니까?"

"당돌한 새끼."

황제는 피식 웃으며 투덜거렸다.

사가에서나 쓸 법한 거친 말투였지만 그 입가에는 미소가 맺혀 있었다.

"그리고 비싸고 좋은 것이 있다면 다른 놈들 손 타기 전에 싹 가져와라."

"알겠습니다."

"그리고 검총을 탐색하는 와중에 불청객이 끼어들 거다. 그 불청객에는 높은 확률로 춘경성을 손에 넣기 위한 공작을 펼친 배후도 있을 터. 그러니 그들에 대해 알아오도록 해라."

"명을 받들겠습니다."

"후우…… 그래. 나머지는 진영에게 듣거라."

황제는 손을 저어 축객령을 내렸고, 나는 어전에서 물러났다.

그리고 진영 대협이 말했다.

"오늘은 늦었으니 이만 돌아가게. 나는 내일 아침 탐색대의 대주를 맡은 자와 함께 북경지부로 갈 터이니."

"알겠습니다."

나는 북경지부로 돌아왔다.

하지만 쉴 틈이 없었다. 즉시 북경지부의 지부장을 불러들였다.

그리고 이번 탐색에 필요한 물품에 대해 정리하고 시장가격도 알아보았다.

한몫 챙기는 것도 아무 준비 없이는 안 된다.

시장가격이 석 냥인데 두 냥을 부르면 손해니까.

그리고 구매하는 쪽이 원하는 물량을 우리가 준비할 수 있는지, 그리고 그 기한을 맞출 수 있는지 등.

일반적인 거래에서도 그런 것들을 꼼꼼히 챙겨야 하는데, 하물며 황실과의 거래인데 정신 똑바로 차려야지.

황제가 내게 이번 탐색대의 물자조달을 맡긴 것은 가장 자연스럽다는 이유도 있지만, 내가 그 두루마리를 가져다준 것에 대한 감사의 표시도 있었다.

일종의 백지수표랄까?

내 능력껏 가져가라는 거다. 그러니까 대가에 대해 말하지 않으신 것이기도 하고.

단, 욕심을 부리면 국물도 없겠지.

날이 밝았다.

만반의 준비를 하며 기다리고 있을 때 팔갑이 진영 대협 일행이 왔다고 알려 주었다.

나는 북경지부장과 서향 소저를 대동하고 접빈실로 향했다.

"소상 은서호가 대협들을 뵙습니다. 여기는 북경지부

의 지부장이며, 이쪽은 제 부관입니다."

"다시 보니 반갑네."

"네. 저도 반갑습니다."

진영 대협과 같이 온 이들 중에는 내가 아는 얼굴도 있었다.

일전에 감숙성 혈곤성승의 검총을 탐색할 때 만났던 권직 대협.

귀주 권가 출신이라고 했는데 알고 보니 금의위였지.

그리고 춘경성에 갔을 때도 함께 갔던 분이기도 하다.

춘경성에 갔던 적도 있고, 검총 탐색 경험도 있으니 황제의 인선은 어찌 보면 당연했다.

"그동안 잘 지냈나."

"물론입니다."

"얼마 전에 주루에서 근사하게 청혼을 했다는 소문이 자자하더군."

"부끄럽습니다."

나는 부드럽게 미소 지으며 말했다.

"그럼 이번에 권 대협께서 탐색대의 대주를 맡으신 것입니까?"

"그렇다네."

그는 고개를 끄덕이고는 옆 사람을 가리켰다.

"여기는 서임이라고 하네. 금의위의 재정을 담당하는 사람 중 하나지."

"처음 뵙겠습니다."

선이 고운 미청년인 그는 금의위 사람으로 보이지 않았지만, 겉으로만 판단해서는 안 되지.

그런데 왠지 묘하게 낯이 익은데? 어디서 봤었나?

그런 의문이 들었지만 일단 접어 두고 마주 인사했다.

"네. 처음 뵙겠습니다."

"그럼 앉지."

진영 대협의 말에 모두 자리에 앉았다. 그리고 권직 대협이 자세한 것을 설명했다.

"우선 사흘 뒤에 출발할 예정이네."

"그렇군요."

"여기, 우리가 필요한 것입니다."

서임 대협이 나에게 서류를 주었고, 나는 그 서류를 펼쳤다.

어디 보자…….

우선 백여 명의 인원이 운남까지 가면서 사용되는 식량 및 생필품이 많군.

내 예상과 다른 건 거의 없다.

그렇게 하나하나 품목을 살필 때 권 대협이 말했다.

"그것들이 사흘 뒤에 출발할 때까지 준비되었으면 하네."

"알겠습니다. 일단 식량은 사흘 치만 준비하겠습니다."

"그 이후는 이동하면서 조달할 생각인가?"

"네. 이를 위해 제가 동행하는 것 아닙니까? 중간 중간에 자연스럽게 물자를 보급하기 위해서 말입니다."

"그렇긴 하지."

"은해상단의 지부 근처를 지나가는 식으로 이동하면 제가 미리 그 지부에 연락해서 식량을 비롯한 물자들을 준비하도록 하겠습니다."

"그렇게 하게."

"그리고 지금 날씨가 날씨다 보니 털옷을 입고 가야 하는데, 운남에서는 이게 괜한 짐이 되지 않을까 합니다."

"사실 나도 그것이 고민이네."

이전에 함께 운남성 춘경성의 일을 해결했던 분이니만큼 말이 잘 통했다.

"그러면 호북성을 거쳐 가는 게 어떻겠습니까? 그곳에 저희 본단이 있으니, 물자를 조달하고 털옷을 맡긴 뒤에 배를 타고 올라갈 수 있습니다."

"괜찮은 방법이군."

좋아.

이걸 핑계로 잠시 집에 들러야겠군.

"털옷은 저희 상단에서 마련하는 것이니, 보관 정도는 무료로 해 드리겠습니다."

나는 빠르게 말을 이었다.

"여기에 빠진 물건이 좀 있습니다. 석회가루를 추가하십시오."

"석회가루?"

"네. 볼일을 본 후 석회가루를 뿌려 표시하게 하는 것이 좋습니다. 그리고 금창약이 떨어졌을 때 석회가루로 대신할 수도 있습니다."

내 설명에 그들은 고개를 끄덕였다.

"그럼 그것도 추가하지. 더 추가할 건 없나?"

"지금은 없습니다만, 추후에 생길 가능성이 있습니다."

"그럼 지금까지의 물자 비용은 얼마나 되나?"

"은자 육백 냥 정도입니다."

"헉! 그렇게 많단 말인가?"

내 대답에 권 대협이 놀란 표정을 지었다.

"아무래도 식량값이 아직 비싸지 않습니까. 설마 황궁의 일인데 제가 폭리를 취하겠습니까?"

그때 서임 대협이 끼어들었다.

"생각보다 많이 드는군요."

"아무래도 대인원이 움직이는 것이니까요."

그래서 대규모의 전쟁이 나라의 국운을 기울게 한다는 말이 있는 것이다.

백 명을 동원해도 이 정도인데 수만, 수십만 단위의 원정은 그 비용이 얼마나 들겠는가?

그러니 성군일수록 전쟁을 하지 않으려 애쓰는 것이기도 하다.

전쟁을 일으키는 것 자체가 돈이니까.

"게다가 그냥 이동하는 것도 아니고, 검총을 탐색해야하는 특수한 경우입니다. 그렇기에 여러 제반 준비가 더 필요합니다."

"그래도 너무 많군."

권직 대협의 말에 진영 대협도 고개를 끄덕였다.

"앞으로의 지출을 생각하면 이 지출은 좀 우려되는 상황이네."

"알겠습니다. 그러면 저희 쪽의 이문을 줄이겠습니다."

나는 잠시 생각에 잠겼다가 입을 열었다.

"은자 오백오십 냥으로 하겠습니다. 이 정도면 괜찮겠습니까, 지부장님?"

"네, 그 정도는 괜찮습니다."

이에 권직 대협이 서임 대협에게 물었다.

"어떤가? 적당한가?"

"네. 저도 적절한 것 같습니다."

"그럼 그렇게 하지."

그때 권직 대협이 나에게 물었다.

"그런데 이번에 춘경성에 갈 때 자네 부관도 함께 가는 것인가?"

"네. 아무래도 장거리 원정이니 부관이 필요합니다."

"그렇군."

그러면서 다행이라는 듯한 표정을 지었다.

왜지?

"그럼 자네 부관이 이동할 때 서임 대협도 함께 이동해도 되겠나? 아무래도 전투에 익숙하지 못해서 말이지."

"어려운 일은 아닙니다."

"고맙네. 그럼 우리는 이만 일어나도록 하겠네."

"그러면 준비를 마치고 뵙겠습니다."

나는 입구까지 나가 그들을 배웅했다.

그리고 그들이 조금 멀어졌을 때 서향 소저가 조심스럽게 나를 불렀다.

"저기, 소단주님."

"네."

"금의위에도 여자분이 계시죠?"

"네. 그렇다고 알고 있습니다만, 그건 왜 물으십니까?"

"아까 오셨던 재정을 담당하시는 분이 여자분이라는 것이 조금 신기해서요."

"……네? 여자라고요?"

그녀는 고개를 끄덕였다.

"네. 여자분이셨어요."

"저는 몰랐습니다."

그래서 선이 고왔군.

어, 잠깐, 잠까아안…….

금의위에 여협들이 없는 것은 아니다.

상단이나 표국에도 여자 행수나 표사가 있는 것처럼 지극히 당연한 일.

그러니 그냥 여자인 것을 드러내도 상관없는데 왜 굳이 남장을 한 거지?

그러고 보니…… 서향 소저가 동행하는지 물어보고, 그 대답해 안도하는 모습을 보였지.

나는 문득 떠오른 생각에 멀어지고 있는 금의위 일행을 자세히 살폈다.

묘하게 권직 대협이 서임 대협을 배려하듯 걷는 모습.

그리고 서임 대협의 행동은 무사들과는 다르다. 오랜 시간 교육을 받은 몸짓이다.

마치 서향 소저처럼.

그렇다면…… 답은 하나다.

금의위의 여협이 아니라 공주마마다.

그 정체를 깨닫고 나니 아까 왜 낯이 익었는지 떠올랐다.

황실 비단 경합 당시 심사를 위해서 왔던 공주마마 중 한 분이었다.

그 정체를 알아내자 또 다른 의문이 꼬리를 물었다.

대체 목적이 뭐지?

혹시 이번에 황제가 나를 부를 때까지 시간이 좀 걸린 것이, 저 공주마마와 관련이 있는 것일지도 모르겠군.

·
·
·

나와 지부장은 열심히 움직여 탐색대가 원하는 물품을 사흘 만에 준비할 수 있었다.

그리고 오늘 드디어 검총의 탐색을 위해 춘경성으로 향하는 날이다.

나는 빠진 물품이 없는지 다시금 확인하고 있었다.

"자네가 은서호라는 자인가?"

나에게 다가온 이들.

기운을 보아하니 이번에 같이 갈 금의위다.

"네. 맞습니다. 소상이 대협들을 뵙습니다."

"그래도 자기 주제는 아는군."

"황제 폐하의 총애를 받고 다른 이들이 좋게 본다고 고개를 빳빳하게 들고 있을 줄 알았는데 말이지."

"……."

누군지 알 것 같다.

나를 좋지 않게 보는 이들이군.

내가 여러 번 금의위를 도운 덕분에 금의위의 대부분이 나를 좋게 보기는 하지만 그게 마음에 들지 않는지 나를 탐탁지 않게 여기는 이들이 있다.

그렇기에 매사에 조심하는 것이다.

어떤 금의위가 나를 좋지 않게 보는지, 나를 나락으로 보낼 궁리를 하는지 모르니까.

하여 저번에 황제에게 보상으로 내 말을 딱 한 번 절대적으로 믿어 달라는 요구를 한 것이다.

혹시라도 저들이 나를 거짓으로 밀고한다고 해도 내가 거짓임을 밝혀낼 시간을 벌기 위해서다.

그런데 황제가 그 이상의 보상인 제한적 면책권을 주었지.

금의위든 동창이든, 황제의 명이 없이는 나를 강제할 수 없다.

참으로 기꺼운 일이지.

그나저나 생각할수록 괘씸하네.

내가 금의위를 돕고 구해 준 게 몇 번인데, 감사하게

생각하기는커녕 나를 싫어하다니.

하긴, 금의위라고 해서 다 황제에게 충성하고 올곧은 사람만 있는 게 아니라는 것은 충분히 배웠지.

"소상에게 무슨 볼일이라도 있으신지요?"

"네놈이 준비하는 물건들을 살펴보려고 왔다. 돈에 눈이 멀어서 질이 나쁜 물건들로 준비했을 가능성도 있으니까."

"상인이란 족속이 다 그렇지. 아무리 이름이 높아도 장사치는 장사치니까."

와…….

이런 대접은 오랜만이네.

내 호위무사들이 애써 화를 참는 게 느껴졌기에 나는 부드럽게 대응했다.

"무슨 말씀을 그리 섭하게 하십니까? 황제 폐하의 명을 받아서 하는 일인데 그러다가 소인 목이 달아납니다."

"말은 잘하는군."

그때 함께 있던 금의위 대협이 내 옆의 서향 소저를 향해 얼굴을 들이밀었다.

"허! 그런데 이 여자, 상당히 미인인데? 그 미모가 너울을 뚫고 나오는군."

서향 소저는 조금 당황하면서 뒤로 물러났고, 나는 그녀를 내 뒤로 보내며 말했다.

"제 부관입니다만, 제 약혼자이기도 합니다. 더는 실례되는 행동은 삼가 주셨으면 합니다."

"아하? 그런가?"

"그럼 우리 앞에 무릎이라도 꿇든가?"

"왜 못하겠어? 원래 상인은 자존심이 없다는데 없던 자존심이 그동안 총애를 받으면서 생겼나 보군."

나보다 한참이나 약한 새끼들이…….

마음 같아서는 매타작을 해 주고 싶은데, 보는 눈이 많다.

그러면서 어느 정도 거리가 있어서 그들에게는 우리의 말이 들리지 않는다.

하지만 내가 무력을 사용하는 것은 보일 터.

게다가 내 정당성을 옹호해 줄 금의위 대협이 주변에 없다.

그렇다고 내가 이런 걸 참고 넘어가 줄 사람은 아니지.

심지어 서향 소저를 희롱한 자들인데.

이걸 어떻게 조져 주는 게 좋을까…….

아!

문득 좋은 생각이 떠올랐다.

이제 슬슬 권직 대협이 황제 폐하와 알현을 마치고 나올 때다.

지금 저들이 내게 시비를 걸 수 있는 것은 다른 이들은 각자 개인 정비를 하느라 바쁘고, 권직 대협이 이 자리에 없기 때문이다.

각자 무기와 방어구 등을 살펴야 하는 개인 정비 시간에 내게 와서 시비를 거는 것만 봐도 높이 올라가긴 그른

자들이군.

예상대로 권 대협이 나오는 게 보였고, 나는 일부러 목소리를 높였다.

"네? 그게 무슨 말씀입니까? 대협들께서 어찌 그런 힘든 일을 자처하신다는 겁니까?"

"응?"

두 사람은 내 갑작스러운 말에 멍하니 눈을 끔뻑였다.

"아무리 충심을 증명하고 싶다고 해도 그건 아닙니다!"

예상대로 권직 대협이 의아한 얼굴로 내게 다가왔다.

"무슨 일인가?"

"권 대협. 그것이……."

권직 대협은 이번 일의 총책임자이면서 금의위에서도 직급이 높은 편이라 저들이 함부로 대할 수 없다.

금의위는 군사 조직에 가깝기 때문에 상명하복 관계가 철저하다.

"이번 일이 끝나기 전까지는 대주라고 부르라고 했을 터인데?"

"네! 죄송합니다."

"그래서 무슨 일인가?"

"대주님, 아무것도 아닙니다. 신경 쓰실 것 없습니다."

그들은 애써 상황을 수습하려 했지만, 그렇게는 안 되지.

이제 시작인데.

소란을 느낀 듯 다른 이들의 이목이 우리 쪽으로 집중

되었다.

나는 당혹스러운 표정으로 고개를 숙였다.

"송구합니다. 대주님. 제가 황망한 나머지 그만 큰 소리를 내고 말았습니다."

"그래, 무슨 일인가?"

"아니! 이 두 대협께서 이곳부터 춘경성까지 말 대신 직접 수레를 끌고 가시겠다는 것 아닙니까!"

내게 시비를 건 금의위 대협들은 당황한 표정으로 뭐라 말을 하려 했지만, 나는 그 틈을 주지 않았다.

"이유를 물으니, 본인들의 충심이 해이해진 것 같아 고행을 자처하며 충심을 되새기고 싶다고 하셨습니다."

"그런 일이 있었군."

주변의 일꾼들은 우리 상단의 이들.

내 편이지 저들 편이 아니다.

저들이 나에게 몰래 시비를 거는 데 유리했던 점이 역으로 나에게 유리한 점이 된 것이다.

권 대협, 아니 권 대주가 두 대협을 보며 말했다.

"내 자네들의 충심이 그리 깊은 줄은 몰랐군. 그런 고행을 자처하면서까지 그 충심을 잃고 싶지 않은 마음이라니. 감동했네."

"그, 그것이……."

"저……."

이렇게 대놓고 칭찬을 해 주는데, 아니라고 할 수도 없으니 그들은 어찌할 바를 모르고 있었다.

그때 뒤에서 누군가 말했다.

"두 분께서 그리 원하는데, 이를 거절하는 건 도리가 아니라고 생각합니다."

서임 대협이다.

내 추측으로, 그는…… 아니 그녀는 공주마마다.

하지만 금의위 소속의 대협으로 행세하고 있으니, 그에 장단을 맞춰 줘야겠지.

하지만 그 정체를 아는 권직 대협은 그 말을 무시할 수 없다.

"나 역시 그리 생각하네. 힘들다는 건 본인들이 가장 잘 알겠지. 그럼에도 이리 부탁한다는 건 그 결심이 섰다는 의미. 그러니 은 소단주. 저들이 충심을 보일 수 있도록 부탁하네."

"후우, 그리 말씀하시니 할 수 없군요. 알겠습니다."

나는 두 대협에게 포권하며 말했다.

"춘경성까지 잘 부탁드립니다."

"……."

그들은 순식간에 벌어진 일에 어안이 벙벙한 듯 입을 뻐끔거렸다.

"그러면 출발하기 전에 회의를 해야 하니 다들 모이게나."

권 대주가 먼저 회의를 위해 자리를 떴고, 서임 대협이 그 뒤를 따랐다.

이내 상황을 파악한 두 대협이 나를 향해 으르렁거렸다.

"오늘 일 잊지 않겠다."

"각오하고 있어라."

각오하라는 사람 치고 정말 각오하게 만든 사람은 없었지.

그들의 뒷모습을 보며 팔갑이 조용히 말했다.

"도련님을 화나게 할 바에는 몸에 기름을 뿌리고 불 속으로 들어가는 것이 더 나을 것 같습니다요."

"무슨 의미야?"

"그냥, 그런 의미입니다요."

팔갑도 참……

"내가 무서운 사람은 아닌데……."

"……."

대답하지 않는 이들.

"건드리지만 않으면 말입니다요."

"그건 맞습니다."

─ 꾸이?

그래, 너도 그렇게 생각하는구나.

나는 고개를 돌려 서향 소저에게 말했다.

"놀라셨죠? 이런 일이 생기게 하여 송구합니다."

"저는 괜찮아요. 소단주님 뒤에 서 있으니 안심이 되었어요."

"제가 안심이 되는 존재라서 다행입니다."

나는 그 말에 미소 지었다.

사람들 모두가 나를 좋아할 수는 없다.

나를 싫어하는 이들이 나를 좋아하게 만들기 위해 아무리 용을 써도 소용없다는 것을 이전 삶에서 깨달았지.

그런 자들은 무시하면 된다.

나를 사랑하고 아껴 주는 사람을 생각하고 챙기는 것만 해도 바쁜데 그런 자들까지 신경 쓸 필요는 없지.

하지만 그들이 내 심기를 거슬리게 하고 시비를 건다면 어떻게 해야 할까?

답은 간단하다.

시비를 걸 수 없도록 만들면 된다.

북경에서 운남까지 수레를 끌고 이동하는 건 진짜 고행이다.

일정이 끝나면 곯아떨어지기 바쁠 거다.

그 와중에 내게 해코지를 하려고 하면 그건 인정해 줘야지.

사실 딴짓을 하는 것도 여유가 있으니까 가능한 것이거든.

.

.

.

간단한 회의 후 우리는 춘경성으로 출발했다.

백 명의 이들.

그리고 나는 이번 탐색대의 지휘를 받지 않는다.

즉, 내게 상당한 자유가 있다는 의미지.

"후욱, 후욱……."

나는 마차를 타고 이동하며 창문을 통해 뒤에서 말을 대신하여 수레를 끄는 두 대협을 보았다.

저들의 이름은 장갈과 송청.

나중에 무슨 일이 있을지 몰라서 미리 이름을 알아 두었다.

둘 다 일류 수준에 올랐으니 수레를 끄는 데는 무리가 없지만, 이런 장거리는 결코 쉽지 않지.

아! 고소해라!

왜 이렇게 고소하지?

내가 너무한다고 생각할 수도 있지만, 나는 군자가 아니니까.

다른 일꾼들 역시 안쓰러운 눈빛은 아니다.

나를 모욕하는 것을 바로 옆에서 지켜봤으니까.

평소 태도도 좋지 않았는지 고소해하는 눈빛이다.

묘시(卯時:05~07시)가 되자마자 출발한 우리는 세 시진 정도 이동했고, 점심을 먹고 쉬었다.

"일각 뒤에 출발한다!"

"네!"

그 말에 지쳐 쓰러져 있던 장갈 대협과 송청 대협의 눈동자가 흔들렸다.

이제 겨우 세 시진 정도 이동했을 뿐인데 앞으로가 막막하게 느껴졌겠지.

그러니까 나에게 왜 시비를 걸어서는…….

하지만 그 모습을 보고 마음이 약해져서는 안 된다.

그간 저런 자들을 한두 번 본 게 아니지.

이 정도로는 오히려 반발심과 증오만 가득할 때다.

그런 마음이 들지 않을 정도로 확실하게 꺾어 놔야 한다.

이 구성으로 운남성 춘경성까지는 거의 한 달 정도 걸린다.

아무래도 워낙 대규모 일행이고 다들 말을 타고 달리는 게 아니다 보니 시간이 오래 걸릴 수밖에 없다.

게다가 물자도 수레로 끌고 가야 하니까.

그렇기에 내가 마차를 타고 이동하는 것이 허락된 것인데, 이동하면서 물자를 챙기고 중간에 보급할 준비도 해야 하기 때문이다.

어느덧 우리는 호북성 근처에 다다랐다.

우리 은해상단의 본단이 있는 곳으로, 이곳이 중간 지점이기도 했다.

그리고 이제부터 기후도 확 달라진다.

하여 이곳에 그동안 입고 있던 털옷을 맡겨 놓은 후 이동하기로 했지.

나는 도착하기 전에 미리 서신을 아버지에게 보냈다.

"소상 은길상이, 대주님과 대협들을 뵙습니다."

그리고 그 연락을 받은 아버지께서 직접 나와 우리 일행을 맞아 주셨다.

"탐색대의 대주를 맡은 권직입니다. 상단주님의 환대

에 감사합니다."

"나라의 큰일을 하시는 분에게 당연한 예입니다. 어서 안으로 드시지요."

임만 부관이 권 대주를 비롯한 탐색대를 데리고 빈객당으로 향했다.

"오랜만이구나."

"네. 아버지."

서향 소저가 너울을 벗으며 인사했다.

"소녀, 상단주님을 뵙습니다."

"아니다."

"네?"

"이제는 상단주가 아니라 아버님이라고 불러야지. 새 아가."

아버지의 말씀에 서향 소저의 두 뺨이 붉어졌다.

"네. 아버님."

그 말씀은 이번에 귀주성에 갔던 일이 잘 진행되었다는 의미로군.

나는 일행과 함께 내 별당으로 향했다.

저녁에는 탐색대를 위로하기 위한 연회가 예정되어 있고, 그 자리에 내가 빠질 수는 없다.

마음 같아서는 빠지고 푹 자고 싶은데 말이지.

씻고 옷을 갈아입은 나는 곧바로 가족들에게 문안 인사를 드렸다.

그리고 서향 소저와 함께 아버지께 향했다.

이곳에서 오래 머무를 수 없으니 서둘러 움직여야지.

"아버지, 저희 왔습니다."

"들어오너라."

나와 서향 소저는 아버지의 집무실로 들어갔고, 아버지는 우리에게 자리를 권하고는 차를 따라 주셨다.

"감사합니다."

"감사합니다. 아버님."

"허허! 듣기 좋구나."

아버지는 너털웃음을 짓고는 차를 마셨다.

생각을 정리하시는 거겠지.

탁.

"날짜는 가을이 좋을 것 같구나."

"가을이라면 저도 괜찮을 듯합니다. 곽 부관은 어떻습니까?"

"저도 좋아요."

"네 어머니가 준비한다고 하니, 원하는 것이 있다면 직접 말하도록 해라."

"네. 알겠습니다."

아무래도 내가 바쁘니, 어머니께서 손수 나서기로 하신 듯했다.

"그리고 내가 직접 곽명현 표두에게 서신을 보내어 신부 측 혼주를 부탁하마."

"감사합니다."

"네가 따로 초대할 사람은 명단을 주면 되고, 네가 직접 전달할 사람이 있느냐?"

"네. 있습니다."

"그래, 그러면 그 부분은 네가 알아서 전달하거라."

그렇게 혼사에 대한 논의를 마친 후 다른 논의로 넘어갔다.

이미 아버지께서 귀주성 포정사 대인과 논의를 마친 후였기에, 사실 논의할 것도 그리 많지 않았다.

"우선 아버지. 황제 폐하께서 은해상단을 탐색대의 물자 조달 상단으로 지정하셔서……."

이번 일에 얽힌 대략적인 사정과 이번 일에서 얻을 수 있는 이문 등에 대해 말씀드렸다.

"그 정도면 적당하구나. 그런데 네가 직접 검총에 들어가는 건 아니겠지?"

"네?"

"검총은 위험한 곳이다."

"압니다."

하지만 아버지. 위험한 것을 알면서도 그 안으로 들어갈 수밖에 없습니다.

제 복수를 위해서기도 하지만, 우리 은해상단의 미래를 위해서도 말입니다.

"아버지. 몸조심하겠습니다. 그러니 걱정하지 마십시오."

"검총 안으로 들어가지 않겠다는 말은 안 하는구나."

"제 몸 하나는 지킬 수 있습니다."

"후우, 그래. 네 고집을 어찌 말리겠느냐? 이제는 그 어떤 일이 벌어져도 놀라지 않는다."

"하하하."

왜 아버지의 말씀이 양심을 콕콕 찌르는지 모르겠군.

"이번에 낙양지부에서 전갈이 왔더구나. 네가 초빙한 의원이 지부장의 병세를 알아내고 치료를 진행 중이라더구나."

"네. 그렇습니다."

"그리고 병이 있는 것을 모른 척한 의원을 심문해서 자백을 받아 냈고, 네 덕분에 일이 무사히 해결되었다고 감사를 표하더구나."

"부끄럽네요."

"나 역시 고맙구나. 네가 아니었으면 제법 일이 커질 뻔했다."

"지부장께서 살 팔자이셨던 거죠."

"그래, 그렇게 넘어가고 싶은 거구나. 알겠다."

아버지와의 대화는 제법 길어졌다. 그것 이외에도 의논할 것들이 제법 있었으니까.

아버지와의 대화를 마친 후 나는 연회장으로 향했다.

백 명에 달하는 이들을 위한 연회였기에 연회장은 야외에 마련되었다.

이곳은 조금 서늘하기는 해도 연회를 즐기지 못할 정도

는 아니니까.

"이렇게 연회를 베풀어 주시니 감사합니다."

"별말씀을 다 하십니다. 나랏일을 하시는 분들에게 조금이나마 힘이 되었으면 합니다. 부디 즐거운 시간이 되십시오."

아버지가 예기들에게 말했다.

"풍악을 울리도록."

"네."

곧 흥겨운 음악이 울려 퍼졌고, 사람들은 식사를 시작했다.

아직 금주령이 풀린 것이 아니기에 술은 없었지만 나름 분위기는 괜찮았다.

오랜만에 마음 편하게 맛있는 음식들을 먹으면서 기력을 보충할 기회였으니까.

나는 속으로 피식 웃었다.

저 앞에 장갈 대협과 송청 대협이 손에 젓가락을 든 채로 꾸벅꾸벅 졸고 있었기 때문이다.

"그러니까 왜 자네를 건드려서는. 쯧쯧."

옆에서 들린 권직 대주의 말에 나는 모른 척 반문했다.

"네? 무슨 말씀이신지?"

"시치미 뗄 필요 없네. 이미 다른 이들에게 들었거든. 저자들이 자네에게 시비를 걸고 자네 부인이 될 자를 희롱했다고 들었네."

"……."

"내가 대신 사과하겠네."

이렇게까지 말하니 더 이상 모르는 척할 수 없겠군.

"아닙니다."

나는 고개를 저으며 부드럽게 말했다.

"본인의 잘못은 본인이 그 대가를 치러야지요. 저들은 아이가 아닌 성인입니다. 본인의 행동에 책임을 져야죠."

"……."

"하지만 제가 그리한 건 저들을 위한 것이기도 했습니다. 개인 정비 시간에 저에게 그리하더군요. 그런 자를 그냥 두었다가는 금의위에 누를 끼칠 것 같았습니다."

나는 말을 이었다.

"그동안 금의위 분들에게 받은 은혜가 많습니다. 그렇기에 주제넘은 짓이지만 두고 볼 수가 없었습니다. 하여 일부러 수레를 끌도록 한 것입니다. 이를 통해 개인 훈련이 되도록 말입니다. 돌아가는 길에는 짐을 더 추가하면 개인 훈련의 효과가 더 좋을 것입니다."

내 말에 권직 대주는 감동한 표정이었다.

"자네는 어쩜 사람이 이렇게 바를 수가 있는가? 선협미랑이라는 말이 허명이 아님을 지금도 깨달았네. 본인이 모욕을 당한 순간에도 우리 금의위를 생각해 주다니!"

나는 뒷목을 긁적였다.

그냥 저들을 골탕 먹이고 싶어서 그런 건데, 내가 너무 입을 잘 털었군.

권직 대주가 말을 이었다.

"자네 말대로 돌아갈 때, 저들이 끄는 수레의 무게를 조금 더 늘리도록 하지."

그 말에 나는 속으로 씨익 웃었다.

이제 적응이 좀 되었을 텐데, 이를 어쩌나…… 돌아가는 길은 지옥일 거다.

연회는 그리 늦게까지 이어지지 않았다.

내일 아침 출발해야 하니, 모두 일찍 들어가 자고 싶어 했기 때문이다.

* * *

장갈과 송청은 자신들을 깨우는 소리에 눈을 떴다.

"이제 일어날 시간이 되었네."

"조금만…… 조금만 더……."

"제발……."

하지만 그들 귀에 들리는 목소리는 서릿발 같았다.

"당장 일어나지 못하나! 명색이 금의위라는 것들이 빠져 가지고! 집합 한번 당해 봐야 정신 차리지?"

"헉!"

"아, 아닙니다!"

그들은 선배 금의위의 호령에 벌떡 일어났다.

곧 그는 부드러운 목소리로 말했다.

"그 충심을 보이고 싶어 하는 마음에서 시작한 일이 아닌가? 그런데 이렇게 해이해진 모습을 보인다면 그건 안

하느니만 못하게 되는 것이지."

"……."

"힘이 들겠지만 이를 해내고 나면 자기 자신에 대한 보람으로 뿌듯할 것이네."

"네……."

그리 대답하면서 장갈과 송청은 속으로 절규했다.

'이건 저희 의사가 아닙니다!'

'저희도 하고 싶어서 하는 것이 아니란 말입니다!'

그들은 이 일의 원인이 되었던 때를 떠올렸다.

그들도 은서호가 많은 공을 세웠다는 것이나, 실력이 뛰어나다는 것은 잘 알고 있다.

황제는 물론이고 금의위의 지휘사도 은서호라면 껌벅 죽으니까.

하지만 그게 너무나 꼴 보기 싫었다.

'천한 상인이 나랏일에 기웃거리다니! 주제를 알아야지!'

그런 그들의 마음에 불을 붙인 일이 있었다.

바로 황제가 은서호에게 제한적인 면책권을 내린 것.

금의위는 언제든, 그 누구든 역모로 의심되는 자가 있다면 추포하여 심문할 수 있는 권한이 있다.

그렇기에 은서호를 족칠 기회를 노리고 있었는데 그게 수포로 돌아간 것.

그로 인해 생긴 짜증을 겨우 억누르고 있었는데, 마침 은서호와 같이 일을 하게 된 거다.

출발하는 날 아침.

마침 권직은 황제를 알현하고 있고, 다른 이들은 개인 정비로 바빠서 다른 곳에 신경 쓰지 못하고 있었다.

이에 그들은 슬그머니 은서호에게 다가갔다.

그리고 보급품을 검수하는 일을 맡은 것도 아닌데, 이를 빌미로 다른 이들에게는 들리지 않을 정도의 목소리로 시비를 걸었다.

아무리 면책권이 있다고 해도 제한적 면책권.

금의위에게 손찌검을 한다면 그 책임을 면할 수 없다.

그 면책권이 회수되거나 황제로부터 처벌을 받을 수도 있다.

하여 그를 모욕하고 그의 약혼녀도 희롱했다.

'쳐라! 얼른 나에게 주먹을 휘둘러라!'

'이 정도면 검을 휘두를 때가 되었는데?'

'패고 싶지? 패고 싶잖아?'

'아직 부족한가? 좀 더 긁어 볼까?'

그런데······.

정신을 차려 보니 자신들은 말 대신 수레를 끌고 있었다.

은서호는 편하게 마차를 타고 가는데 말이다.

문제는 은서호가 너무 입을 잘 털어서, 자신들이 충심이 깊은 금의위 대원이 되었다는 것이다.

그렇게 되니 이 일을 그만둘 수가 없었다.

자신들의 의사가 아니라는 것을 설명하기 위해서는 자

신들이 했던 짓도 설명해야 했으니까.

그러면 황제의 명에 반한 자들이 되는 건데, 그건 더욱 더 최악의 일이다.

처음 이틀은 자신들이 수레를 끌어야 하는 상황을 부정했다.

하지만 사흘째 되는 날, 이제는 자신들이 정말 수레를 끌고 춘경성까지 가야 한다는 것이 실감되었다.

자연스럽게 이 상황을 만든 은서호에게 분노의 화살이 향했다.

'은서호! 이 × 같은 새끼!'

'내가 가만두나 봐라!'

하지만 도저히 그 분노를 풀 방법이 없었다.

은서호는 항상 권직과 같이 있었고, 자신들은 쉴 때마다 곯아떨어졌다.

그렇게 이동하기를 며칠, 그들은 또 다른 희망을 품기 시작했다.

이 정도 했으면 이제는 고생했다며 그만해도 되지 않겠냐고 누군가가 권유하지 않을까 하는 희망이다.

그러나 그 누구도 그만하라고 하는 이가 없었다.

슬슬 우울해지기 시작했다.

'내가 이러려고 금의위가 된 것이 아니란 말이다!'

'어머니 보고 싶다.'

'인생 뭐 있나? 에헤라디야.'

그렇게 수레를 끌고 걷고 또 걷다 보니 말의 고충도 느껴지고, 뭔가 막 서럽고 그러던 차에 호북성 은해상단 본단에 도착한 것이다.

그들은 무거운 몸을 이끌고 출발할 준비를 하였다.
우선 모두 모여 이후로의 경로에 대해 설명을 들었고, 이에 그들에게 희망이라는 것이 생겼다.

"두 시진을 이동한 후, 배를 타고 운남까지……."

배를 타고 가니까.
그 말은, 힘들게 수레를 끌지 않아도 된다는 의미.
배를 타게 되면 시간이 생기고, 은서호에게 복수할 여유가 생길 터.
'두고 봐라!'
'내 반드시 복수해 주마!'
자신들의 멍청한 짓으로 인한 자업자득임을 깨닫지 못한 그들이었다.
그리고 두 시진 후.
"음, 생각보다 강의 유량이 적어서 배로는 힘들어 보이는군."
"네. 이삼십 명까지는 괜찮지만, 지금 탐색대의 인원으로는 큰 배가 필요합니다. 하지만 그런 큰 배로는 이동하기 어려울 듯합니다."
"그럼 계획을 변경하지. 육로로 이동한다."

그 말은 즉, 장갈과 송청은 계속해서 수레를 끌고 이동해야 한다는 의미.

털썩.

그들은 그만 다리에 힘이 풀려 주저앉고 말았다.

* * *

나는 피식 웃었다.

갑자기 주저앉은 장갈 대협과 송청 대협의 표정은 마치 세상 다 산 것 같은 표정이었으니까.

배를 타고 가는 것을 기대했겠지.

하지만 저들에게 아쉽게도 올해 추수 이후로 비가 거의 오지 않아서 강의 유량이 적다.

그래서 배를 타고 갈 수 없었다.

이에 대해 알고 있었지만, 미리 말하지 않은 건 상황이 바뀔 수 있었기 때문이다.

"저런! 괜찮나?"

"흐어어억!"

"흐으윽!"

갑자기 서럽게 통곡하는 이들.

나는 슬그머니 다가가 몰려드는 사람들에게 말했다.

"배를 타고 가게 되면 수레를 끌지 못해 황제 폐하께 대한 충심을 보이지 못할까 걱정되었는데, 이리 충심을 보일 수 있는 고행을 계속할 수 있어 기쁜 모양입니다."

"아…… 그런 거였군."

"그런 거라면 뭐."

사람들이 고개를 주억거리며 다시 흩어졌고, 나는 통곡하는 이들에게 말했다.

"아무리 충심을 보이는 것이 중요하다고 해도 몸을 챙기셔야지요."

"……."

"그만 하시고, 이제 편히 가시지요."

내 말에 그들은 나를 노려보았다.

"아니! 끝까지 가겠네!"

분노에 찬 눈빛으로 내 제안을 거절하는 것을 보니 예상대로 아직 정신을 덜 차렸다.

그렇다면 더 고생해야지.

싫다는데 내가 도와줄 이유는 없으니까.

"알겠습니다. 그럼 계속해서 잘 부탁드립니다."

"……."

지금 내가 내민 손을 거절한 것, 후회할 거다.

점점 남쪽으로 내려가는 만큼, 이제부터 진짜 고생의 시작이거든.

나는 마차로 돌아가며 팔갑에게 물었다.

"팔갑아. 내가 너무한 거 같아?"

"먼저 도련님을 건드린 건 저들입니다요. 그리고 이번 기회에 저들도 알아야 합니다요. 우리 도련님은 건드리면 사람도 수레를 끄는 말로 만들어 버리는 분이라는 것을 말입니다요."

내 말에 주변의 호위무사들이 고개를 끄덕였다.

저 두 대협이 나에게 시비를 걸었을 때, 나는 저들의 속셈을 간파하고 있었다.

내가 저들에게 손을 쓰게 해서, 현행범으로 만들려는 계획이었겠지.

아직 저를 함정에 빠트리려면 천 년은 이릅니다.

왜 황제 폐하께서 저를 보내어 금의위를 돕게 하셨겠습니까?

그건 금의위들에게 부족한 것이 저에게 있기 때문이 아니겠습니까?

대부분의 금의위들은 그걸 알기에 내게 호의를 보이는 거다.

자신들도 언제 내게 도움을 요청하게 될지 모르니까.

나를 탐탁잖게 여기는 자들은 그걸 모르거나 모르고 싶어 하는 자들뿐.

그리고 이번 일은 그런 자들에 대한 경고기도 했다.

나를 싫어하는 건 상관없지만, 나를 건드렸다가는 저들처럼 호되게 고생하게 될 거라는 무언의 경고.

우리는 점점 아래로 내려갔다.

호남을 지나 귀주를 거쳐 운남에 도착하는 경로다.

우리가 거쳐 갈 호남성 북부는 비교적 평탄하지만, 귀주는 고산지대가 많다.

즉, 수레를 끌고 언덕을 올라갔다 내려갔다 해야 한다

는 뜻이지.

"이제 귀주네요."

서향 소저의 말에 나는 고개를 끄덕였다.

"네."

나는 서향 소저의 눈빛을 읽었다.

고향과 가족에 대한 그리움이다.

마음 같아서는 그녀가 부모님을 뵙게 해 주고 싶지만, 지금은 임무 중이라 어렵다.

서향 소저가 내 표정을 읽은 듯 작게 고개를 저었다.

"저는 괜찮아요. 저 때문에 임무에 소홀해지는 것은 바라지 않아요."

"북경으로 돌아가는 길에는 어느 정도 여유가 있을 겁니다."

"네. 그래도 너무 무리하지는 마세요. 저는 이렇게 살아 있다는 것만으로 만족하니까요."

그녀의 말에 나는 아무 말도 할 수 없었다.

어느덧, 우리는 운남성 춘경성에 도착했다.

"어서 오십시오! 기다리고 있었습니다."

춘경성 성주님이 나와 우리를 맞아 주었다.

바람에 나풀거리는 성주님의 한쪽 소매.

일전에 있었던 일의 흔적이다.

"이리 환영해 주시니 감사합니다."

권직 대주의 말에 성주님이 고개를 숙였다.

"이렇게 다시금 여러분들을 맞이할 수 있음에 천지신명께 감사할 따름입니다."

"저 역시, 이곳에 다시 올 수 있음에 감사합니다."

그때 뒤에 서 있던 남자가 앞으로 나왔다.

"장남 연유문이 대협들을 뵙습니다. 저를 따라오시지요. 숙소로 모시겠습니다."

다른 이들은 그를 따라 움직였고, 나는 성주에게 다가갔다.

"성주님, 이리 다시 뵙게 되어 반갑습니다."

"그러게. 잘 지냈는가?"

"예."

"그런데 자네가 이렇게 금의위와 함께 올 줄은 몰랐군. 무슨 일인가?"

그의 물음에 나는 표면적인 이유를 밝혔다.

"제가 미력하나마 상단의 소단주이기에 이번 탐색대의 물자 조달을 맡게 되었습니다."

"그렇군. 그나저나 검총이라니! 대체 무슨 일인지 모르겠군."

"하하하. 그러게 말입니다."

그리 말하며 우리를 보는 구경꾼들을 힐끔 일별했다.

사실 이번 일은 비밀리에 움직인다고는 했지만, 그렇게까지 비밀리에 움직이지는 않았다.

그건 내가 낙양의 귀신들린 장원에서 찾은 두루마리의 원래 주인을 찾기 위함이다.

일종의 낚시지.

그리고 저 구경꾼들을 보니, 의도대로 되는 듯했다.

．

．

．

나는 안내 받은 숙소에서 씻고, 옷을 갈아입었다.

그리고 주변을 거닐며 풍경을 감상하는데, 권 대주와 서임 대협이 성주의 집무실로 향하는 것이 보였다.

"여기 계시는군요."

그때 뒤에서 연유문 공자의 목소리가 들렸다.

나는 몸을 돌리며 인사했다.

"건강해 보이시는군요."

"네. 거의 일 년 만에 뵙는군요. 그나저나 저희 춘경성에 검총이 있다니, 그게 사실입니까?"

"그렇다고 하더군요."

"설마…… 일전에 있었던 일들이 본성의 검총을 노린 사전 작업이었던 것입니까?"

거기까지 유추하다니, 확실히 생각이 짧은 편은 아니다.

"확신은 못하지만, 저 역시 그리 추측하고 있습니다."

"후……."

그는 한숨을 내쉬었다.

"지금도 그때를 생각하면 아찔합니다. 그래도 덕분에 본성이 무사할 수 있었으니 감사할 따름입니다."

나는 말없이 웃었다.

"그나저나 요즘, 춘경성과 이 운남은 평안합니까?"

내 물음에 그는 고개를 끄덕였다.

"네. 아직은 별일 없습니다. 하지만 다시 그런 일이 생기지 않을 거라는 보장이 없으니……."

하긴 이제 고작 일 년이 지났으니까.

연유문 공자의 말에서 답답함과 춘경성의 앞날에 대한 근심이 느껴졌다.

그때였다.

"공자님! 공자님!"

성주님의 시종으로 보이는 자가 연유문 공자를 찾았다.

"무슨 일이냐?"

"성주님께서 부르십니다."

이에 그는 시종을 따라 성주님의 집무실로 향했고 나는 다시 내 처소로 돌아갔다.

다음 날.

우리는 아침 일찍 일어났다.

오늘부터 본격적인 탐색을 시작해야 했기 때문이다.

운기조식을 마친 나는 곧바로 문을 열고 나갔다.

밖에서 나를 기다리고 있는 사람의 기운이 느껴졌기 때문이다.

"주군."

문 앞에서 호위하던 명종 무사가 나에게 포권했다.

"지금 연 공자님께서 기다리고 계십니다."

"네."

나는 고개를 돌려 연유문 공자에게 다가갔다.

꽤나 고심하는 표정.

"저를 기다리셨다고요."

"네. 의논하고 싶은 게 있어서 아침부터 찾아왔습니다."

눈 밑이 살짝 검은 모습은 밤새 잠도 못 자고 고민한 흔적이다.

"편히 말씀하십시오."

"여기는 말고, 장소를 옮겼으면 합니다."

나를 직접 데리러 온 것을 보니, 상당히 은밀한 일 때문이라는 것을 알 수 있었다.

"갑시다."

나는 그를 따라 어디론가 향했다.

그가 나를 데리고 간 곳은, 성 뒤쪽 숲의 공터였다.

"여긴, 제가 검술을 수련하는 곳으로 다른 이들은 오지 못하는 곳입니다."

"그렇군요. 그래서 무슨 일을 의논하시려고 이렇게까지 하신 겁니까?"

"제 혼사 문제입니다."

"네?"

"황제 폐하께서 성지를 내리셨고, 제가 공주마마 중 한 분과 혼인하기를 원하십니다."

아……

그제야 나는 서임 대협이 왜 남장을 하고 이곳까지 왔는지 알 것 같았다.

공주의 혼사는 생각보다 많은 정치적 이해관계가 얽혀 있었으니, 은밀하게 공주를 보낸 것이다.

그리고 대신들에게 공주가 혼인했다고 통보하면 끝이니까.

그나저나 역시 황제네.

공주가 시집온 곳에 와서, 행패를 부리며 수탈을 할 사신은 없으니까.

"그러면 좋은 일이 아닙니까? 뭐가 문제입니까?"

"사실대로 말씀해 주십시오. 이 혼사…… 함정입니까?"

"……네?"

그러니까 지금, 연유문 공자는 황제가 공주를 보내어 혼사를 추진하는 것이 일종의 시험이나 계략이라고 생각하고 있었다.

아니, 왜?

잠시 그런 의문이 들었지만 이내 고개를 주억였다.

그의 입장에서 충분히 그럴 수도 있다는 생각이 들었으니까.

춘경성에 온 제국의 사신들은 그들을 수탈했고, 그것도 모자라 그의 누이동생을 겁탈하여 자결하게 했다.

그러나 황제는 이를 해결해 주지 않았다.

주현 황자가 관련되어 일이 터진 후에야 황제가 금의위를 보내어 해결했지만, 성주는 팔이 잘리고 연유문 공자는 저들에게 큰 모욕을 당했었다.

만약 내가 개입하지 않았다면 이전 삶에서처럼 끔찍한 결과를 맞이하게 되었을 터.

이렇게 생각하니, 황제가 진짜 나쁜 놈처럼 보이는군.

하지만 황제 입장에서도 억울한 게, 믿었던 금의위 때문에 그런 일이 생긴 것이니까.

그래도 춘경성을 수딸한 사신이나 금의위를 파견한 게 황제니 춘경성 성주의 자리를 이어받을 연유문 공자의 입장에서는 불안할 수밖에.

혹시라도 공주를 탐했다는 명목으로 자신들을 제거하려는 것이 아닌가 하는 의심도 들고.

그렇기에 이리 묻는 거다.

"제가 공자의 그 불안감을 이해하지 못하는 건 아닙니다. 하지만 이번에는 불안해하지 않으셔도 됩니다."

"그 말은, 함정이 아니라는 말입니까?"

"그렇습니다. 사실 저번 일은 황제 폐하께도 충격적인 일이었습니다. 따지고 보면 믿었던 신하들 때문에 아들을 잃을 뻔한 일이지 않습니까?"

"그건 그렇습니다."

"황제 폐하께서는 제국 전역에 폐하의 손이 닿기를 원하십니다. 하여 공주마마를 이곳에 보내신 것입니다."

나는 말을 이었다.

"그리고 이번에 오신 공주마마께서는 황제 폐하께서 각별하게 아끼시는 분 중 한 분이십니다. 그만큼 총명하신 분이니 결코 춘경성에 해가 되지는 않을 겁니다."

나는 미소 지었다.

"그리고 그 누가 감히, 공주마마가 계신 곳에서 허튼수작을 부릴 수 있겠습니까? 그랬다가는 단순한 뇌물죄가 아닌 역모죄가 적용되어 극형을 받을 텐데 말입니다."

나의 설명에 그는 고개를 끄덕였다.

"듣고 보니 그렇군요. 그런데……."

그는 무언가 걱정되는 듯 말끝을 흐렸다.

"황궁에서 일하는 건 힘들겠죠?"

"네?"

"이번 일이 끝나면, 저 역시 함께 황궁으로 가야 합니다. 삼 년 정도 황궁에 머무르며 실무 능력을 키울 수 있게 도와주시겠다고 하셨습니다. 부마가 될 자가 실무 능력이 없으면 쓰겠냐고……."

이내 우울한 얼굴로 하늘을 올려다보았고, 그 모습을 보며 나는 말문이 막히고 말았다.

하긴 황제 폐하는 무서운 분이지.

아무리 사정이 있어도 상대가 부족한 사람이라면 아끼는 공주의 배필로 삼지 않았을 거다.

싹수가 파릇파릇해 보이니까 이 혼인을 추진하는 거겠지.

어라? 그럼 춘경성주의 아들을 볼모로 데리고 가서 알뜰하게 써먹겠다는 거잖아.

"……."

나는 손을 뻗어 그의 어깨를 두들겨 주며 말했다.

"너무 걱정하지 마십시오. 얼마만큼 굴려야 과로로 죽지 않는지에 대해 통달하신 분입니다. 과로로 죽을 일은 없을 겁니다."

.

.

.

아침을 먹은 우리는 곧바로 검총의 탐색에 들어갔다.

가장 중요한 건 입구와 출구 등을 조사하는 것.

그건 함께 온 황실 소속의 전문가들이 맡았다.

그나저나 왜 황실에 무덤을 탐색하는 데 필요한 기술을 가진 전문가들이 속해 있는지 궁금해 권직 대주에게 물었다.

"아, 그건 말이지……."

권 대주는 흔쾌히 설명해 주었다.

"생각보다 도굴범들이 많다네. 하도 그 일을 하다 보니 전문가가 되어 버린 것이지."

"아…… 그, 그렇군요."

웃지 못할 이유이긴 하군.

"검총의 입구를 찾았습니다."

그때 전문가들의 우두머리를 맡은 차거이 장두(匠頭)가 우리에게 다가와 말했다.

"정말로 검총이 있었던 모양이군. 어딘가?"

"제가 안내해 드리겠습니다."

우리는 검총의 입구가 있다는 곳으로 향했다.

어? 이곳은?

그곳을 본 나는 두 눈을 깜박였다.

여긴 오늘 아침, 연유문 공자가 나를 데리고 와서 고민을 상담했던 바로 그곳인데?

그 말은 즉, 성의 안쪽.

그것도 내성 안에 있다는 의미다.

이래서 저들이 춘경성을 손에 넣든 작살내든 하려고 했던 거구나.

검총으로 들어가려면 기존에 춘경성을 다스리는 자들을 처리해야 하니까.

"지금은 작은 출입구를 찾고 있습니다."

차 장두는 또 다른 출입구가 있다고 확신하는 표정이었다.

이에 내가 물었다.

"또 다른 출입구가 있으면 좋긴 하겠지만 진짜 있을까요?"

"물론이네."

차 장두가 대답했다.

"검총과 같은 곳은 대부분 출입구가 두 개 있을 수밖에 없네. 열심히 함정이나 기관진식을 설치해 놨는데 역으로 되돌아 나온다는 것은 기껏 잘 빚어 놓은 도자기를 깨트리는 것과 진배없으니까. 그 안에서 죽을 게 아니라면 작품에 손상을 입히지 않고 빠져나올 수 있는 출입구가 반드시 있지."

"그렇군요."

우리가 연락을 받고 검총의 입구에 도착한 지 한 시진
정도가 흘렀다.

그때 누군가 소리치는 게 들렸다.

"여기! 개구멍을 찾았습니다!"

개구멍?

내 의문을 알아차렸는지 차 장두가 말했다.

"또 다른 출입구를 개구멍이라고 부른다네."

"뭐, 어울리는 명칭이긴 하네요."

"그럼 다음 작업을 시작하겠습니다."

"그렇게 하게나."

차 장두의 말에 권 대주님이 고개를 끄덕였고, 차 장두
는 검총의 입구 쪽으로 향했다.

잠시 후 권 대주님이 작게 말했다.

"그나저나 고맙네."

"네?"

"연 공자가 결심한 듯하네."

아, 공주와의 혼인을 말씀하시는 거군.

하지만 이건 아는 척해서 좋을 게 없는 사안이다.

"무엇을 말씀하시는지 소상은 잘 모르겠습니다."

"허허. 시치미 떼지 않아도 되네. 이미 연유문 공자가
자네와 고민 상담을 했음을 알고 있네. 자네가 격려해 주
었다지."

"아……."

나는 뒷목을 긁적였다.

내가 뭐라고 했더라?

과로사하지는 않을 거라고 했는데, 그게 격려라고 생각한 건가?

"아무래도 워낙 참혹한 일을 겪었기에 겁을 먹고 있는 것 같아서 그 오해를 풀어 준 것뿐입니다."

"그랬군. 그런데…… 놀라지 않는군."

"무엇을 말씀입니까?"

"서임 대원의 정체가 공주마마였다는 것을 알아차린 것 아닌가?"

그 말에 나는 놀란 표정을 지었다.

"헉! 그게 정말입니까?"

"……진짜 놀란 것 같지만, 내가 자네를 모르는 것이 아니라서 말이지. 그리고 황제 폐하께서도 자네가 이미 알아차렸을 거라고 말씀하셨고. 그래서 언제 알아차렸나?"

"첫날 알아차렸습니다."

"큼, 그, 그렇군."

내가 생각하는 검총 탐색은 이리 부딪치고 저리 부딪치면서 앞으로 나아가는 것이라고 생각했는데, 전문가들의 움직임은 생각보다 체계적이었다.

"이 입구의 형태를 보아, 아무래도 들어가자마자 위에서 무거운 무언가가 떨어지는 형태인 듯합니다."

"하지만 그게 입구를 열었을 때인지, 무게를 감지해서 작동하는지 모르겠습니다."

"그렇다면 미끼를 던져 보게."

"네."

그들은 문을 열고 미끼로 준비해 둔 사람 무게와 비슷한 모래주머니를 던졌다.

쿵―!

그들의 예상대로 위에서 무거운 석조물이 떨어졌다.

아무것도 모른 채 문을 열고 들어갔다면 그대로 납작하게 되었겠지.

으…… 생각만 해도 끔찍하군.

"그럼 이 바위를 치우도록 하지."

"네!"

이에 석수들이 달려들어 바위를 쪼갰고, 그렇게 안전한 진입로가 만들어졌다.

이래서 무덤 및 검총 탐색 전문가라는 거군.

황실의 무덤이나 검총이나 구조는 거기서 거기니까.

가죽은 갖바치에게, 그릇은 도공에게 맡기라는 말이 괜히 있는 게 아니다.

"진입합니다!"

곧 진입이 시작되었는데, 무사들은 두 조로 나뉘어 삼분지 이는 진입하고 나머지는 밖에서 만약의 상황에 대비하기로 했다.

"은 소단주."

"네."

"자네도 들어갈 생각인가?"

권 대주의 말에 나는 고개를 끄덕였다.

"네. 물론입니다."

"위험할지도 모르네."

"그 정도는 각오하고 왔습니다."

"하긴 그런가. 그리고 자네의 실력을 생각하면 우리보다 더 안전할지도 모르겠군. 알겠네. 자네 뜻대로 하게."

"감사합니다."

그렇게 권 대주에게 진입 허가를 받은 나는 내 일행을 불러보았다.

"이제부터 저는 검총에 들어갈 생각입니다. 그래서 이곳에 남을 사람을 정해야 합니다. 두 명이 필요합니다."

"……."

하지만 아무도 대답하지 않았다.

모두 무슨 일이 있어도 나를 따라오겠다는 눈빛.

"저는 반드시! 도련님과 함께 들어가겠습니다요."

"무슨 소리야? 넌 여기 남아야지."

"네? 그게 무슨 섭한 소리입니까요?"

"내가 저 안에 들어가면, 나를 대신해서 누가 이곳 사람들의 보급품을 챙기는데?"

"곽 부관님이 계십니다요."

"그럼 곽 부관님을 도와줄 사람은?"

"……저네요."

"응. 맞아."

순식간에 팔갑의 귀가 축 처진 곰처럼 시무룩해졌다.

"내가 너니까 곽 부관님을 믿고 맡기는 거야. 그런 내 맘도 모르고 그러면 내가 가슴이 아파서…….''

그리고 슬쩍 눈물을 닦는 척했다.

"아, 아닙니다요! 제가 생각이 짧았습니다요!"

그런 나를 보며 팔갑이 얼른 말을 고쳤다.

"그럼요! 도련님의 든든한 시종인 제가 여기에 남아야 도련님이 근심하지 않으시겠지요."

"잘 아네. 잘 부탁해."

나는 고개를 돌려 무사들을 보았다. 팔갑 덕분에 살짝 긴장이 풀린 듯했다.

명종 무사가 가장 먼저 입을 열었다.

"우선 진유 무사님은 꼭 가셔야 한다고 생각합니다. 그리고 주군의 안전을 위해서라도 경지가 높은 분들 위주로 데리고 가십시오."

하지만 그의 얼굴에는 아쉬움이 가득했다.

자신의 입으로 자신을 놓고 가라는 이 상황이 마음에 안 든다는 듯.

나는 잠시 생각하다가 무사들의 이름을 호명했다.

"진유 무사님과 명종 무사님, 창운 무사님, 그리고 이필 무사님을 데리고 가겠습니다."

"네?"

내 말이 뜻밖인지 모두의 눈이 커졌다.

다들 의아해하는 눈빛이라 나는 차분히 설명해 주었다.

"이번 경험은, 여러분에게 큰 경험이 될 것입니다."

경지가 높은 이들만 항상 데리고 다닌다면, 경지가 낮은 호위무사들이 배울 게 없다.

하여 이번 기회를 통해 저들에게도 경험을 쌓게 해 주고 싶었다.

물론 위험하기는 하지만, 무사로서 위험을 피하기만 하면 성장할 수 없지.

게다가 검총 전문가들과 금의위가 함께하니 그렇게까지는 위험하지 않을 거다.

또한, 서우 무사와 여응암 무사는 이곳에 남아서 해 주어야 할 일이 있다.

나는 두 무사에게 전음을 보냈고, 내 전음에 그들은 고개를 끄덕였다.

"그럼, 출발할 준비를 하십시오."

"네."

그리고 서향 소저에게 고개를 돌리자, 그녀가 말했다.

"부디 몸 조심하세요."

"알겠습니다."

"그리고……."

그녀는 나에게 작은 목소리로 무언가를 말해 주었고, 나는 미소 지었다.

"조언 감사합니다."

둥둥둥!

북소리와 함께 뒤에서 권직 대협의 목소리가 들렸다.

"이제 진입한다!"

"네!"

.

.

.

우리는 조심스레 안으로 들어갔다.

탐색을 맡은 장인들이 이미 어느 정도 길을 개척해 놓았기에 운신하는 것은 꽤 여유로웠다.

검총 안으로 들어온 이들에게는 각각의 역할이 있었다.

우선 장인들은 함정이라든지 기관진식을 해체하여 길을 개척한다.

그리고 만약 무력이 필요할 때가 되면 장인들을 뒤로 보내고 금의위들이 전면에 나서서 상대한다.

함께 들어온 일꾼들은 식사를 준비하거나 짐을 짊어지고 이동한다.

나는 물자 보급을 담당하고 있는 만큼, 그 일꾼들을 통솔하는 역할이다.

검총 내부는 상당히 어두워서 횃불을 들고 이동해야 했다.

나는 그 횃불을 들고 짐꾼들의 앞에서 걸어가며 안전하다고 확인해 준 벽을 만져 보았다.

지하임에도 특유의 습기가 느껴지지 않았다.

그렇다면 이 검총을 만든 사람은 상당한 기술자라는 뜻이다.

보통의 검총은, 내부에 차는 습기로 인해 문제가 생기는데 아주 오랜 시간이 지났음에도 습기가 거의 없었으니까.

그것도 이 습한 기후인 운남성에서 말이지.

진짜 이 검총은 무엇을 위한 곳이지?

무엇을 위해 이렇게까지 공을 들인 걸까? 이 검총을 짓기 위해 엄청난 돈과 시간과 노력을 들였을 터인데?

그런 의문을 품은 채 앞선 행렬을 뒤따랐다. 그리고 금령에게 전음을 보냈다.

– 금령아.

– 꾸이?

– 혹시 여기에 비싼 거 있으면 나에게 알려 줘.

– 꾸이? 꾸?

– 그럼 은자 주냐고? 당연히 주지.

– 꾸이!

나와 협상을 마친 금령이 신이 나서 꼬리를 흔드는 것이 내 소매 안에서 느껴졌다.

그렇게 걷기를 한 시진.

이제 슬슬 배가 고파지기 시작할 때가 되었다.

"은 소단주. 식사를 준비해 주게."

"알겠습니다."

권직 대주는 모두에게 휴식을 알렸고, 일꾼들은 내 명

에 따라 식사를 준비했다.

아무래도 여유롭게 식사할 상황이 아니고, 제대로 된 요리를 할 수도 없는 상황이기에 육포와 말린 과일, 그리고 차 정도를 먹어야 했다.

"차린 것이 소소하여 송구합니다."

"무슨 말을 그리하나?"

차 공두가 말했다.

"이 정도만 해도 진수성찬이네. 전에 들어갔던 무덤에서는 생쌀만 씹어댔지."

"영감! 또 그때의 악몽이 떠오릅니다!"

"하하. 미안하네."

나는 그들의 대화에 마주 웃어 주면서 권직 대주 쪽을 흘긋 살폈다.

금의위 역시 아무런 불만 없이 식사를 하고 있었다.

하긴, 임무를 하다 보면 굶기도 할 테니 이런 단출한 식사에도 거부감이 없겠지.

식사를 마치고 다시 탐색을 시작했다.

그렇게 다시 두 시진쯤 걸었을까, 그럼에도 목적지가 보이지 않았다.

금령이가 잠잠한 것을 보니 아직 꽤 멀었나 보군.

"여기서 잠시 눈을 붙이면 될 듯합니다."

"알겠네."

지나온 길보다 넓은 공터였기에, 이곳에서 잠시 눈을

붙이기로 했다.

"그리고 저희가 안전하다고 말한 것 이외에는 만지면 안 됩니다."

"주의하지."

나는 일꾼들에게 식사 준비를 부탁했다.

그때였다.

드드드드드.

갑자기 검총이 흔들리기 시작했다.

이에 다들 황급히 균형을 잡으면서 상황을 파악했다.

"무슨 일인가!"

"왜 갑자기 검총이 흔들리는 건가!"

이에 차 장두가 엎드린 채 바닥을 짚으며 말했다.

"누군가 건드리지 말아야 할 것을 건드린 듯합니다."

그가 주변을 둘러보더니 한 곳을 보며 경악했다.

"저, 저……!"

다른 이들도 그의 시선을 따라 그쪽을 보았다.

그곳에는 신화에 나오는 박이라는 요괴를 돌로 깎아 만든 석상이 있었다.

박은 전란으로부터 백성을 보호하는 수호신이라고 여겨진다.

그래서인지 정의롭고 명예로운 요괴라고도 불리지.

그런 박의 이마의 뿔은 금으로 만들어져 있었다.

그리고 그 뿔에 누군가가 손을 댄 채 얼어붙어 있는 것.

"장갈! 이 멍청한 새끼가!"

권직 대주가 그를 향해 일갈했다.

"분명 건드리지 말라고 했을 터인데!"

어휴, 금의위라면서 초짜 티를 팍팍 내네.

이런 곳에서는 함부로 무언가를 건드리면 안 된다는 것도 모르나?

정신교육이 부족했군.

사실, 저자가 일을 칠 건 알고 있었다.

여기에 들어오기 전에 서향 소저가 말해 줬지.

그런데도 그냥 둔 건 별 사고 없이 수습할 수 있기 때문이다.

드드드드드.

계속해서 흔들리는 검총.

"멍청한 놈! 어서 손을 떼라!"

"네, 네! 어, 이게 왜 안 떨어지지?"

권직 대주의 명령에 장갈 대협이 다급히 손을 떼려 했지만, 그 손은 뿔에 딱 달라붙어 있는지 떨어지지 않았다.

검총이 계속 흔들리는 탓에 다들 움직이지 못하고 있는 동안, 갑자기 그가 비명을 지르기 시작했다.

"으아악! 살려 줘! 아파!"

그 모습에 나는 조용히 한숨을 내쉬었다.

박은 정의롭고 명예로운 요괴다.

그 말은 즉, 그렇지 못한 자는 가차 없이 응징한다는 의미이기도 하다.

저 뿔에 욕심을 내어 손을 댄 것부터가 정의롭지 못하

다는 증거.

일단 이 자리에서 가장 강한 내가 움직여야겠지.

그리고 내가 움직여야 하는 이유도 있고.

나는 바닥을 박차며 재빠르게 장갈 대협에게 달려가 그의 몸을 발로 걷어찼다.

"커억!"

퍼억!

그의 손이 뿔에서 떨어지면서 검총의 벽에 부딪혔다가 튕겨 나왔다.

"쿨럭!"

그는 상당한 충격을 받았는지 바닥에 쓰러져 피를 토했다.

하지만 그의 손이 박의 뿔에서 떨어진 덕분에 검총의 흔들림이 멈췄다.

"후─!"

"하아……."

그제야 다들 긴장이 풀린 듯 안도의 한숨을 내쉬며 바닥에 주저앉았다.

"고맙네. 덕분에 큰 사고를 면했군."

권직 대주의 감사 인사에 내가 고개를 저었다.

"제가 나설 수 있어서 다행입니다."

그리 말하며 서향 소저의 말을 떠올렸다.

"장갈 대협이라는 분이 박의 석상의 뿔을 만져서 큰일

이 벌어질 거예요. 그 뿔에서 강제로 떼어 내셔야 해요."

"그렇군요. 시원하게 걷어차야겠군요."

"제 분노까지 담아서 힘껏 차 주세요."

서향 소저도 장갈 대협의 희롱을 아직 마음에 담아 두고 있었던 듯하다.

나 역시 그에 대한 감정이 있었기에 시원하게 걷어차 주었다.

"으……."

금의위 대협들이 장갈 대협에게 다가갔다.

"이보게, 괜찮은가?"

"쿨럭! 괘, 괜찮습니…… 으윽!"

"이런! 갈비뼈가 부러진 것 같군."

"내보내서 치료를 받게 해야 할 듯합니다."

"아무래도 그래야 할 듯하군."

그때 내가 부드럽게 끼어들었다.

"제가 너무 세게 찬 것 같습니다. 죄송합니다."

"아닐세! 아닐세!"

"자네가 고의로 그랬겠나?"

고의로 그러긴 했습니다만…….

"장 대원을 저 뿔에서 떼어 내기 위해서 그랬던 것 아닌가?"

나는 고개를 끄덕였다.

"네. 한시라도 빨리 뿔에서 떨어트리지 않으면 모두가 위험해질 듯하여 저도 모르게 움직였습니다."

"잘했네. 우리가 모두 무사한 건 자네 덕분이야."

"고맙네."

"장 대협을 다치게 했음에도 이리 칭송해 주시니 몸 둘 바를 모르겠습니다."

"후……."

권직 대주가 한숨을 내쉬며 말했다.

"아무래도 장 대원은 이만 밖으로 나가야 할 듯하네. 이대로는 임무를 수행할 수 없으니……."

그건 안 되지.

"저…… 사실 제가 준비한 게 있습니다. 그것을 착용하면 움직이는 데 어려움은 없을 것입니다."

"응? 준비한 것이 있다고?"

"네. 이대로 밖으로 나가게 되면 황제 폐하에 대한 충심이 깊으신 대협께서 아쉬워하실 것입니다. 하여 제가 준비한 것을 대협이 착용해 보는 게 어떨지요?"

"한 번 가지고 와 보게나."

"네."

나는 내가 준비해 온 철로 만든 흉갑을 꺼내왔다.

일전에 무림대연회 때 갈비뼈가 부러진 정호 형을 위해 만들었던 흉갑이다.

그리고 얼마 전에 은해상단에서 출시한 따끈따끈한 신상품이지.

"이것입니다."

나는 그 흉갑에 대해 설명하고 품에서 병을 꺼냈다.

"그리고 이건 제가 가지고 다니는 약입니다. 이걸 마시고 흉갑을 입으면 괜찮아지실 겁니다."

"알겠네."

이게 또 이렇게 쓰이네.

저건 금령이 침을 물에 섞은 거다.

알면 좀 그렇지만, 모르면 약이지.

그리고 금령이의 침을 얻으려면 은자나 금자를 줘야 하는 만큼 결코 싼 약이 아니다.

장갈 대협은 그걸 마시고 흉갑을 착용했다.

그리고 반 시진쯤 지났을까, 그가 놀란 표정으로 말했다.

"다 나은 것 같습니다! 아니, 다 나았습니다."

"오! 그런가?"

"다행이군!"

"은 소단주! 정말 고맙네."

권직 대주의 말에 나는 머쓱한 표정으로 말했다.

"뭘요. 제가 도움이 되어서 기쁩니다."

그리고 속으로 씨익 웃었다.

내가 장갈 대협을 회복시키고 흉갑까지 입힌 이유가 있다.

계속해서 검총을 탐색하고 북경으로 돌아갈 때 한층 무거워진 수레를 끌고 가야 하거든.

부상으로 나가게 되면 그게 안 된다.

어디서 꿀을 빨려고!

자신의 욕심으로 인해 큰일이 날 뻔했다는 것을 깨달았으니 더 이상 경거망동하지 않겠지.

저런 부상은 금의위들에게 흔한 일이기에 사용할 일이 많은 이들에게 겸사겸사 우리 은해상단의 상품을 홍보도 했고.

.

.

.

나는 눈을 떴다.

이곳은 지하다 보니 명확한 시간을 알 수가 없었다.

하지만 대략 두 시진 정도 잔 것 같으니 새벽이나 아침이지 않을까 싶다.

나는 일꾼들을 깨워 식사를 준비하게 했다.

"오! 일찍 일어났군."

"네. 대주님께서도 일찍 일어나셨군요."

권직 대주님은 그사이에 일어나 몸을 풀고 있었고, 차 장두님은 이미 앞으로 탐색해야 할 곳을 살펴보고 있었다.

"어르신, 기침하셨습니까? 상당히 일찍 일어나셨네요."

"늙으니까 잠이 없어져서 말이지."

차 장두님은 환갑을 넘은 나이임에도 저렇게 솔선수범하는 모습을 보이고 있다.

나도 더 열심히 살아야겠군.

– 꾸이! 꾸!

응? 그딴 소리 하면 사부님을 모셔오겠다고?

지금보다 어떻게 더 열심히 사느냐고?

……할 말이 없었다.

식사를 마치고 검총 탐색이 재개되었다.

그렇게 얼마나 나아갔을까.

우리는 뜻밖의 상황을 마주했다.

"여기, 저희가 지나쳐 온 곳 아닙니까?"

"함정들이 해체되어 있는 것을 보니 그런 듯하군."

순식간에 분위기가 심각해졌다.

하루 넘게 검총을 탐색했는데 출발했던 곳 근처로 다시 돌아온 셈이니까.

"그동안의 탐색에서 이런 경우가 있었나?"

권 대주의 물음에 차 장두가 고개를 끄덕였다.

"아주 오래전에 경험했던 검총에서 이런 일이 있기는 했습니다. 그때는 수수께끼를 풀고 나서야 그 검총의 진짜 내부로 들어갈 수 있었지요."

"수수께끼?"

"네. 그리고 이런 방식으로 검총을 만드는 건 매우 드문 경우입니다. 상당한 시간과 노력이 필요한데, 그렇다는 것은 이곳에 상당히 중요한 게 숨겨져 있을 가능성이 높습니다."

그 말에 나는 사람들을 살폈다.

욕망으로 불타오르는 눈.

중요한 것이라고 했으니 귀한 보물을 생각하는 거겠지.

그런데 정말 그럴까?

내가 금령에게 비싼 물건의 냄새가 느껴지면 말해 달라고 했는데 아직 감감무소식이거든.

"그럼 그 수수께끼의 문제는 어디에 있는 것인가?"

"그건 이 안에 있습니다."

"이 안에?"

"네."

차 장두가 말을 이었다.

"이 공간 자체가 수수께끼이자 해답입니다."

이에 권 대주가 모두에게 사정을 설명했다.

"……그러므로 지금부터 모두 함께 수수께끼를 풀도록 하겠다. 그렇다고 함부로 뭔가를 건드리는 건 허락하지 않는다. 장갈 대원이 어찌 되었는지 모두 보았으니 알 것이다."

권 대주의 경고에 장갈 대협은 얼굴을 붉혔다.

"그럼 수수께끼로 생각될 만한 것을 찾아보도록."

"네!"

이에 모두가 나서서 수수께끼로 생각될 만한 것을 찾기 시작했다.

즉, 집단지성을 사용해 보기로 한 것이다.

나 역시 호위무사들과 주변을 살피면서 이야기를 나누

었다.

"단순하게 이동만 하면 반나절도 걸리지 않을 거리입니다."

반나절이 뭐야.

한 시진도 걸리지 않을 거다.

"아무래도 함정을 해체하면서 이동했으니까 오래 걸린 거죠."

"그나저나 수수께끼라니…… 대체 그게 뭘까요?"

명종 무사의 말에 창운 무사가 머쓱한 얼굴로 고개를 흔들었다.

"저는 잘 모르겠습니다. 뭔가 외우는 건 자신 있는데, 수수께끼를 푸는 것은 젬병이거든요."

그들의 말에 내가 피식 웃으며 말했다.

"전문가들도 많으니 누군가는 풀어내지 않을까요?"

내 말에 진유 무사가 말했다.

"제가 볼 때 그 누군가가 주군이 아닐까 합니다."

진유 무사의 말에 내가 웃으며 말했다.

"그건 아닙니다. 이번에는 정말 모르겠습니다."

나는 진유 무사에게 물었다.

"진유 무사는 이 검총에 대해 어찌 생각하나요?"

"우선, 이곳에 상당히 중요한 것을 보관해 놨다는 건 저도 동의합니다. 그리고 제가 기관진식에 대해 배울 때 검총에 대해서도 조금 배웠습니다. 아무래도 기관진식이 총집합된 곳이 검총이니까요."

그는 말을 이었다.

"이런 형태의 검총이 몇 개 없는 건, 그만큼 엄청난 집념이 필요하기 때문입니다."

그 말을 들으니, 이 검총의 목적이 무엇인지 정말 궁금해졌다.

그때 명종 무사가 물었다.

"이곳에 개구멍이라 부르는 또 다른 출입구가 있다고 하지 않았습니까? 그럼 그곳으로 들어왔으면 되는 거 아닙니까?"

그 말에 진유 무사가 고개를 저었다.

"그렇게 생각할 수 있지만, 그건 그리 단순한 문제가 아닙니다."

"네? 어째서입니까?"

"건설을 마친 기술자들이 빠져나온 또 따른 출입구로 침입자들이 침입할 것을 예상하지 못했을 리가 없지 않습니까? 그들은 바보가 아니니까요."

"그건 그렇습니다."

"그러니 그쪽을 통해 들어가도 검총 내부까지는 수많은 기관진식과 함정이 펼쳐져 있을 겁니다. 이쪽과 다를 바 없거나요."

"그럼 또 다른 출입구는 왜 찾은 겁니까?"

"여차할 땐 그곳을 사용해서 탈출해야 하기 때문입니다."

"그렇군요."

사실 나도 그 점이 궁금했는데, 덕분에 의문을 풀었군.

나는 천천히 주변을 살펴보았다.

그러고 보니 장갈 대협이 만졌다가 큰일 날 뻔했던 박의 석상이 자주 보이는군.

생김새는 대체로 비슷했는데, 그 재료는 제각각이었다.

금이나 은은 물론이고 산호도 있었다.

– 금령아, 저것들을 보고서도 왜 반응하지 않는 거야?

– 꾸이? 꾸! 꾸이꾸이!

– 응? 저것들도 다 못 먹는 거라고?

그 말은 즉, 그것들도 전부 함정이라는 의미인가?

금으로 만들어진 뿔이 함정이었던 것을 생각하면 금령은 그것들이 함정이기에 먹지 못하는 거라고 하는지도 모르겠군.

금령이가 돈은 좋아하지만, 먹어도 되는 돈과 먹으면 안 되는 돈은 기가 막히게 구분하니까.

그때 내 눈에 띈 것이 있었다.

그건 나무로 만든 박의 뿔.

차 장두의 말에 의하면 이곳은 수백 년 전에 만들어진 곳.

그 정도로 오랜 기간이 지났다면 나무로 만든 건 썩어 버렸을 거다.

특히나 운남은 매우 습한 지역이니까.

하지만 이 검총 내부는 전혀 습하지 않다. 오히려 건조할 정도.

"뭔가 알 것 같군요."

나는 다시 원래 위치로 돌아가 권 대주를 찾았다.

그 역시 고심하는 모습이었다.

"무슨 일인가?"

"수수께끼를 알 것 같습니다."

"역시! 자네라면 금방 알아차릴 수 있을 거라고 생각했지."

"과찬이십니다. 제 추측이 틀릴 수도 있습니다."

"일단 들어보지."

권 대주는 차 장두님을 불렀고, 나는 그들에게 내 생각을 이야기했다.

"제 생각에 이 공간에 남겨진 수수께끼는 저 박 석상과 관련이 있을 듯합니다."

"나도 그 생각은 했다네. 박 석상의 수가 유독 많으니 말이지."

"그렇다면 그 석상의 뿔의 재료가 제각각이라는 것도 알아차리셨겠군요."

"물론이지. 하지만 그게 어떤 문제이고, 어떤 실마리인지를 알 수 없어서 얘기하지 못하고 있었네."

"나무로 만든 뿔이 답입니다."

"나무라고? 어째서 그리 생각하는가?"

나는 미소를 지으며 대답했다.

"장두님께서는 이상하다고 생각하지 않으셨습니까? 이

곳은 운남입니다. 무척이나 습한 곳이죠. 그럼에도 이 공간은 건조합니다."

"아…… 그러고 보니 그렇군."

"이렇게까지 습기에 신경을 쓴 이유는, 나무가 썩어 버리기 때문입니다."

나는 말을 이었다.

"만약 나무가 썩어도 상관없다면, 굳이 이렇게까지 건조하게 만들어 놓지는 않았을 겁니다."

권 대주가 끼어들었다.

"기관진식이나 함정들이 제대로 작동되지 않을까 봐 그런 것은 아니겠는가?"

이에 잠시 생각하던 차 장두는 고개를 저었다.

"지금까지 마주했던 기관진식들은 습기가 많아도 작동되는 데 별 상관이 없는 것들이었습니다. 그리고 그걸 이 검총을 만든 자가 모를 리가 없습니다."

"그렇다면?"

"네. 제가 생각해 봐도 은 소단주의 말이 맞는 것 같습니다."

권 대주는 사람들을 불러보았고, 상황을 설명했다.

"하여, 우리는 나무로 만든 뿔을 건드릴 것이다."

"그건 알겠습니다. 그럼 누가 그 일을 하는 겁니까?"

하지만 선뜻 나서는 이가 아무도 없었다.

그도 그럴 게, 만약 일이 잘못되면 크게 다치거나 죽을 가능성이 있기 때문이다.

"제가 하죠."

나는 손을 들며 앞으로 나섰다.

"제가 의견을 냈으니, 제가 하겠습니다."

139장. 전해지는 의지

전해지는 의지

내 말에 권직 대주가 놀란 얼굴로 말했다.

"그게 무슨 말인가? 자네가 해 보겠다니!"

"제가 의견을 냈으니 당연히 제가 해야 한다고 생각합니다."

나는 스스로가 낸 의견에 책임을 지는 게 맞다고 생각한다.

그 책임을 지지 않는다는 건 그만큼 경솔하게 의견을 내고, 결정한다는 의미니까.

그리고 그건 돈 낭비로 이어진다.

놀면서 밥을 축내는 것보다 그런 자들이 한 번에 축내는 돈이 더 많다.

내가 가장 싫어하는 것 중 하나가 바로 돈을 허공에 날리는 거지.

그렇게 생각하며 권직 대주에게 말했다.

"걱정하지 마십시오."

실제로도 전혀 걱정하지 않았다.

내 실력에 자신이 있는 것도 맞지만, 만약 내가 위험한 모습을 봤다면 서향 소저가 팔갑을 보냈을 테니까.

그리고 박의 뿔이 나무인 것을 고르는 것이 거의 확실한 정답이다.

나는 석상으로 다가가 신중하게 그 뿔을 손으로 잡았다.

그리고 회심의 미소를 지었다.

역시 예상대로군.

뿔은 고정되어 있지 않았고, 뿔을 누르면 될 듯했다.

조심스레 뿔을 눌러 보자, 뿔은 부드럽게 안으로 밀려 들어갔다.

그그그그.

동시에 땅이 울리는 소리가 들렸고, 우리 앞에 지하로 내려가는 것 같은 문이 나타났다.

"풀었다!"

"드디어 수수께끼를 풀었어!"

"와아아아!"

사람들이 환호했고, 권직 대주가 나에게 말했다.

"고맙네. 덕분에 수수께끼를 풀었군."

"모두가 힘을 모은 결과입니다."

"자네라면 그렇게 말할 줄 알았지. 하지만 자네의 공이라는 건 분명하네."

차 장두가 나에게 다가왔다.

"대주님의 말이 맞네. 그나저나 이제부터가 진짜이니 각오해야 하네."

"물론입니다."

나는 고개를 끄덕이고는 지하로 내려가는 문을 살폈다.

돌로 만들어진 문에 웬 글귀가 적혀 있었다.

"여기 뭔가 적혀 있습니다."

"여기부터는 우리에게 맡기면 되네."

"부탁드립니다."

나는 순순히 뒤로 물러나 내가 읽었던 글귀를 떠올렸다.

[여기까지 온 연자여, 그대가 누구일지 궁금하군.

자네는 우리의 적일까?

지나가는 객일까?

친우일까?

아니면 우리의 후손일까?

만약 박의 뿔을 눌러 이 문이 드러나게 했다면 자네는 적 혹은 지나가는 객일 터.

적이라면 경고하니, 돌아가라.

이 안에는 지금까지는 장난이라고 생각될 만큼, 그대가 감당할 수 없는 방해물이 가득하니.

객도 돌아가라.

이 안에 있는 건 자네에게 쓸모없는 것들이며 공연히 목숨만을 잃게 될 터.

친우의 증표와 신뢰를 보여 박의 인도를 따라 이곳까지 온 그대여.

내 후손을 도와다오.

피를 흘림으로 인도를 따라 이곳에 온 후손이여.

이 안에 남겨진 것을 우리의 의지이니 이를 통해 우리의 의지를 실현하여라]

나는 곰곰이 생각했다.

사실 글귀의 내용은 어렵지 않았다.

이 검총을 만든 자가 남긴 경고와 당부니까.

적군이나 객이라면 돌아가라고 말하고 있었다.

친우라면 후손을 도와달라고 하고 있었으며, 후손에게는 의지를 실현하라고 했다.

그런데 친우와 후손에게는 별다른 경고가 없군.

나는 그 점이 마음에 걸렸다.

그 말은 즉, 이곳을 만든 자의 친우나 후손이라면 그 어떤 어려움도 없이 이곳에 들어올 수 있다는 의미니까.

[친우의 증표와 신뢰]

그리고 [피를 흘림]

깊이 고민하다가 문득 뇌리를 스치는 생각 하나.

설마, 그건가?

나는 곧바로 권 대주에게 다가가 정중히 요청했다.

"확인해 보고 싶은 것이 있습니다. 그래서 말인데 잠시 밖에 나가서 쉬었다가 다시 들어오는 것이 어떻겠습니까?"

"나갔다가 다시 들어오자고?"

"네. 그러니 차 장두님을 좀 설득해 주십시오."

차 장두는 진지한 표정으로 돌로 만들어진 문에 새겨진 글귀를 읽고 있었다.

권 대주는 그 모습을 보고는 잠시 고민에 빠진 듯했다.

조금 더 이야기를 해야 하나 싶은 순간, 그는 피식 웃으며 입을 열었다.

"그렇게 하지. 차 장두!"

"네, 부르셨습니까?"

"잠시 밖으로 나가서 머리 좀 식히도록 하지."

"네? 지금 말입니까?"

"검총이 어디 도망가는 건 아니잖은가? 그리고 이곳은 공기가 잘 통하지 않아서 오래 있으면 위험하네."

"그렇긴 하죠. 공기가 잘 통하지 않는 곳에 있으면 간혹 환각을 보기도 하니 말입니다."

다행히 차 장두는 권 대주의 말에 순순히 따랐다.

"작업 중지! 밖으로 나간다!"

그렇게 작업이 중지되었고, 탐색대는 전원 바깥으로 향했다.

"험험. 그래서 무엇 때문에 쉬자고 한 건가?"

차 장두님이 내가 다가와 조용히 물었다.

"네? 그게 무슨 말씀이십니까?"

"내가 그 정도 눈치가 없겠나? 이 나이까지 그거 하나로 살아왔네."

정말 눈치가 빠르시네.

하긴 오래 묵은 생강이 맵다는 말이 괜히 있는 건 아니지.

나는 고개를 끄덕였다.

"바깥에서 확인해 보고 싶은 게 하나 있었습니다. 아까 돌로 된 문에 새겨져 있던 것 기억하십니까?"

"기억하고 있지."

"그 때문입니다. 만약 친우라는 증표를 보이거나, 후손이라는 것을 증명할 수 있다면 힘들이지 않고 저 안에 들어갈 수 있지 않을까 해서 말입니다."

"일리가 있군. 그래서 생각해 둔 게 있나 보지?"

"네. 그래서 그걸 시험해 보고자 합니다. 그리고 개인적인 일도 있고요."

그리 말하며 힐끔 뒤를 일별했다.

바깥으로 나오자 해가 뉘엿뉘엿 지고 있었다.

벌써 저녁이군.

우리가 바깥으로 나오자 기다리고 있던 이들이 달려와 물었다.

"무슨 일입니까?"

"탐색이 끝난 것입니까?"

이에 권 대주님이 말했다.

"그건 아니네. 잠시 쉬었다가 내일 다시 들어갈 생각이네. 공기가 부족해서 머리가 잘 돌아가지 않아서 말이지."

"그렇군요."

"가서 좀 쉬고 싶군."

"얼른 준비하겠습니다."

* * *

늦은 밤.

그 어둠을 틈타 검총 쪽으로 은밀하게 움직이는 이들이 있었다.

그들은 신발 바닥에 짐승의 털을 붙여서 발자국과 발소리를 없애는 모마혜까지 신고 있었다.

그들 중에는 일꾼으로 일했던 자도 있었기에 길을 헤매지 않을 수 있었다.

"정지!"

그때 보초를 서고 있던 자가 그들을 멈추어 세웠다.

"무슨 일이냐?"

"저 안에 두고 온 것이 있어서 들어왔습니다."

"칠칠맞기는, 어서 가지고 나와."

"감사합니다. 아, 그런데 혹시 먼저 들어간 자들이 있습니까?"

"안에는 아무도 없네."

"알려 주셔서 감사합니다. 대협."

그들은 아무 제지 없이 검총 안으로 들어갈 수 있었다.

"모든 기관진식을 해체해 놓으니 참으로 편하군! 진작

소문을 낼 걸 그랬군. 그러면 이렇게 편하게 검총을 탐색할 수 있었는데."

"그러니까. 괜히 여기를 찾는다고 고생한 것을 생각하면 말이지."

"이곳에 파견된 금의위들에게 바람을 넣는 것이 더 힘들었네."

그들은 작은 목소리로 소곤거리며 검총 안을 걸었고, 곧 돌로 된 문 앞에 도착했다.

"여긴가?"

"맞아."

일꾼으로 일하고 있는 자가 말했다.

"이게 수수께끼를 풀자 나타난 입구지."

"그럼, 여기에 대해 우선 상부에 보고해야겠군. 그리고 너와 난 이 안으로 들어가고."

"아니, 내 생각에는 상부의 답을 기다리는 것이 나을 듯한데? 여기 경고문이 적혀 있잖아."

"발굴해서 가지고 나오는 것을 가로채는 방법도 있지."

그때였다.

"우리의 잠을 깨운 자가 누구냐!"

갑자기 들리는 추상같은 호령.

이에 그들은 혼비백산하고 말했다.

"이, 이게 어디서 들리는 소리지?"

"우리 말고 또 누가 있는 거야?"

"분명히 이 안에는 아무도 없다고 했잖아!"

하지만 그 우렁찬 목소리는 멈추지 않고 울려 퍼졌다.

"함부로 우리의 잠을 깨운 자! 저주를 면치 못하리라!"

"흐어어억!"

아무도 없는 캄캄한 검총.

그 안에서 들리는 그 목소리에 그들은 허리가 풀려 그 자리에 주저앉고 말았다.

원래 인간의 상상력이란 끝이 없고, 그 상상으로 인해 공포는 극대화되는 법.

"으아아악!"

그들은 간신히 일어나 허겁지겁 검총에서 나갔다.

* * *

나는 겁에 질려 도망치는 이들을 보며 말했다.

"수고하셨습니다. 여 무사님."

"별말씀을요."

저들을 놀라게 한 목소리를 낸 자는 여응암 무사다.

그리고 진유 무사가 저들의 뒤를 쫓고 있다.

내가 이곳에서 저들의 목숨을 취하지 않은 건 이유가 있다.

저들의 상부가 어디에 있는지 알아내기 위해서다.

저들의 정체는 처음부터 알고 있었다. 그리고 일꾼으로 일하는 자의 정체도.

저렇게 짙은 혈향 섞인 흑도의 기운이 느껴지는데 모를

수가 없지.

물론 다른 사람들은 알 수 없겠지만.

나와 일행은 조용히 검총을 나와 처소로 돌아갔다.

오늘은 너무 늦었으니까.

.

.

.

날이 밝자마자 운기조식을 마친 나는 아침을 먹은 후 연유문 공자에게 향했다.

조금 이른 시간이지만 약속을 잡아 놨으니 별 문제는 없다.

그런데 그곳에서 뜻밖의 인물과 마주쳤다.

서임 대협, 아니 공주마마시다.

그녀는 남장은 벗어던지고, 공주에 걸맞은 옷을 입고 있었다.

나는 얼른 고개를 숙여 예를 차렸다.

"소상 은서호가 공주마마를 뵙습니다."

"고개를 드세요."

"네."

나는 그녀에게 물었다.

"여긴 어쩐 일이십니까?"

"여기 도착했을 때부터 이곳에서 머무르고 있답니다. 혼인한 사이인데 뭐가 문제가 되겠습니까?"

"……혼인하셨습니까?"

"이미 초야를 치렀습니다."

"……."

겁나게 빠르네.

그 속도에 나는 깜짝 놀랄 수밖에 없었다.

이건 공주의 뜻이라기보다는 황제의 뜻이겠지.

이미 초야까지 치렀으니 이 혼사는 물릴 수 없을 터.

"그러셨군요. 감축드립니다."

"고마워요. 하지만 그 축하는 넣어 두시고, 정식으로 혼례식을 할 때 말해 주세요."

"그때 저 역시 정식으로 축하드리겠습니다."

"네. 조금만 기다리시면, 제 부군이 나올 거예요."

잠시 후.

채비를 마친 연유문 공자가 나왔고, 우리는 검총이 있는 곳으로 향했다.

"혼인하니 좋으십니까?"

"하하하. 네."

"며칠 전만 해도 걱정이 한가득이시더니, 완전히 딴판이 되었군요."

내 말에 그는 하늘을 올려다보며 말했다.

"황제 폐하께 굴려지는 건 나중의 저 아닙니까? 그러니까 지금은 그냥 현실을 만끽하는 중입니다."

그는 말을 이었다.

"그리고 부인으로서도 만족스럽습니다. 아니, 제게 과

분한 분이지요."

"원래 모든 일에는 반대급부가 있기 마련입니다. 이른바, 대가라고 하죠."

"……그건 맞습니다."

그가 쓰게 웃으며 고개를 끄덕이더니 내게 물었다.

"그런데 왜 저랑 같이 검총에 가자고 하신 겁니까?"

"하나 요청할 게 있기 때문입니다. 그 전에 하나 묻고 싶은데, 여기 춘경성은 역사가 얼마나 됩니까?"

그가 잠시 고민하더니 대답했다.

"제법 오래 되었습니다. 한 몇백 년은 되었겠죠."

"그럼 공자께서는 이곳에서 살던 분의 후손이십니까?"

"네. 저희 가문 대대로 이곳에서 살아왔다고 들었습니다. 대대로 내려오는 유언 중의 하나가 이곳을 절대 떠나지 말라는 것이었습니다."

"그렇군요."

그렇다면 내 추측이 거의 맞아떨어지는군.

우리는 검총의 입구에 도착했고, 나는 바늘을 꺼내며 말했다.

"죄송하지만, 이걸로 손에 피를 좀 내어도 되겠습니까?"

"제 피를 말입니까?"

"네. 검총과 관련해서 시험해 볼 게 있기 때문입니다."

그는 선뜻 손을 내밀었다.

"어려운 건 아닙니다."

나는 그의 손바닥을 바늘로 찔러 피를 낸 후, 말했다.

"이제 여기 이 검총의 문에 피가 흐르는 손을 가져다 대 보십시오."

내 지시대로 그는 손을 검총의 문에 가져다 대었다.

그 순간.

드드드득.

뭔가 구조물이 움직이는 소리가 들렸다. 그리고.

스릉, 턱!

구조물 움직이는 소리가 멈추고, 저절로 문이 열렸다.

역시! 내 생각대로다.

나는 셔우 무사에게 말했다.

"지금 즉시, 권 대주님과 차 장두님을 불러 주십시오. 급한 일이니 서두르라고도 해 주시고요."

"네."

잠시 기다리자 그들이 달려왔다.

"무슨 일인가?"

"무슨 일인데 급한 일이라고 그러나?"

나는 대답 대신 검총을 가리켰다.

"여기를 보십시오."

"어?"

"으음?"

그들은 곧 변화를 알아차렸다.

문이 열린 검총의 입구에는, 이곳에 떨어졌던 바위를 부순 잔해가 흔적도 없었기 때문이다.

"이게 어찌 된 일인가?"

나는 그들에게 간단히 설명했다.

"그 글귀에서 나오는 후손이 여기 있는 연유문 공자의 가문을 뜻하는 거라고 생각했습니다. 몇백 년 동안 대대로 이곳 춘경성에서 살아왔으니까요. 하여 그의 피를 이용해서 이 문을 열자 이런 통로가 만들어진 것입니다."

바로 검총 안에서 보았던 [피를 흘림으로 박의 인도를 따라 이곳에 온 후손이여]라는 문장을 통해 이를 추론한 것이다.

이 검총이, 검총을 만든 자의 후손이라는 것을 인식하기 위한 요소가 피였던 것.

내 이전 삶에서, 이 춘경성 성주의 피를 이은 자들은 모두 죽었다.

내가 겪은 저들의 방식을 생각하면 그들은 아마 강제로 검총을 탐색했을 터.

문득 궁금해지네.

과연 저들은 이 검총을 탐색하는 데 성공했을까?

이 검총을 탐색하기 위한 가장 중요한 열쇠였던 성주의 핏줄을 모조리 없앤 후에야 검총에 들어갔으니, 그 글귀를 보고 아차 싶었을지도 모른다.

어쨌든 지금은 전혀 다른 상황.

"그럼 들어가 보죠."

나는 호위무사들에게 입구를 지켜달라고 말한 후 안으로 들어갔다.

그리고 우리는 탄성을 질렀다.

"와……."

"이런……."

그건 우리를 힘들게 했던 함정이 하나도, 정말 단 하나도 보이지 않았기 때문이다.

그야말로 쭉쭉 뻗은 길.

그리고 우리가 하루하고도 반나절 만에 당도했던 글귀가 새겨진 돌문까지 불과 일각밖에 걸리지 않았다.

"후, 이쯤 되니 뭔가 허탈해지는군."

제 말이 그 말입니다.

나는 연유문 공자에게 말했다.

"그럼, 이 문을 열어 주십시오."

"네."

그가 문을 열었다.

그런데 나를 제외한 다른 이들의 반응이 이상했다.

가장 먼저 입을 연 자는 연유문 공자다. 그는 코를 킁킁거리며 말했다.

"상당히 좋은 향이 납니다."

"그렇군. 꽃향기인가?"

"저 안에서 나는 것 같은데?"

하지만 나는 고개를 갸웃할 수밖에 없었다.

무슨 향이 난다는 거지? 내 코에 느껴지는 냄새라곤 오랫동안 밀폐되어 있던 지하 특유의 쿰쿰한 냄새뿐인데…….

"들어가지."

우리는 그 안으로 들어갔고, 계단을 따라 내려갔다.

"여기…… 검총 맞습니까?"

"어쩐지 꽃향기가 난다고 했더니."

"이게 뭔 조화일까요!"

나를 제외한 세 명은 깜짝 놀라거나 감탄하는 모습이다.

"왜 그러십니까?"

"자네는 저 꽃밭이 안 보이나?"

"네? 꽃밭이요?"

"허허! 정말 아름다운 꽃밭이군."

"이 운남성에서는 처음 보는 꽃밭입니다."

세 사람의 반응을 보아하니 상당히 아름다운 꽃밭이 펼쳐져 있나 보네.

하지만 내 눈에 보이지 않는 것을 보면…… 그건 진법으로 만든 환상일 가능성이 높다.

내가 익힌 태음빙해신공의 정순한 기운 때문에, 그 무엇도 내 정신에 간섭할 수 없으니까.

그나저나 연유문 공자는 이 검총을 만든 자의 후손 또는 친우다.

그런데 왜 이런 꽃밭을 만들어서 이곳의 진짜 모습을 가린 걸까?

어쩌면 뭔가 있어 보이고 싶은 마음에서 비롯된 것일지도 모른다.

지금 이곳은 투박한 벽돌을 쌓아 만든 네모난 공간일 뿐이니까.

아니면 지친 심신을 달래주기 위해서일지도 모르지.

그때 문득 의문이 들었다.

나는 각종 진법으로 인한 환상에 영향을 받지 않는데, 조사님의 안배는 어떻게 적용되는 거지?

내가 조사님을 만날 수 있는 것은 분명히 조사님의 친우분이 만든 진법이라고 들었는데…….

뭐, 나중에 조사님께 여쭤보면 되겠지.

"저는 꽃밭이 보이지 않습니다."

나는 사실대로 말했다.

아무래도 저 꽃밭이 보이는 것처럼 행동하는 것보다 저들에게 그 모습이 환상이라는 것을 알려 주는 게 나을 것 같았기 때문이다.

"아마도 제가 지닌 기물 때문인 듯합니다. 이게 환각의 영향을 받지 않게 해 주는 공능이 있어서요."

"그럼 우리가 보는 꽃밭이 환각이라는 거군."

"네. 진법으로 만든 환각일 겁니다. 혹시 그 꽃밭에 뭔가 특이한 게 없습니까?"

"특별한 거라…… 아! 여기 비석 같은 게 있군."

그 공간의 가운데 세워져 있는 비석은 그들의 눈에도 보이는 듯했다.

이어서 연유문 공자가 말했다.

"여기 뭔가 새겨져 있습니다. 「연자여, 이 상자 안의 물건은 우리의 후손을 위해 남긴 것이니 이를 통해 우리의 의지를 실현하라」라는 내용입니다."

"그리고 비석 뒤에 상자 하나가 있군."

권 대주님의 말대로, 돌로 만든 단 위에 상자 하나가 있는 것도 보였다.

"저 상자군요."

"음? 상자는 보이는가?"

"네. 상자와 비석은 보입니다."

"상자를 열어 보도록 하지. 연 공자, 부탁하네."

"네."

연유문 공자가 다가가 그 상자를 열었다.

그 안에는 두루마리 몇 개가 들어 있었다.

"응? 웬 서류가?"

"제가 한 번 보겠습니다."

나는 그 두루마리 중에 가장 굵은 것을 집어 들고는 그대로 펼쳐 보았다.

"이건……."

그 종이에 적힌 글자는 제국어는 아니었다.

하지만 처음 보는 글자도 아니다.

이전 삶에서 본 기억이 있는데…… 아주 오래전에 어느 부족에서 쓰이던 거라고 했던 것 같다.

하지만 그 내용을 파악할 수 있을 정도는 아니었다.

그때 연유문 공자가 나섰다.

"아, 이 글자는 저희 부족에서 예전부터 써 왔던 문자입니다."

"읽을 수 있으십니까?"

"아, 네. 물론 읽을 수 있습니다. 명색이 이 성의 후계

자인데 당연히 배웠지요."

역시, 이 춘경성에 거주하는 부족의 글자였군.

"읽어 보겠습니다. 으음…… 이것을 보고 있다는 건, 분명 내 후손이 큰 곤경에 처한 상황일 터. 이것은 이곳에 터를 잡은 내 후손이 자자손손 대를 이어 갈 수 있도록 하기 위한 안배이니라."

연유문 공자의 말이 이어졌다.

"우선 첫 번째로, 이 제국을 다스리는 황제와 맺은 혼약의 증표가 있으니 이를 통해 황실과 사돈을 맺는 방법을 추천하는 바이다."

연유문 공자가 머쓱한 표정을 지었다.

"저…… 이미 공주마마와 혼인했는데 말입니다. 하하하."

"그렇군."

그 말은, 혼약의 증표는 무용지물이 되었다는 의미다.

이 검총을 지은 이는 그것까진 예견하지 못했겠지.

내가 개입한 결과에 현 황제 폐하가 꽤 유능하면서도 욕심이 많다는 것이 현 상황을 만들었으니까.

"마저 읽겠습니다."

연유문 공자는 다시 두루마리를 읽어 갔다.

"두 번째로, 운남성 축융궁의 궁주에게 받은 신표가 있으니 이를 통해 신변의 안전을 도모할 수 있을 것이다."

이를 들은 차 장두가 상자 안을 가리켰다.

"여기 신표가 있군."

"그렇군요."

"세 번째로, 제국의 황제에게 받은 공증 문서가 있다. 이는 이 땅에서 우리를 쫓아내지 않겠다는 공증 문서이니 이를 가지고 이 땅에서의 정당성을 주장할 수 있느니라."

두루마리 두 개 중 하나가 그것인가 보군.

"마지막 네 번째로, 현룡성체를 타고난 사내를 찾아가도록 해라."

"……!"

그 말에 나도 모르게 움찔했다.

방금 현룡성체를 타고난 사내라고 했지?

그게 누군지 알 것 같다.

그거, 나다.

이전 삶에서 흑적의선이 말했다.

남자가 현룡성체를 타고날 확률은 거의 없다고 해도 무방할 정도라고.

그러는 사이 연유문 공자의 말이 계속해서 이어졌다.

"현룡성체를 타고 난 사내는 세상의 중심이 될 운명. 그는 흐트러진 순리를 바로잡고 천기를 피로 물들이는 자들을 벨 날카로운 검이 되리니 그의 도움을 받을 수 있다면 능히 가문을 다시 부흥시킬 수 있으리라."

이 말, 어디선가 들은 것 같다.

어디서 들었더라?

아…… 이것 역시 흑적의선께 들었다.

"전해져 오는 말에 의하면, 현룡성체의 체질을 지니고 태어난 여자는 천하의 기재가 되고, 남아는 세상의 중심이 된다고 하지."

나를 위로하는 말인 줄 알았는데, 진짜였던 것인가?

연유문 공자가 두루마리를 마저 읽었다.

"그리고 이를 위해 노잣돈을 남기니, 유용하게 쓰기를 바란다."

상자 안을 보니, 비단으로 만든 듯한 낡은 주머니가 있었다.

연유문 공자가 그걸 들어 쏟아보았다.

짜르르.

금가락지가 오십여 개 정도.

금원보 두 개 정도밖에 되지 않는다.

이러니까 금령이가 딱히 반응하지 않은 거로군.

적은 양은 아니지만, 엄청나게 탐날 정도도 아니니까.

"내용은 그게 다인가?"

"네."

권 대주의 물음에 연유문 공자는 고개를 끄덕였다.

"허! 그러면 이 안배를 위해 이곳을 만들었다는 것인가?"

이어서 차 장두가 한숨을 내쉬며 말했다.

"꽤 다양하고 수준 높은 기관진식과 함정이 많아서 기대했는데, 이것 참 허무하군."

내가 그들을 위로했다.

"그래도, 후손을 위한 그 마음은 인정해야 할 것입니다."

"하긴 자네의 말에 일리가 있군."

이곳 운남은 그렇게 평화로운 지역이 아니다.

제국의 중심과 거리가 멀어서 이 지역이나 근방의 세력들이 자주 전쟁을 벌였기 때문이다.

운남에는 여러 세력이 있었는데, 축융궁, 남만야수궁, 만독문이 대표적이다.

아무래도 제국의 통제가 제대로 미치지 않는 곳이다 보니, 그런 지역 토착 세력들의 힘이 강할 수밖에.

그런 자들 사이에서 춘경성 같은 평범한 곳이 명맥을 이어 오기는 참으로 고단한 일.

그렇기에 이 검총을 만든 자는 후손들의 미래를 걱정해 이런 곳을 만들고 안배를 보관한 것이겠지.

이렇게 복잡하게 만든 것은 이곳을 침략한 세력들로부터 이 안배를 지키기 위한 것일 테고.

더 나아가 외부인들이 이곳에 침입했다는 건, 후손들이 도륙당했다는 뜻이니 이에 대해 복수를 하고자 함일 수도 있었다.

나는 다른 세 명에게 말했다.

"그리고 저희가 오늘 보고 들은 것에 대해서는 평생 함구하는 게 좋겠습니다. 별것 아닌 것처럼 보여도 이는 춘경성 거주민들의 조상이 남긴 것이니, 함부로 이야깃거리로 삼아서는 안 된다고 생각합니다."

"하긴, 그렇지."

"걱정 말게. 우리가 그렇게 생각 없는 놈들은 아니네."

연유문 공자가 감동한 얼굴로 말했다.

"저희를 그리 생각해 주시니 감사할 따름입니다."

내가 그들에게 부탁한 건, 춘경성을 위해서도 있지만 내 안위를 위해서기도 하다.

아까 연유문 공자가 네 번째로 한 말.

현룡성체를 타고난 자는 세상의 중심이 된다는 말 때문이다.

하지만 세상의 중심은 황제에게 해당되는 말이다.

그러니 혹여나 이 말이 바깥으로 새어나가고, 내가 현룡성체를 타고난 것이 알려진다면 내가 역도로 몰릴 가능성이 있다.

황제가 내게 제한적 면책권을 주었다지만, 역도로 몰리면 골치 아프다.

어? 잠깐.

혈교에서 이 검총을 탐색했고, 무수한 희생 끝에 이걸 발견하여 해독했다면…….

[그는 흐트러진 순리를 바로잡고 천기를 피로 물들이는 자들을 벨 날카로운 검이 되리니 그의 도움을 받을 수 있다면 능히 가문을 다시 부흥시킬 수 있으리라.]

이 구절은 저들에게 상당히 거슬리겠지.

천기를 피로 물들인다는 것은 아마도 혈교를 의미하는 것이니까.

그리고 지금까지의 정황으로 봐서, 혈교와 무림맹은 모종의 관계가 있어 보였다.

그렇다면 내가 현룡성체라는 것을 알아냈기 때문에 저들이 나를 죽인 건가?

아직도 기억한다.

이전 삶에서 내가 죽을 때 남궁강이 했던 말을.

"그런데 그거 알고 있나 모르겠군. 사실 윗분들이 은해상단을 없앤 이유가 네놈 때문이라는 거 말이야."

정말 그렇다면……

내가 태어난 것 자체가 은해상단의 악재라는 것인가?

"자네, 괜찮은가?"

내 안색이 좋지 않아 보였는지 권 대주님이 걱정스럽게 물으셨다.

"괜찮습니다. 아무래도 공기가 잘 통하지 않는 곳이어서 그런가 봅니다."

"그건 그렇지. 어서 이곳을 정리한 후 나가도록 하지."

그때 차 장두가 말했다.

"아, 그런데 이곳에 들어올 때 봤던 돌문에 적혀 있던 글귀를 다들 기억하십니까?"

"기억하지."

"이 안에 남겨진 것을 우리의 의지이니 이를 통해 우리의 의지를 실현하라고 했습니다. 그런데 그 의지라는 것이 무엇입니까?"

"응?"

"그것이 걸립니다."

"생존입니다."

그 질문에 대한 답은 연유문 공자에게서 나왔다.

그는 두루마리를 보며 말했다.

"여기 남긴 말에 의하면, 네 가지의 방법 모두 부족이 살아남는 방법에 대한 것들입니다."

"그러고 보니 그렇군."

"이 땅에서 생존하는 것이 이곳을 남긴 조상님께서 바라시는 의지라고 생각합니다."

"나 역시 그리 생각하네. 그럼 이곳에서 슬슬 나가도록 하지."

권 대주님이 그렇게 말씀하시며 직접 상자를 들었다.

혼자 들 수 있을 만한 크기였으니까.

"어? 여기 뭔가 있습니다."

그런데 그 상자가 놓여 있던 곳 바닥에 글자가 새겨져 있었다.

"이건 뭐라고 적혀 있는 겁니까?"

연유문 공자가 다가가 그 글자를 읽었다.

"반드시 기억해라. 강한 자가 승자가 아닌, 마지막까지 살아남는 자가 승자다. 또한, 기억해라. 위를 바라보지 말고 아래를 바라보아라. 우리는 언제나 바닥에 있었으며 그곳이 진정으로 안락한 곳이니 라고 적혀 있습니다."

"⋯⋯!"

그 순간 나는 뭔가 깨달았다.

마지막까지 살아남는 자가 승자라는 말.

내가 현룡성체를 타고 태어났고, 이로 인해 은해상단이 멸문했다.

그래서 뭐?

내가 현룡성체를 타고 태어나고 싶어서 태어났냐고.

나도 그것 때문에 엄청 고생했다고.

현룡성체를 타고 태어난 내가 나쁜 놈이겠어?

잘 먹고 잘 살고 있는 나와 가족들을 죽인 그들이 천하의 개×놈들이지.

이전 삶에서는 그들이 나를 죽였지만, 이번에는 그렇게 되지 않을 거다.

내가 아득바득 끝까지 살아남을 거니까.

그래, 저 말처럼 끝까지 살아남은 자가 승자다.

이번 생의 승자는 내가 될 거다.

"그런데, 이 안에서 나온 것이 이것뿐인데⋯⋯ 혹시 이를 두고 저희가 보물을 빼돌렸다고 의심하면 어떻게 합니까?"

차거이 장두의 말은 일리가 있었다.

보통 검총을 탐색하면 수많은 보물이 나오기 마련이다. 그리고 곳곳의 박의 석상의 뿔 중에는 금과 은도 많으니까.

그런데 이것만 가지고 나간다?

분명 말이 나올 거다.

어떻게 하는 게 좋을까…….

잠시 고민하다가 이상한 점을 느꼈다.

적들을 꾀어내기 위해 금과 은을 그렇게 사용했는데, 자신의 의지를 이어 갈 후손을 위해서는 고작 금가락지 오십 개 정도밖에 남기지 않는다고?

그럴 리가. 분명히 뭔가가 더 있을 거다.

– 금령아.

– 꾸이!

– 진짜 이 안에 보물이 없는 거야?

– 꾸이! 꾸!

– 보물은 없지만, 뭔가 돈 냄새가 나는 건 있다고? 그게 뭔데?

– 꾸이! 꾸이!

금령이 말하는 건 상자였다.

그것도 저 상자의 밑바닥.

나는 권 대주에게 정중히 부탁했다.

"대주님, 그 상자를 좀 더 살펴봐도 되겠습니까?"

내 말에 권 대주는 망설임 없이 나에게 상자를 내밀었다. 내 도움으로 이곳까지 문제없이 올 수 있었으니 나를 믿는 거겠지.

나는 상자의 내용물을 꺼내고는 상자 안쪽을 자세히 살

폈다.

"이거, 상자의 바닥이 이중입니다."

"어디 보지!"

차 장두도 상자를 살폈고, 이내 탄성을 질렀다.

"오! 정말 그렇군!"

"이거 분해할 수 있습니까?"

"당연하지! 내 실력을 뭐로 보는 건가?"

차 장두가 자신 있게 팔을 걷어붙이고 나서니 상자의 바닥은 금세 분리되었다.

그 상자의 바닥을 구성하고 있는 판자와 판자 사이에는 비단 조각이 들어 있었다.

그 비단에 그려진 것은 지도였다.

[이건 후손에게 남기는 선물이니라]라고 적혀 있는 것을 보면…….

"이게 진짜 보물 지도군요."

아니, 이렇게 어렵게 수수께끼를 내면 어떻게 하십니까? 그러면 정작 필요한 후손이 이걸 어찌 찾으라고요.

물론 그걸 알아낼 정도로 영특한 후손에게 이를 남기려고 그랬을 수도 있지만…….

아무튼, 금령이 덕분에 저걸 찾았네. 그런데,

- 꾸이? 꾸?

응? 문제가 있다고?

나는 금령이에게 물었다.

- 무슨 문제인데?

– 꾸이. 꾸!

아…….

그러니까 저건 이곳에 사는 후손을 위해 남긴 것이라서 자신이 먹으면 안 된다고?

준다는 말도 안 했는데…….

그건 그렇고, 금령의 말대로다.

이 지도에 표시된 곳에 있을 보물은 춘경성에 터를 잡은 조상이 후손에게 남긴 것이다.

처음에는 임자가 없는 줄 알았지.

황제는 비싸고 좋은 거 있으면 다른 사람 손타기 전에 다 챙겨 오라고 했지만, 사정이 바뀌었다.

아버지가 어렵게 마련해서 아들이나 손자에게 남긴 유산을 중간에 홀랑 가로채는 셈이니까.

하지만, 문제가 하나 더 있다.

이걸 춘경성에서 잘 지킬 수 있는지 여부다.

가문을 일으키는 것보다 그 가문을 유지하는 것이 더 어렵다는 말이 왜 있겠는가?

하지만 그건 나중 문제고, 우선은 보물을 찾아야지.

그 모든 건 보물을 찾았을 때의 문제니까.

그나저나 아까 보았던 [위를 바라보지 말고 아래를 바라보아라. 우리는 언제나 바닥에 있었으며 그곳이 진정으로 안락한 곳이니]라는 건 이것을 의미하는 것이었다.

상자의 바닥을 살펴보라는 것.

우리는 검총을 나와서 곧바로 사람들을 소집했다.

그렇게 모인 사람은 총 서른 명.

믿을 수 있고 입이 무거운 이들만을 추린 것이다.

나는 내 호위무사들을 다 모았고, 연유문 공자도 자신이 신뢰할 수 있는 무사들만 모아 왔다.

우리는 빠르게 움직였고, 곧 비단에 그려진 지도가 가리키는 곳에 당도했다.

그곳은 춘경성 안에 있는 무향후를 모신 사당.

무향후가 운남 지역과도 인연이 있긴 하지.

이곳을 지배하던 맹획을 일곱 번 사로잡았다가 일곱 번을 놓아주었고, 마침내 맹획이 그에게 탄복하여 항복했었으니까.

그리고 그는 이곳에 군사도 관리도 남기지 않고 시원하게 떠나 버린다.

하여 이곳 운남에서는 무향후를 상당히 존경하고 있지. 이렇게 사당까지 만들 정도로 말이다.

– 꾸이! 꾸이!

금령이가 덩실덩실 엉덩이를 흔들며 기뻐하는 것을 보니 엄청난 양의 재물이 있나 보네.

– 어차피 못 먹는데, 그래도 좋은 거냐?

– 꾸이! 꾸!

알고 있으니까 눈치 챙기란다. 하하하.

그래. 그냥 보는 것만으로도 좋은 것이 있는 법이지.

"이곳이 확실합니까?"

권 대주의 물음에 연유문 공자가 고개를 끄덕였다.

"네. 확실합니다."

그는 말을 이었다.

"선조께서 이곳에 재물을 보관하신 이유도 짐작이 갑니다. 이곳의 사람들이 무향후를 존경하여 이곳을 허물지 않을 거라 생각하셨을 겁니다. 실제로 그것이 이 운남 지역의 금기이기도 하고요."

"그럼 들어가 봅시다."

그렇게 우리는 무향후의 사당 안으로 들어갔다.

우선, 예는 갖추어야겠지.

우리는 무향후의 초상화 앞에 고개를 숙여 예를 갖추었다.

그리고 내가 무향후의 족자를 걷었고, 잘 말아서 옆에 놓았다.

그사이에 연유문 공자가 비단에 적혀 있는 대로 움직였다.

무향후를 그린 커다란 그림의 족자가 걸려 있던, 단단해 보이는 나무를 왼쪽으로 두 번, 오른쪽으로 두 번, 왼쪽으로 일곱 번, 오른쪽으로 세 번을 돌렸다.

드르르륵.

그러자 족자가 걸려 있던 벽 자체가 아래로 내려가기 시작했고, 그 안에서 흙벽돌의 모습이 드러났다.

나는 그것을 조심스럽게 만져 보았고, 주먹으로 가볍게 쳐 보았다.

퉁퉁.

안이 비어 있었다.

"이 흙벽을 부수죠."

내 말에 권 대주님이 고개를 끄덕였고, 우리는 달려들어 흙벽을 부수었다.

애초에 튼튼하게 만든 건 아니기에 흙벽돌은 쉽게 부서졌다.

그리고 그 안에 숨겨진 문이 보였다.

권 대주님이 그 문을 열기 위해 손잡이를 당겼지만, 문은 꿈쩍도 하지 않았다.

"연유문 공자가 열어 보면 다를 듯합니다."

"아! 그럴 수 있겠군."

내 말에 권 대주님이 물러나고, 연유문 공자가 앞으로 나섰다.

그가 손잡이를 잡아당기자 거짓말처럼 쉽게 문이 열렸다.

안쪽이 드러나자 우리의 눈이 휘둥그레졌다.

그 안에 쌓여 있는 재물 때문이었다.

금령이가 엉덩이를 씰룩일 정도로 엄청난 양의 금과 은이었다.

어찌나 많은지 안의 공간이 노란색으로 빛날 정도였다.

이걸 다 옮기는 것도 쉽지 않겠군.

그때 내 눈에 띈 것이 있었다.

이 공간과 전혀 어울리지 않는 것, 바로 피가 묻은 두루마리였다.

연유문 공자가 그것을 집어 들어 펼쳤다.

그곳에 적혀 있는 것은 제국어였고, 모두가 그것을 읽을 수 있었다.

[이 재물은 저희의 후손을 위한 것입니다. 이것을 손에 넣으신 귀한 분이여. 나의 후손에게 이 재물을 돌려준다면 우리는 당신에게 결초보은할 것입니다.]

두루마리에 묻은 피 때문인지, 그 내용이 더욱 애절하게 보였다.

이것을 손에 넣은 후손에게 전하는 당부라든지 적에게 보내는 경고가 아닌, 이런 부탁이라니.

혹시 이것을 여기에 보관한 춘경성의 선조는, 이것들이 황제의 손에 들어가게 될 것을 알고 있었는지도 모른다.

그러니까 이런 내용의 서신을 남겼겠지.

"이제 어떻게 할까요?"

"이걸 옮기는 것도 문제군. 중간에 손을 타지 않을 거라는 보장도 없으니······."

만약 그런 일이 벌어진다면, 권 대주는 황제에게 문책을 당하게 될 터.

이렇게 보물을 발견했지만, 무작정 좋아할 수가 없는 상황이다.

이게 책임자가 짊어지는 무게겠지.

나는 권 대주님에게 말했다.

"대주님, 우선 성주님을 부르시지요. 성주님과 논의해 보는 것이 좋을 듯합니다."

"그게 좋겠군."

잠시 후.

성주님이 연유문 공자의 연락을 받아 무향후의 사당에 당도했다.

"무슨 일입니까? 급한 일이라고 들었습니다."

"네, 맞습니다."

권 대주가 우리를 대표해서 말했다.

"이 일은 성주님의 도움이 필요하고, 성주님의 결단이 필요한 일입니다. 그러기 전에 처음부터 설명을 드려야 겠지요."

그가 숨을 돌리며 내게 말했다.

"이후로는 은서호 소단주, 자네가 설명하게."

"네. 제가 설명하겠습니다."

나는 성주님에게 자초지종을 설명했다.

"……하여 그 비단에 그려진 지도를 따라 이곳에 온 것입니다."

"그렇군."

"그리고 그 안에서 이것을 발견했습니다."

나는 성주님을 모시고 안으로 들어갔다.

"……."

털썩.

안에 가득 쌓여 있는 금과 은을 본 성주님은 다리가 풀린 듯 그대로 주저앉았다.

"아이쿠! 괜찮으십니까?"

"……진짜겠지?"

"네. 물론입니다. 차 장두님께서 확인해 주셨습니다."

"믿을 수가 없네."

나는 그것 중 하나를 가져와 건넸다.

"한 번 깨물어 보십시오."

그 말에 성주님은 조심스럽게 그것을 깨물어 보고, 선명하게 남은 이빨 자국을 물끄러미 바라보셨다.

"그렇군. 진짜 금이군."

성주님은 정신을 차리고는 침착하게 물었다.

"그래서 나를 부른 이유가 무엇인가?"

"이걸, 북경으로 옮겨야 합니다."

나는 말을 이었다.

"이건 성주님의 선조님께서 남기신 것입니다. 그러니 반드시 이것들이 춘경성을 위해 쓰일 수 있도록 하겠습니다."

내 말에 성주님이 작게 고개를 흔들었다.

"너무 그리 애쓰지 않아도 되네."

"네?"

"사실 처음에는 저것들을 보니 좋았네. 하지만……."

성주님은 자신의 비어 있는 한쪽 소매를 보시며 말씀하셨다.

"저것들이 이곳에 있다면, 춘경성은 다시 한번 그 끔찍한 일을 겪어야 하네."

성주님은 남은 한쪽 손으로 주먹을 꽉 쥐었다.

"저 금은 때문에 수많은 이들이 이 땅을 노릴 테니까. 이 춘경성이 무사할 수 있다면 저런 건 없어도 괜찮네!"

"……."

지난번 일이 성주님께 무척이나 큰 상처로 남으셨구나.

그렇기에 이 엄청난 양의 금은도 마다하시는 거다.

하긴, 이전 삶의 일을 알기에 성주님의 선택을 부정할 수 없었다.

그래도 그 일을 겪으신 성주님께 도움이 되는 것이 하나 있다면 현실을 직시할 수 있게 되셨다는 거지.

"그리고 자네가 말하지 않았나? 우리의 선조님께서 남기신 서신에 생존에 최우선적으로 임하라고."

"네. 맞습니다."

"이것들은, 오히려 생존하는 데 도움이 되지 않을 것 같군."

"알겠습니다."

나는 고개를 주억였다.

"성주님의 뜻을 받아들이겠습니다. 대신, 이것들을 안전하게 황궁까지 가지고 갈 수 있도록 도와주십시오."

"알겠네."

우리는 잠시 머리를 맞대고 고민에 빠졌고, 성주님께서 묘안을 떠올리셨다.

"아! 이렇게 하면 되겠군."

.

.

.

모든 일을 마치고 각자 처소로 돌아갔다.

내 처소에는 진유 무사가 돌아와 있었다.

"어찌 되었습니까?"

"주군께서 명하신 대로 그들을 쫓아 상부를 알아냈습니다. 이곳 운남에 있었습니다."

"전력은 어느 정도 됩니까?"

"제가 봤을 때는 그리 대단치 않았습니다. 숫자는 스물 정도였고, 절정의 무사는 두 명 정도였습니다."

"그 정도면 저희끼리도 해결할 수 있겠군요."

"충분할 것 같습니다."

나는 자리에서 일어났다.

"그러면 처리하러 가죠."

이제 무향후의 사당에서 발견한 금은을 북경으로 호송해야 한다.

그리고 저들이 이를 알게 되면 골치 아파지니, 되도록 빨리 처리해야지.

밤이 되었다.

나는 내 호위무사들과 함께 처소를 나섰다.

그리고 진유 무사가 말한 곳에 가까이 다다랐을 때 나는 비고에서 웃는 가면을 꺼냈다.

"오늘, 이 가면을 씁시다."

"알겠습니다."

"오랜만에 쓰는군요."

우리는 웃는 가면을 쓰고는 습격할 준비를 마쳤고, 진유 무사가 물었다.

"생포할까요?"

"아닙니다."

나는 고개를 저었다.

"몇 가지 정보를 알아내기만 하면 되니, 그 정보를 알아낼 자만 남겨 두고 모두 정리하면 됩니다."

황제는 "검총을 탐색하는 와중에 불청객이 끼어들 거다. 그 불청객에는 높은 확률로 춘경성을 손에 넣기 위한 공작을 펼친 배후도 있을 터. 그러니 그들에 대해 알아오도록 해라."라고 하셨다.

저들의 정보를 요구했을 뿐, 저들의 신병을 요구하지 않으신 것.

황제도 아는 거지.

저들을 살려서 데려오기 힘들다는 것을.

생포한 이들을 데리고 오는 와중에 저들의 배후에서 저들을 죽여 입을 막으려 시도할 텐데, 그것을 막기는 매우 어렵다.

괜히 애꿎은 이가 희생당하거나 책임을 져야 하는 상황이 나올 수도 있다.

황제는 자신의 사람이 그런 책임에서 자유롭기를 바라시는 거다.

참으로 좋은 분이시다.

그만큼 많이 굴리시지만. 젠장.

점점 혈향 섞인 흑도의 기운이 짙어지고 있었다. 저곳이 이번에 검총에 침입한 이들의 상부가 맞다는 의미다.

우리는 그곳으로 다가갔다.

객잔으로 위장한 곳.

나는 눈을 감고 기감에 집중했다.

안쪽에 일반인 손님의 기운은 느껴지지 않았다.

하긴, 이곳까지 와서 묵는 일반 손님은 없겠지.

- 작전을 설명하겠습니다.

나와 진유 무사가 절정 무사들을 처리하는 동안, 나머지 다섯 명의 무사들이 다른 이들을 처리하기로 했다.

그나저나 절정 무사를 두 명이나 배치하다니!

그만큼 검총에 대한 일이 중요하다는 의미겠지.

- 갑시다.

- 네.

나와 진유 무사가 쏜살같이 달려갔다. 그리고 검풍을 날려 불을 끄기 시작했다.

삽시간에 어두워진 객잔.

안에 있는 이들이 당황하며 혼비백산했지만, 이미 어둠에 적응한 우리는 자연스럽게 움직였다.

그리고 초절정 정도가 되면, 기운을 느끼는 것만으로도 움직이는 데 무리가 없다.

나와 진유 무사는 그곳에 있던 절정 무사를 찾아냈고, 그곳으로 향했다.

* * *

황구는 절정의 무사다.

그는 조직에서도 제법 높은 위치에 있었다.

그만한 실력이 있었으니까.

그가 이번에 파견된 곳은 운남.

덕분에 윗선의 눈치를 보지 않고 자유롭게 작전을 수행할 수 있었다.

그러나 최근 들어 그의 입지가 많이 약해졌다.

일 년 전에 춘경성의 사신들과 금의위, 동창과 짜고 춘경성을 먹어치우기 위한 작전을 시행했었다.

그러나 그게 실패해 버린 것.

게다가 이번에는 황궁에서 춘경성의 검총을 탐색하겠다고 병력이 파견되었다.

이를 알게 된 상부에서는 당연히 그를 압박했다.

"저들에게 알아낼 수 있는 건 전부 알아내라! 어떻게

춘경성에 검총이 있음을 알게 되었는지도!"

　그 명을 제대로 이행해야 했기에 자신이 가장 믿는 부하들을 보냈는데……

"검총에 잠들어 있던 영혼이 노한 것이 틀림없습니다."
"분명히 들었습니다. 저희를 가만두지 않겠다고 했습니다!"
"진짜 무서웠던 말입니다!"

　이러고 있으니, 그로서는 어이가 없었다.
　그렇다고 상부에 그런 이야기를 할 수는 없다.
　반응이 뻔했으니까.
　대신 부하들이 보고해 온 대로 숨겨진 방을 찾아냈다는 서신을 보냈고 답을 받았다.
　저들이 북경으로 갈 때 그것들을 빼돌리라는 명이다.
　하여 이에 대한 작전을 짜는 중이다.
　만약 이 일이 실패하면 그의 목숨은 없는 거나 마찬가지.
　그의 실력이라면 바로 죽이지는 않겠지만, 지금의 권력과 위상을 다 잃고 말 거다.
　그리고 자신보다 아래였던 이들 아래에 배속될 텐데, 그것은 죽으라는 것과 마찬가지다.
　자존심이 허락하지 못했으니까.

"그러니까, 저들이 이곳을 지날 때 시냇물에 독을 타서 중독을 시키는 편이 나으려나?"

그리 중얼거리며 붓으로 종이에 끄적일 때.

훅!

갑자기 불이 꺼졌다. 그리고 이내 당황한 그의 목덜미에 닿은 서늘한 느낌.

침을 꿀꺽 삼키며 고개를 돌리자, 어두운 가운데 달빛을 받으며 하얗게 빛나는 웃는 가면이 보였다.

"내 후손을 괴롭힌 자가 네놈이구나!"

"누, 누구냐?"

"내 후손을 괴롭힌 자를 저승으로 데리고 가기 위해 왔다."

그 말에 그의 몸이 덜덜 떨렸다.

'부하들의 말이 진짜였던 것인가?'

살아 있는 자라면 이렇게 차가운 기운을 뿜어내지는 않을 터.

'저승의 기운이 틀림없……'

황구는 결국 기절하고 말았다.

털썩.

"저, 저기요? 아니, 농담 좀 했다고 기절하시면 어떻게 합니까?"

.

.

.

이내 진유 무사가 내가 있는 곳에 합류했다.

"무슨 일이십니까?"

나는 발아래 기절해 있는 자를 가리키며 말했다.

"아니, 그게…… 기절해 버렸습니다."

"기절시키신 거군요."

"아뇨, 그게 아니라 저는 그냥 농담 좀 했을 뿐인데 기절해 버렸습니다."

"뭐라고 하셨기에……."

"내 후손을 괴롭힌 자를 저승으로 데리고 가기 위해서 왔다고 했습니다만……."

나는 괜히 투덜대었다.

"절정씩이나 되어서 이렇게까지 담이 약할 줄은 몰랐네요."

"이 상황에서 그 가면을 쓰고 그런 말을 하면 누구라도 겁을 먹을 겁니다. 심지어 주군의 기운은 음기라 귀신이라고 생각할 수밖에 없었을 겁니다."

"……아."

나는 머쓱해졌다. 기절할 만했군.

"맡으신 자는 어떻게 했습니까?"

"여기 있습니다."

진유 무사는 그가 끌고 온 누군가를 바닥에 던져 놓았다.

털썩.

기절한 흑도 무사다.

곧 다른 호위 무사들도 하나둘 내 쪽으로 합류하기 시작했다.

"전부 처리했나 보군요."

"네. 그렇습니다."

혈도를 점한 거로도 모자라 팔과 다리까지 꼼꼼히 묶었다.

혹시라도 점혈이 풀렸을 때를 대비해서였다.

"그럼, 깨우죠."

"네."

이필 무사가 품에서 꺼낸 작은 병을 그들의 코 밑에 대었다.

"윽!"

"크윽!"

그들은 금방 깨어났다.

그 반응을 본 이필 무사가 웃으며 말했다.

"이번에 만든 각성향인데, 효과가 제법 좋군요."

그 말대로 하나같이 정신이 번쩍 든 표정이었다.

"나라면 그 냄새를 맡느니, 차라리 거름더미에 들어갈 거네."

여응암 무사가 고개를 절레절레 저으며 그리 말했다.

그 냄새를 맡아 본 적이 있다는 거겠지.

대체 무슨 냄새이기에······.

아니, 지금 중요한 건 그게 아니지.

나는 그들을 보며 말했다.

"궁금한 게 있는데……."

내 말이 끝나지도 않았는데, 기절했던 그는 연신 고개를 끄덕였다.

"마, 말하겠습니다! 궁금하신 거 다 말할 테니, 부디 이대로 극락왕생해 주시면 안 되겠습니까? 제가 잘못했습니다. 용서해 주십시오! 저도 제가 그러고 싶은 게 아니라 위에서 시켜서 그런 것뿐입니다!"

생각보다 격한 반응에 나는 눈을 깜박였다.

아직도 나를 춘경성을 수호하는 조상귀신이라고 생각하나?

이 자식, 귀신을 엄청 무서워하는 것 같군.

하긴 무공 실력과 귀신에 대한 두려움은 엄연히 다른 부분이니까.

이렇게 오해해 준다면 나야 편하지.

나도 누군가 막 괴로워하고 울부짖고 고통스러워하는 모습을 보고 싶지는 않거든.

그 옆에 있는 자가 눈을 부릅뜨며 말했다.

"아니! 지금 대체 무슨 말씀을 하시는 겁니까? 이들은……."

음, 저자는 좀 기절시켜야겠군.

방해하면 안 되니까.

퍽!

그자를 다시 기절시킨 후, 나는 울며불며 애원하는 자에게 말했다.

"그럼 이야기를 들어 보고 너를 용서해 줄지 말지 결정
하도록 하지."

.

.

.

잠시 후.

내게 애원했던 자는 시체가 되어 누워 있었다.

그는 황구라는 이름을 가지고 있었고, 수라혈교 소속이
라고 했다.

"저희의 목적은 혈교를 다시 일으키고 혈교의 시대를
여는 것입니다."

하지만 아쉽게도 수라혈교 교단의 위치는 알지 못했다.

"저희도 모르는 사이에, 서신이 제 서탁 위에 놓여 있
습니다. 그걸 통해 연락을 주고받습니다."

"그럼 이쪽에서 연락하는 방법은?"

"서탁 위에 올려놓으면, 서신이 사라집니다."

그렇다면 이쪽에서 연락해서 유인하는 방법은 통하지
않는다는 의미다.

서신을 회수하기 위해 와서, 이 객잔의 이상을 알아차
릴 테니까.

금령에게 저쪽에서 보낸 서신의 냄새로 수라혈교를 찾

으라고 부탁하는 것도 불가능했다.

철저하게 그 냄새가 지워져 있었으니까.

"그동안 연락을 주고받은 주기를 생각하면 사흘 후가 연락책이 이곳에 올 시기입니다."

"그렇군. 그런데 춘경성의 검총에 대해서는 어찌 알게 된 거지?"

"그게, 저도 자세히는 모르지만 듣기로는 춘경성의 한 동굴에서 그걸 발견했다고 합니다. 그래서 그걸 토대로 연구를 했는데, 그게 춘경성 안에 있어서 그걸 발굴하기 위해서는 춘경성을 비워야 한다는 결론이 나왔다고 합니다."

"그래서 내 후손을 몰살시키려고 했다?"

"죄송합니다! 제 의지가 아니었습니다! 저는 그냥 위에서 시켜서 그리했을 뿐입니다."

"그런데 그게 왜 황궁의 손에 들어간 거지?"

"그건 저도 모릅니다. 제가 알기로는 도둑이 들었다고 합니다. 하여 그 도둑으로 의심 가는 자와 그 가족들을 심문했는데 그건 찾지 못했다고 했습니다. 결국, 그 가족들을 다 죽였다고……."

그 말은, 내가 구매한 낙양의 장원의 장주가 그 도둑이었다는 건가?

그밖에도 이것저것 물어봤는데, 그는 내 질문에 술술

대답했다.

"그런데 말이지, 그렇게 귀신을 무서워하는데, 지금까지 네놈이 죽인 원혼이 귀신이 되어 너를 찾아오는 건 두렵지 않았나 보네?"

"아, 그건 저에게 부적이 있기 때문입니다."

그는 자신이 목에 걸고 있던 나무판자를 들어 보이며 말했다.

"이게 수라혈교의 장로님께서 써 주신 부적인데 그게 있으면 제가 죽인 원혼이 저를 찾지 못한다고 합니다. 그래서 그건 걱정이 없었습니다."

"그런데 나는 네가 죽인 원혼이 아니라서, 부적이 통하지 않는다?"

"헤헤, 그런 겁니다. 제가 아는 건 다 말했으니까 부디 이대로 극락왕생해 주십시오."

그 말에 나는 피식 웃었다.

"그거, 살아 있는 사람에게 욕인 거 아십니까?"

갑자기 내 어투가 바뀌어서 그런지, 아니면 내 말이 무슨 뜻인지 파악하느라 그런 것인지 그는 두 눈을 깜박였다.

그리고 이내 상황을 파악하고는 분노하며 소리쳤다.

"나를 속이다니! 이런 개×!"

"내가 그 쪽에게 그런 말을 들을 이유는 없고요. 덕분에 아주 재미있는 이야기를 들었습니다."

나는 부들거리는 그를 약 올리듯 웃으며 말을 이었다.

"아무래도 그 부적, 가짜인가 봅니다. 이런 상황이 왜 벌어졌겠습니까? 이게 다 당신이 죽인 원혼의 원한이 쌓이고 쌓여서 생긴 일 아니겠습니까?"

황구라는 자에게서 느껴지는 흑도의 기운에 섞인 혈향은 무척 지독했다.

그만큼 많은 이들을 죽였다는 의미다.

내 손짓에 진유 무사는 망설임 없이, 황구와 그 옆에 있던 자의 목을 쳤다.

나는 두 흑도 무사의 싸늘한 시신을 일별했다.

수라혈교라…….

뻔한 이름이네.

나도 이름을 짓는 데 재주가 없지만, 나보다 더 창의력이 없군.

수라혈교의 위치까지는 알아내지 못했지만, 그래도 적잖은 소득을 얻었다.

저들의 목적이 무엇인지, 그리고 저들의 정체까지 확인했으니.

그나저나 연락을 위해 사흘 후에 온다라…….

서둘러야겠군.

"그럼, 우리도 움직입시다."

"네."

우리는 이곳에 있던 흑도, 아니 수라혈교 무사들의 시신을 옷을 벗겨 근처에 버렸다.

이곳은 산짐승이 무척 많고, 그들은 항상 굶주려 있다.

조금 잔인한 처리 방법이지만, 그들이 죽인 애꿎은 이들의 목숨을 생각하면 이걸로 그들의 원혼이 조금은 달래지겠지.

그리고 옷은 기름을 뿌려 태운 후, 땅에 묻어 버리고 객잔까지 태워 버린 후 다시 돌아왔다.

그리고 처소로 들어가기 전에 목욕하고 향유를 바르는 것도 잊지 않았다.

혹시라도 서향 소저가 내게서 나는 혈향에 당혹스러워할지도 모르니까.

그리고 우리가 그리했다는 증거는 철저하게 인멸해야 하니까.

·
·

·

날이 밝자마자 우리는 바로 움직였다.

성주님의 대안은 그냥 이 상황을 까발리는 것이었다.

어차피 춘경성 검총 탐색은 비밀리에 진행된 것이 아니

기에 우리가 그것을 비밀리에 옮기는 것은 불가능하다.

그렇기에 공개적으로 그곳에서 발견한 보물을 옮기기로 했다.

물론, 그냥 공개하기만 하는 건 아니었다.

검총의 보물을 황제의 명으로 전부 북경으로 이송하기로 했고, 이에 충격을 받은 춘경성의 성주가 앓아누웠다는 소문을 퍼뜨렸다.

아들을 볼모로 잡힌 데다가, 보물까지 뺏긴 것에 대한 울분으로 성주가 화병이 났다는 소문이지.

결과적으로 황제의 악명이 퍼지는 일이기에 권직 대협을 비롯한 금의위는 우려를 표했다.

그러나 나는 그들을 설득했다.

"이렇게 하지 않으면 보물을 노리는 이들로 인해 춘경성이 다시 위험해질 것입니다. 공주마마의 부마의 고향이자 몇 년 뒤 공주마마가 사실 곳이 쑥대밭이 되는 것을 원하십니까?"

"험험…… 그런 건 아니네."

"저들이 성주님의 수중에 그 보물이 있다고 생각하면 가족을 인질로 잡을 겁니다."

"그렇겠지. 저들이 인정사정 가릴 놈들이 아니니."

"만약 그리된다면, 그것이야말로 황제 폐하의 영광을 가리는 일이 될 것입니다."

"……"

"그리고 악명은 한순간일 뿐, 그 보물들로 황제 폐하께서 선정을 베푸신다면 악명은 곧 명성이 될 것입니다. 솔직히 말해서 그런 악명 한두 개로, 황제 폐하의 영광이 가려집니까?"

"그건 아니지."

그렇게 설득을 마쳤고, 우리는 수레 여러 대에 이번에 발견한 금은을 실었다.

그리고 권 대주는 이전에 내게 한 말을 그대로 지켰다.

"장갈 대원, 송청 대원."

"네!"

"부르셨습니까?"

"여기 자네들이 끌고 갈 수레네. 이곳에 왔을 때처럼 이걸 끌고 북경까지 가면 되네."

"……네?"

"왜 그런 표정인가? 황제 폐하께 대한 충심이 해이해진 것을 다잡기 위해서 고행을 하겠다고 하지 않았나?"

"……."

"힘내게나. 이 일을 마치면 자네들은 한층 더 충심이 강한 금의위 대원이 될 수 있을 거네."

금과 은은 부피에 비해 무게가 상당히 무거운 편이다.

보통 사람들은 하나를 들고 이동하는 것도 버거워할 정도.

그런 금괴와 금괴가 가득한 수레를 끌고 가려니 죽을

맛일 거다.

"도련님. 기분이 좋으신 듯합니다요."

"응? 무슨 소리야?"

팔갑의 말에 내가 고개를 갸웃하자, 팔갑이 자신의 눈썹을 가리키며 말했다.

"도련님의 왼쪽 눈썹이 살짝 위로 올라가면 화가 난 상태지만, 반대로 왼쪽 눈썹이 아래로 살짝 쳐지면 기분이 좋으신 표정이니까 말입니다요."

나도 모르는 습관을 알아차리다니, 역시 팔갑이네.

"그나저나 만족하십니까요?"

"글쎄."

나는 저승 문을 본 것 같은 표정을 짓는 두 대협을 보며 말했다.

"그건 북경에 도착한 후에 알 것 같아."

"도련님. 제가 부탁이 있습니다요."

"뭔데?"

"혹시라도 제가 도련님께 뭐 잘못한 것이 있거나 서운한 것이 있으면 즉시 말씀해 주시면 좋겠습니다요. 제가 최선을 다해서 고치겠습니다요."

"지금 잘하고 있어. 그런데 왜 그런 소리를 하는 건데?"

"제가 도련님께 잘못한 게 있는 것 같아서 그렇습니다요."

그러면서 수레를 끌기 위해 손에 붕대를 칭칭 감는 장갈 대협과 송청 대협을 힐끔 보았다.

아니, 억울하네.

나는 내 사람에게 막 그렇게 못되게 굴고 그러지는 않는다고.

– 꾸이!

그래, 금령아. 너는 알아주는구나.

– 꾸이! 꾸!

그러니까 은자 하나만 주시면 감사하겠다고?

이번에 상자 바닥에서 돈 냄새가 난다고 말했는데 그거 그냥 넘어가는 거 아니라고?

그래, 줘야지.

그런데 금령아, 넌 왜 공손한 건데?

.

.

.

춘경성 성주님과 그 가족들은 우리를 배웅하지 않았다.

일부러 퍼뜨린 소문의 신빙성을 높이기 위해서였다.

물론 전날 밤에 은밀하게 따로 작별 인사를 했지.

우리는 그렇게 당당히 춘경성을 출발했다.

아무리 우리 탐색대가 백여 명에 달하는 대규모 인원이라지만, 검총의 보물이라 하면 그걸 노리는 간 큰 놈들이 있을 수밖에 없다.

그래서 나는 미리 다른 소문도 퍼뜨렸다.

[춘경성 검총에서 발견한 보물에 독이 있다. 손에 닿기

만 해도 죽는다]

[금괴에 욕심을 낸 병사가 금괴를 만졌다가 죽었다]

[금괴를 노린 산채의 녹림들이 독으로 인해 몰살당했다]

그리고 우리는 그 소문에 신빙성을 더하기 위해서 모두 코를 가리는 복면을 썼다.

또한, 금괴에서 될 수 있는 대로 멀리 떨어지려는 듯한 행동을 했으며 일행들에게 이를 사실로 알고 그리 행동하라고 명했다.

물론 그렇게 해도 금괴를 노리는 불나방 같은 자들이 없을 수는 없다.

그런 자들은 가차 없이 응징했다.

가는 길마다 도지휘사의 협조를 받았기 때문이지.

도지휘사는 각 성의 군정을 책임지는 자.

그렇게 귀주성, 호남성, 호북성, 하남성, 하북성을 거치며 각 성의 도지휘사의 협조를 받은 덕분에 무사히 북경에 도착할 수 있었다.

사실 이번에 북경으로 돌아가는 길에 귀주성 포정사 대인을 뵙고 싶었지만, 사정이 여의치가 않아 다음을 기약했다.

"여러 모로 고생 많았네."

권직 대주의 말에 나는 겸양을 표했다.

"별말씀을요. 제가 해야 할 일을 했을 뿐입니다."

나는 정중히 포권하고는 당부의 말을 잊지 않았다.

"마지막까지 긴장을 늦추지 마십시오. 이런 말씀을 드리는 게 송구스럽긴 하지만, 황궁 안이라고 해서 완벽하게 안전한 건 아니잖습니까?"

"물론이지. 걱정 말게나."

"감사합니다. 그럼 저는 이만."

그리고 연유문 공자와 공주와도 인사를 나눈 후 북경지부로 돌아왔다.

당연히 산더미처럼 쌓인 서류들이 나를 반겼다.

후…….

그날 밤.

진영 대협이 나를 찾아오셨다.

"진영 대협을 뵙습니다."

"얼굴이 많이 상했군. 이번 일이 참으로 고되었던 모양일세.

"하하하."

나는 말없이 웃었다.

사실 내 얼굴이 상한 건 이번 여정이 아니라, 방금까지 처리하던 서류들 때문이었지만 굳이 말할 필요는 없지.

"바로 입궁할 준비를 하게나. 황제 폐하께서 부르시네."

나는 곧바로 의관을 정제하고 진영 대협을 따랐고, 황

제의 집무실로 향했다.

"소상 은서호, 황제 폐하를 뵈옵니다."

극상의 예를 취하며 절을 하는 나에게 황제 폐하의 목소리가 들렸다.

"짐에게 악명을 씌우니 좋으냐?"

"……."

"그런데, 선혐미랑이라는 이름은 이번에 들리지 않더구나. 아주 철저하게, 의도한 것처럼 말이지."

아…… 들켰다.

나는 우선 잡아떼기로 했다.

"당연히 이 일은 황제 폐하의 일입니다. 그런데 어찌제 이름을 드러낼 수 있겠습니까?"

"이 새끼, 말은 잘하네. 짐에게는 악명을 씌워 놓고 말이지."

"그 점은, 불가피했다는 것을 말씀드리고 싶습니다."

나는 얼른 입술에 침을 묻혔다. 바짝 엎드려 있으니 보이지 않겠지.

"황제 폐하께서는 소신에게 비싸고 좋은 것이 있다면다른 놈들 손 타기 전에 싹 가져오라고 명하셨습니다. 어찌 제가 폐하의 명을 어길 수 있겠습니까? 그런데 사정을 들여다보니 그 보물들은 춘경성에 거주하던 선조가그 후손에게 남긴 것이었습니다."

"그건 나도 알고 있다."

황제의 앞에 보물이 놓여 있던 곳에 남겨져 있던 피 묻은 두루마리가 있었음을 떠올렸다.

"하여 성주님의 의향을 물었는데, 성주님은 그것들이 필요 없다고 했습니다. 그로 인해 또다시 슬픔이나 희생을 겪고 싶지 않다고 했습니다."

나는 말을 이었다.

"그런 이유로 보물을 포기한다는 것을 다른 이들이 순순히 믿겠습니까?"

"안 믿겠지."

"하여 그리할 수밖에 없었습니다. 춘경성은 이제 공주마마의 시가입니다. 그런데 원하지 않던 검총과 보물로 인해 쑥대밭이 된다면, 폐하께서도 마음이 편하시지 않으리라 생각했습니다."

"즉, 나를 생각해서 내게 악명을 씌운 거다?"

"송구합니다만, 그렇습니다. 폐하의 명으로 시작된 검총 탐색이니, 폐하의 명으로 보물을 가지고 간다고 해야 다른 이들이 믿을 테니 말입니다."

"그건 그렇지."

"그러니 부디 드넓은 아량으로 용서해 주십시오."

잠시 후, 황제가 말했다.

"일어나라."

"황은이 망극하옵니다."

나는 예를 차리고는 일어나 고개를 들었다.

황제의 입가에는 미소가 걸려 있었다.

"왜 그런 결정을 했는지는 알고 있다. 권직한테 자초지종을 들었으니까."

"……."

아니, 다 알면서 왜 그리 저를 겁주신 겁니까?

"솔직히 선협미랑이라는 네 이름도 유명한데, 이번 일에 네 이름이 전혀 나오지 않았던 것이 괘씸하단 말이지."

아…….

그러니까 지금 자신만 악명을 뒤집어쓴 것 때문에 심술을 부리시는 건가?

"황제 폐하. 그 악명이 꼭 나쁜 건 아닙니다. 악명은 공포를 불러일으키지만, 제국을 다스리기 위해서는 어느 정도의 공포도 필요하지 않습니까?"

"그렇긴 하지. 좋은 말로 해서는 말을 듣지 않는 놈들이 있으니."

"그래서 말인데, 저로 인해 마음이 언짢으셨다면 저를 내치시어 그 악명을 완성하십시오. 그리하면 황제 폐하의 명을 거역하는 이는 없을 것입니다."

내 말에 황제가 코웃음을 쳤다.

"허, 이 자식이. 누구 좋으라고 내가 널 내치겠느냐?"

"……네?"

"내가 너를 내치면, 너는 분명 속으로 만세를 부르겠지. 언제나 내게서 벗어날 생각을 하는 놈이니까."

"……."

역시 만만치 않은 분이군. 쳇.

좋은 기회였는데.

"뭐, 네 말대로 악명이라는 것이 꼭 나쁜 건 아니니 그건 넘어가고……."

황제는 말을 이었다.

"내가 내린 첫 번째 명을 기억하고 있다는 건 두 번째 명도 기억하고 있다는 거겠지?"

"물론입니다. 검총을 탐색하는 와중에 불청객이 끼어들 것이며, 그 불청객에는 높은 확률로 춘경성을 손에 넣기 위한 공작을 펼친 배후도 있을 터. 그러니 그들에 대해 알아 오라고 하셨습니다."

"기억하고 있군."

"그래서 폐하의 명대로, 저들의 배후에 대해 알아 왔습니다."

"그들이 누구냐?"

"그들이 말하길, 자신들은 수라혈교라고 했습니다."

"수라혈교?"

"네. 혹시 혈교에 대해 아십니까?"

"어느 정도는 알고 있다. 상당히 잔혹한 집단이었다지. 하지만 이백여 년 전에 정파 무림과의 전쟁으로 멸망했다고 기억하는데."

황제의 말이 맞다.

그 이백여 년 전의 전쟁이 바로 내가 익힌 천류빙검을 성명절기로 쓰시던 극천검 곽훈 대협이 활약했던 전쟁이다.

"대외적으로는 멸망했다고 알려졌지만, 근근이 그 명

맥을 이어 온 듯합니다. 그러다가 이제 본격적으로 혈교를 다시 일으키기 위해 일련의 일을 벌이는 듯합니다."

"네 말대로라면, 단순히 지켜볼 사안이 아닌 듯하구나."

"저 역시 그리 생각합니다."

"알겠다."

황제는 심각한 표정으로 팔걸이를 두들겼다.

그 마음에 우려를 심었으니, 이제 황제는 수라혈교에 대해 더 파고들겠지.

수라혈교 입장에서는 달갑지 않은 상황.

하지만 나로서는 바라 마지않던 상황이다.

설풍궁을 멸문시킨 흉수가 수라혈교인 게 확실한데, 내가 설풍궁의 소궁주라는 사실이나 설풍궁의 생존자가 있다는 사실을 저들이 알게 된다면 매우 위험해질 터.

그러니 내 안전을 위해서라도, 그리고 사부님의 복수를 위해서라도 수라혈교는 가급적 빨리 사라져야 한다.

"혹시 소상에게 하문하실 일이 더 있으십니까?"

"없다."

"그럼 소상이 뭐 하나 여쭤봐도 되겠습니까?"

"허락한다."

"이번에 춘경성에서 가지고 온 보물들. 춘경성 성주님의 것이 분명하지만 포기하셨습니다. 하지만 폐하께서도 아시다시피, 세상에 돈 싫어하는 사람이 있습니까?"

"……."

"그건 단지 두 번 다시 춘경성에 그때와 같은 비극이

일어나는 것을 막고 싶기에 그런 선택을 하신 것입니다. 돈보다 춘경성이, 그리고 가족이 더 중요하다고 생각했기 때문입니다."

나는 숨을 골랐고, 미소 지으며 말을 이었다.

"그래서 말입니다만…… 황제 폐하. 춘경성 성주님께 개평 좀 떼 주시죠."

잠시 정적이 흘렀고.

"하하하하!"

황제는 파안대소했다.

"하하하하하!"

아니, 그래도 너무 웃으시니까 내가 민망해지잖아.

"개평이라니! 그런 일이 있었음에도 나에 대한 충심을 버리지 않아서, 내 딸을 며느리로 보내기까지 했는데 내가 개평도 떼 주지 않을 쪼잔한 놈으로 보였느냐?"

나는 황급히 고개를 숙였다.

"그건 아닙니다. 단지, 황제 폐하의 자비를 구했을 뿐입니다."

"나도 돈 좋아한다. 하지만 그게 조상이 남긴 유산까지 뺏을 정도는 아니지. 네놈이 나에게 악명을 씌웠어도 나 그런 놈 아니다."

황제 폐하…… 나만큼이나 뒤끝이 긴 분이군.

황제는 서탁 위에 놓인, 피 묻은 두루마리를 보며 굳은 얼굴로 말했다.

"그 금과 은은 춘경성을 위해 쓰일 것이다. 개평을 달라고 해야 하는 건 짐이다."

역시 황제 폐하.

이래서 내가 황제를 좋아한다니까.

나를 막 굴리려고 하는 것과 황제 폐하를 마주하면 수명이 팍팍 깎이는 듯한 기분이 드는 것만 빼면.

그리고 지금 나를 보는 황제의 눈빛.

나를 황궁으로 집어넣을지 말지 고민하는 중이다.

얼른 이 흐름을 끊어야 한다.

"그리고 송구합니다만, 황제 폐하."

"또 뭐냐?"

"이번에 춘경성 탐색을 위한 여정에 소요된 물품에 대한 대금 청구서는 누구에게 드리면 되겠습니까?"

"아…… 그러고 보니 그게 있었군."

"노파심에 말씀드립니다만, 춘경성 성주님의 몫에서 떼 주시는 건 아니리라 믿습니다."

"……나가라."

"그럼, 소상 이만 물러가겠습니다."

황제가 가라고 할 때 얼른 나가야 한다. 안 그러면 또다시 진땀 흘릴 일이 생긴다.

내가 황제의 집무실에서 나가자 진영 대협이 기다리고 계셨다.

"나왔는가?"

"네."

"황궁 앞까지 내가 배웅해 주겠네."

"감사합니다."

평소와 달리 이렇게 직접 배웅해 주시겠다는 건, 하고 싶은 말이 있다는 의미겠지.

잠시 같이 걷던 진영 대협이 먼저 입을 열었다.

"권직 대원에게 들었네. 이번에 장 대원과 송 대원이 운남을 오가는 길에 수레를 끌게 했다지?"

나는 굳이 그 사실도, 그 이유도 숨기지 않았다.

어차피 권직 대협에게도 말한 이유다.

"네. 그랬습니다. 저에게 다가와 저를 조롱하더군요. 돈에 눈이 먼 천한 장사치로 매도하면서 말입니다. 그뿐이면 제가 그러지 않았을 겁니다. 그런데 옆에 있던 제 부인이 될 곽 부관도 희롱했습니다. 하여 그만 참지 못하고 금의위 대협들에게 그리했으니 벌하여 주십시오."

나는 포권하며 정중하게 고개를 숙였다.

"아니네."

진영 대협이 손을 들어 그런 나를 만류했다.

"그자들은 자신들의 목이 붙어 있음에 감사해야 할 것이네."

역시 진영 대협.

나를 잘 아시네.

"물론, 그 무거운 수레를 끌고 운남까지 왕복하는 것은 정말 엄청난 고생이었겠지만……."

그래서 왕복하는 내내 내 눈요깃거리가 되어 주었지.

"그것만으로는 부족하지. 내가 대신 사과하겠네."

권직 대협도 그러더니, 왜 대신 사과를 하시는지 모르 겠네.

"대협의 잘못도 아닌데 왜 대신 사과하십니까? 저와 제 혼약자의 마음이 풀렸으니 됐습니다."

"그런가?"

"네."

"그렇다면 다행이군."

장갈 대협과 송청 대협은 아직 나에게 사과하지 않았지 만, 딱히 상관없다.

진심이 담기지도 않은 무의미한 사과는 필요 없지.

나는 사과를 받았으니 너그럽게 용서하는 대인배가 아 니라서.

"사실 내가 그 이야기를 꺼낸 건, 이번에 정식으로 그 것을 금의위 훈련 과정에 추가할 생각이기 때문이라네."

"네?"

"권직 대원이 그러더군. 자네에게 이에 관해 물으니 개 인 정비 시간에 허튼 생각을 하는 놈들을 그냥 놔두었다 가는 금의위에 누를 끼칠 것 같아서 그리했다고 말했다 지?"

"……"

"또한, 개인 훈련의 의미도 충분하다고 하더군. 자네 말대로 효과가 상당히 있었는지, 그자들의 태도가 달라 졌고, 실력도 좋아졌다고 보고했네."

"그랬군요."

그럼에도 나에게 사과하지 않은 건, 오지 않은 걸까? 아니면 오지 못하는 걸까?

"충심이 해이해진 대원들에게 가볍게는 약 팔백삼십 근(≒0.5t)에서 천육백 근(≒1t)정도의 철괴를 담은 수레를 끌고 가볍게는 개봉, 아니면 먼 광서 정도까지 오가게 할 생각이네."

"대협, 사실대로 말씀해 주십시오. 그거 진짜 훈련입니까? 훈련을 빙자한 벌 아닙니까?"

"하하하. 역시 알아차렸군! 이 방법의 창시자라서 그런가?"

저기, 그럴 의도는 아니었습니다만…….

나는 쓴웃음을 지으며 말했다.

"부탁이 있습니다."

"무엇인가?"

"그것이 저로 인해 생긴 훈련이라는 것은 비밀로 해 주십시오."

내가 그 훈련의 발단이라는 것을 알게 되면 나를 죽이려 들 사람이 한둘이 아니겠지.

물론, 이 일의 시초는 내가 아니라 장갈 대협과 송청 대협이긴 하다.

그들이 나에게 시비를 걸지 않았으면 이런 일이 없었을 테니까.

좋아.

만약 그런 일이 생기면, 그 두 대협에게 죄를 떠넘겨야 겠군.

.

.

.

다음 날.

나는 예상치 못한 인물의 방문을 받았다.

"소상이 부마를 뵙습니다."

내 공손한 인사에 연유문 공자는 당황하며 손을 내저었다.

"아직 정식으로 혼례를 치르지 않았습니다."

"이미 합방하셨으니 혼례를 치렀다고 생각해도 무방하지 않겠습니까?"

"그건 또 그렇습니다만……."

"그런데 이곳까지 어인 일이십니까?"

내 말에 연유문 공자, 아니 연유문 부마는 자리에서 일어나 나에게 포권하여 머리를 숙였다.

"고맙습니다."

"아, 아니! 왜 이러십니까? 누가 볼까 무섭습니다!"

"우리 춘경성을 위해 황제 폐하께 간언을 올렸다고 들었습니다. 그런 분에게 이런 감사도 표하지 못하면 그게 어찌 사람이라고 할 수 있겠습니까?"

아…….

어제의 일을 들었구나.

"그 마음은 알겠으니 그만 자리에 앉으시지요."

내 말에 그는 다시 한번 내게 감사를 표하고 자리에 앉았다.

"황제 폐하께서는 이번에 춘경성에서 가지고 온 재물들을 돌려주신다고 하셨습니다."

"그렇습니까?"

"다만, 이대로 돌려보내면 분명 엄한 놈이 넘볼 것이니 황궁에서 보관하고 있다가 적당히 명분을 만들어서 조금씩 돌려주시겠다고 하셨습니다."

"잘 되었군요."

황제가 어제 나에게 그리 말했으니 그 말은 지킬 거라고 생각은 했지만, 연유문 부마를 불러 이리 속전속결로 처리할 거라고는 생각하지 못했다.

그런데 단지 그것 때문에 감사 인사를 하러 온 것뿐인가?

그의 입장에서 감사한 일인 건 맞지만…….

"그리고 황제 폐하께서 이것을 전해 주라고 하셨습니다."

그는 품에서 봉투를 꺼내어 내밀었다.

"이건?"

"열어 보십시오."

나는 봉투를 열어 보았고, 그 안에 들어 있는 전표를 보았다.

"전표 아닙니까?"

"이번 여정에 소요된 물품의 대금이라고 하셨습니다."

아, 벌써 정산을 해 주셨군.

나는 전표와 내가 이번에 제출한 청구서의 금액을 대조해 보았다.

아주 정확하네.

"감사히 잘 받았습니다."

"그리고 앞으로 종종 이곳을 방문해도 되겠습니까?"

"왜 그리 물으시는지?"

"하소연할 곳이 필요할 것 같아서 그렇습니다. 황제 폐하께서 한 달의 시간을 주셨습니다. 그동안 놀고 싶은 거 다 놀고 오라고 하시더군요."

그거 뭔지 알 것 같다.

"보름 뒤, 정식으로 혼례를 치르고 보름 정도 공주마마와 시간을 보낸 후…… 본격적으로 실무 교육을 시작하시겠다고 하셨습니다."

그리고 물기 어린 눈으로 허공을 바라보았다.

나는 손을 뻗어 그의 어깨에 손을 올려놓았다. 누가 보면 감히 부마의 어깨에 손을 올렸다고 난리가 나겠지만, 어쩌겠는가?

동병상련이라고, 나라도 위로해 줘야지.

"삼 년만 버티십시오. 그리고 사람은 그렇게 쉽게 죽지 않습니다."

"……."

"언제든 오고 싶으면 오십시오."

내가 이렇게 편하게 말하는 이유가 있다.

내가 북경지부에서 일 년 내내 지낼 것도 아닐뿐더러, 연유문 부마는 이곳에 방문할 정도의 짬도 거의 내지 못할 테니까.

그가 돌아가고 호북성 본단에서 서신이 도착했다.

그 서신을 읽은 나는 활짝 미소 지었다.

이제 곧, 정호 형이 온다.

140장. 새로운 사업

새로운 사업

저번 호북성에 갔을 때 참석했던 은월각 회의에서 정호 형이 북경지부에 상주하는 안건이 통과됐다.

은해상단에서 상단주의 직계는 그 대에서 상단주가 나오기 전까지 모두 소단주라 불린다.

다른 상단과의 차이점 중 하나지.

이는 동등한 위치에서 공정한 경쟁을 통해 상단주를 결정하겠다는 의미다.

또한, 마지막의 마지막까지 방심하지 말라는 경고이기도 했다.

상단을 운영한다는 건 생각보다 비정한 일이다.

치열한 경쟁에서 살아남고, 음험한 계략에 당하지 않기 위해서는 상대방의 살을 먼저 취해야 하니까.

내가 먼저 먹지 않으면, 먹힐 뿐이다.

상대방도 소단주이니만큼, 언제든지 대체될 수 있으니 정신 바짝 차리라는 거지.

마지막으로 만약을 대비하기 위함이기도 했다.

소단주가 급사하거나 실종되더라도 다른 소단주가 있으니 후계 구도가 붕괴되지는 않으니까.

원래라면 아버지 대와 마찬가지로 우리 세 형제 역시 경쟁을 통해 차기 상단주가 결정되어야 했다.

하지만 진호 형과 내가 암묵적으로 상단주 경합을 포기하며 자연스럽게 정호 형이 차기 상단주로 굳어진 상황이다.

그렇기에 북경에 정호 형이 상주하는 것에 대한 안건이 무난하게 은월각 회의에서 통과된 것이기도 하다.

"팔갑아."

"네. 부르셨습니까요?"

"이번에 정호 형이 온대."

내 말에 팔갑이 반색하며 물었다.

"드디어 오시는 겁니까요?"

"응."

내 말에 옆에서 서향 소저가 물었다.

"그럼 가족들이 모두 함께 오는 건가요?"

"네. 그렇습니다."

이번에 정호 형이 올 때 큰형수님과 두 아이도 함께 온다.

북경은 제국의 황도로서 고관대작들이 가장 많이 모여 있는 곳이다.

그리고 제국에서 상단을 운영하기 위해서는 그들과 사이가 나빠서는 안 된다.

관계가 좋으면 좋고, 최소한 방해는 받지 말아야지.

정호 형 가족이 북경에서 상주하는 것을 제안한 것이 바로 정호 형이 그들과의 관계를 만들도록 하기 위함이다.

이전처럼 은해상단이 오십 위 아래의 적당히 큰 상단이라면 상관없다.

하지만 이제는 이십 위 이상의 거대 상단이 되었고, 천하제일상단을 목표로 하고 있는 만큼, 북경의 고관대작들과도 관계를 잘 만들어 두어야 한다.

그렇다고 너무 가까워지면 안 되는 게, 그들이 역모 같은 중죄를 저질렀을 때 같이 휩쓸릴 수도 있기 때문이다.

여기서 형수님의 역할이 중요하다.

남자들이 나설 수 없는 부인들의 일이라는 것이 있기 때문이다.

그래서 정호 형 혼자 오는 것이 아닌 형수님도 함께 오는 거다.

그렇다고 아직 어린 자녀들을 두고 올 수 없으니, 건혁이와 보연이도 함께 오는 것이지.

"팔갑아. 정호 형 가족이 머무를 사택은 일전에 말한 대로 준비해 줘."

"알겠습니다요."

북경지부 근처에는 지난번에 가옥들을 매입하여 만들어 놓은 사택들이 있었다.

일부는 직원들의 숙소로 쓰고 있고, 일부는 우리 가족들이 머무를 곳으로 만들어 놓았다.

사택은 일종의 직원 복지다.

북경은 땅값이나 집값이 비싼 탓에 직원들의 주거비 부담이 상당히 크다.

물론 다달이 돈을 내면서 거주할 수 있는 곳들이 없는 것은 아니지만, 그 가격이 상당히 비싸다.

낮은 연차의 직원들은 월봉의 반 이상을 주거비로 지출해야 하는데, 그러면 나중에 문제가 될 수 있다.

다른 상단이나 세력에서 돈으로 회유하면 거기에 넘어갈 가능성이 높으니까.

주거 부담을 덜어 주면 배신의 가능성은 낮아지고, 상단에 대한 충성심은 높아진다.

또한, 다 같이 모여서 사니 서로 감시할 수 있다는 장점도 있고.

지난 번에 정호 형이 북경에서 머무를 때도 썼던 곳이니, 가족들과 같이 머물기도 나쁘지 않다.

그때 서향 소저가 나를 불렀다.

"저, 소단주님."

"네. 말씀하십시오."

"이번에 오실 첫째 소단주님 가족을 위해서 따뜻한 털옷을 준비하는 것이 좋을 듯해요."

"털옷을요? 그건 정호 형이 이미 준비하지 않았을까요?"

하지만 서향 소저는 웃으며 고개를 저었다.

그 말은, 이와 관련하여 뭔가 미래를 봤다는 거군.

"호북성은 이곳보다 따뜻하니, 이곳에 맞는 옷을 준비하지 못하셨을 수도 있어요. 그리고 어린아이의 경우 갑자기 날씨가 바뀌면 앓아누울 수도 있고요."

"아! 그렇군요."

서향 소저는 건혁이와 보연이를 걱정하는 것이다.

정호 형과 큰형수님은 성인이기도 하고, 어느 정도 무공을 익혔으니까.

특히 큰형수님은 상당한 수준의 무인이니 그런 추위로 고생하지는 않을 터.

하지만 아이들은 아니지.

"충고 감사합니다."

"제가 도움이 되어서 기쁘네요."

나는 즉시 팔갑을 불러서 건혁이와 보연이를 위한 털옷을 준비해 놓으라고 명했다.

어느덧 이월에 접어들었고.

정호 형 가족이 북경지부에 도착했다.

북경지부의 차장으로 들어오는 마차와 수레들.

정호 형 가족이 탄 마차와 그 짐들이다. 그리고 호위를 위해 은풍대 무사들과 창인표국의 이들도 동행했다.

"어서 오십시오. 형님. 오시느라 고생 많으셨습니다. 그리고 형수님도 고생 많으셨습니다."

"오랜만에 보는구나."

"건강해 보이시네요."

나는 고개를 숙여 건혁이와 보연이에게도 인사했다.

"오느라 힘들었지?"

"아닙니다, 숙부님."

"부모님하고 여행하는 것 같아서 좋았어요."

그런데 말과 달리 오들오들 떨고 있었다.

"아이들이 조금 추워하는 것 같네요."

"안 그래도 털옷을 준비하기는 했는데…… 내 생각보다 아이들에게 북경이 더 추운 모양이구나."

"그럴 겁니다. 팔갑아!"

"네!"

팔갑이 즉시 털옷을 가지고 왔고, 나는 건혁이와 보연이에게 그 털옷을 입혀 주었다.

상당히 두꺼운 옷이라 그런지, 그것을 입은 아이들의 모습이 마치 털로 만든 공처럼 보였다.

…… 귀엽군.

"어머! 건혁이와 보연이의 옷까지 준비해 주신 건가요?"

"네. 아무래도 아이들은 어른에 비해 덥거나 추운 것에 약하니까요."

"고마워요."

형수님에 이어 정호 형도 감사를 표했다.

"고맙다. 역시 세심하구나."

"내가 아니라 곽 부관에게 고맙다고 해."

내 말에 정호 형 내외의 시선이 곽 부관을 향했다.

"고맙군요."

"고마워요."

"별말씀을요. 제가 도움이 되어 기쁠 따름입니다."

나는 흐뭇한 얼굴로 모두에게 말했다.

"그럼 들어가서 따뜻한 차라도 한 잔 마시죠."

팔갑이 은풍대 무사들과 창인표국의 이들에게 쉴 곳을 안내해 주는 사이, 나는 정호 형 가족들과 함께 사택으로 향했다.

"형이 예전에 머물던 곳 기억하지? 그곳을 처소로 사용하면 돼."

"거기라면 나쁘지 않지. 근데 잠깐……."

정호 형이 나를 돌아보며 물었다.

"혹시 그곳을 그렇게 크게 지은 게, 이런 것까지 예상한 거냐?"

"어느 정도는?"

나는 웃으며 대답했다.

"얼른 들어가자. 안에 따뜻하게 화로도 피워 놨어."

그날 저녁 식사는 정호 형 가족과 함께 먹었다.

저녁을 먹은 후 형수님은 아이들을 재워야 한다며 방으로 먼저 향하셨다.

유모가 있지만, 그래도 될 수 있는 대로 많은 시간을 아이들과 보내려고 노력하시니까.

유모라…….

"왜 그런 표정이야?"

"갑자기 내 유모가 생각나서."

"그 여자는 왜 떠올리고 그래?"

내 말에 정호 형은 미간에 주름을 잡으며 불쾌한 기색을 드러냈다.

사실 나에게 유모는 그리 좋은 기억으로 남아 있지 않았다.

내가 열 살 때, 유모는 죽었다.

자살이었다.

내 유모로 일하면서 상단의 정보를 다른 경쟁 상단에 넘겨주던 것이 들통났기 때문이지.

그리고 그것이 내가 당한 첫 번째 배신이었다.

그 일 때문에 나는 죄책감을 가졌던 것 같다. 내가 좀 더 잘 했다면 그녀가 나와 상단을 배신하지 않았을 거라고 생각한 것이지.

하여 사람들의 믿음에 집착했던 거다.

그만큼 충격이었던 거지.

하지만 죽음을 거슬러 돌아오니, 그 생각이 참으로 어리석다는 것을 깨달았다.

내가 열다섯 살이 아닌, 열 살 때로 돌아왔다면…… 그녀에게 뭐라고 말했을까?

나는 쓰게 웃으며 정호 형에게 물었다.

"건혁이와 보연이의 유모는 잘 감시하고 있지?"

"물론이지. 그때 일 이후로는 아버지께서 신경을 많이 쓰고 계신다."

정호 형이 말을 이었다.

"그나저나 너는 네가 혼인할 곽 부관과 단둘이 식사를 하거나 차를 마시는 빈도가 얼마나 되냐?"

"음? 그건 왜?"

"곽 부관과 시간을 많이 보내라는 거다."

"시간은 충분히 많이 보내고 있는 것 같은데……. 집무실에 거의 함께 있으니까."

"아이고! 이 자식아!"

정호 형은 분통이 터진다는 듯 가슴을 두드렸다.

"그건 일하는 거잖아! 집무실에 있을 때 너와 곽 부관이 하는 대화라곤 '결재 부탁드립니다. 확인 부탁드립니다. 이대로 진행하세요. 이건 좀 보완이 필요하군요' 이런 것밖에 더 있어?"

"……그렇긴 하지."

그 밖에도 다른 이야기를 하긴 하지만, 거의 업무에 관련된 이야기니까.

"내 말은 사적인 대화 시간을 많이 가지라는 거야. 앞으로 서향 소저도 나름대로 활동할 텐데 그러면 함께 사적인 시간을 가지는 건 밤밖에 없다고."

"밤…… 이면."

왜 갑자기 더워지지? 화로의 불이 너무 센가?

"너, 서향 소저의 생일이 언제인지 알아?"

"……!"

"좋아하는 꽃은? 좋아하는 색은? 좋아하는 향은? 좋아하는 음식은? 반대로 싫어하는 음식이 뭔지 알아?"

"…….'

나는 말문이 막히고 말았다.

형의 말대로 서향 소저에 대해 잘 모르고 있다는 것을 깨달았으니까.

왜 잘 안다고 생각하고 있던 거지?

"지금이라도 둘이 밥을 같이 먹든, 차를 마시든 하면서 대화를 하라고. 그리고 서로 좋아하는 것과 싫어하는 것 정도는 공유하라고."

정호 형이 말을 이었다.

"물론, 우리는 상계의 사람이니 상대방에게 정보를 주지 않는 것이 습관이 되어 있지만…… 그래도 앞으로 평생을 함께할 반려잖아."

어찌 보면 정호 형의 말이 상계의 인물치고 낭만에 젖어 있는 것일지도 모른다.

내 기억 속에서, 배우자가 뒤통수를 치는 경우도 제법 있으니까.

하지만 나는 그런 정호 형이 좋다.

그러니까 모사를 꾸미고 실행하는 건 내 몫이지.

그리고 서향 소저는 믿고 싶은 사람이고.

"알았어. 노력할게."

"그리고……."

정호 형이 찻잔을 만지작거리다가 고개를 들었다.

"이번에, 나 새로운 사업을 시작해 볼 생각이다."

"새로운 사업?"

"그래. 장신구 사업을 시작할 거다."

"그렇구나."

"안 놀라네?"

정호 형의 물음에 나는 피식 웃었다.

"형이 가장 신경 쓰는 것 중에 하나가 비단이잖아. 그러면 당연히 그 비단에 어울리는 장신구를 취급하는 게 효과가 좋은데, 그걸 형이 생각하지 못하고 지나칠 리가 없으니까."

"그것도 그런가?"

내가 적당한 이유를 가져다 대기는 했지만, 이전 삶에서도 이쯤에 정호 형이 장신구 사업을 시작했다.

그리고 제법 성공을 거두었고.

전에 형수님의 선물을 살 때도 느꼈지만, 형의 눈썰미나 감각은 꽤나 좋은 편이지.

– 꾸이!

이렇게 금령이 반응할 정도로.

금령이 이 녀석은 확실히 돈이 되는 것에 즉각 반응한단 말이지.

"내가 이렇게 미리 말을 하는 건, 네 도움이 필요하기 때문이다."

"내가 뭘 도와주면 되는데?"

"소개할 자리."

정호 형의 눈이 빛났다.

"고관대작이나 그들의 부인들에게 우리 은해상단의 장신구를 소개하는 자리가 필요해."

하긴 맞는 말이지.

장신구는 누군가가 유행을 선도하면 그대로 따라하는 분야니까.

그렇다면 나도 하나 부탁해야겠군.

"좋아. 그 대신……."

며칠 후.

북경지부에 새로운 공방이 생겼다.

이번에 정호 형이 추진하는 장신구 사업의 핵심인 곳이다.

바로 장신구 공방이지.

장신구는 기본적으로 수작업이기 때문에 원석의 품질과 장인의 실력이 모든 것을 결정한다고 해도 과언이 아니다.

그래서 이번에 정호 형이 계약한 장신구 장인들을 여럿 데려왔다.

장신구의 유행은 거의 북경에서 시작한다.

그러니 이곳에서 장신구 사업을 진행하는 것이 맞지.

내가 장신구를 만드는 공방에 도착하자, 정호 형이 나를 맞아 주었다.

"빨리 왔네?"

"응."

"그나저나 장신구 공방을 견학시켜 달라니! 이건 네가 부탁할 것이 아니라 내가 당연히 해야 하는 거 아니냐?"

"하하하. 그런가?"

"들어가자."

정호 형은 나를 데리고 공방 안으로 들어갔다.

장인들은 우리가 들어오는지도 모르고 초집중하여 장신구를 만들고 있었다.

역시나 있군.

내가 형에게 부탁해서 이렇게 견학을 온 이유가 있다. 그건 바로…….

– 금령아. 부탁 하나만 들어줘.

– 꾸이?

내 부름에 금령이가 소매에서 고개를 내밀었다.

그런데 나를 보는 게 아니라 장인들이 세밀하게 깎고 다듬는 귀금속을 보며 눈을 반짝였다.

그래도 내가 허락하지 않은 건 먹지 않으니까.

– 저 장인의 주머니에…….

내 부탁을 받은 금령은 쏜살같이 움직였다.

* * *

손문은 원석을 세공하는 장인이다.

그의 가업이었기에 철이 들기 전부터 원석 가공하는 일을 시작했다.

사실 원석을 세공하는 일은 자본금이 제법 든다.

원석을 사 오는 것도, 그것을 가공하는 도구를 마련하는 것도 다 돈이니까.

그렇기에 소수를 제외하면 돈 많은 누군가에게 고용되는 편이다.

원래 그 소수에 손문도 포함되어 있었지만, 이번에 그는 은해상단과 고용 계약을 했다.

아픈 아들의 약값을 마련해야 했으니까.

그리고 이렇게 북경까지 오게 되었다.

그가 북경의 새로운 공방에서 일하기 시작했을 때, 누군가 그에게 은밀하게 서신을 보냈다.

[은해상단에서 시작하는 새로운 사업에 대해 알고 싶다. 아들을 살리고 싶다면 우리에게 협조해라.]

은해상단으로부터 상당한 계약금을 받았지만, 그것으로도 아들의 약값을 대기는 부족했기에 속으로 갈등하고 있었다.

대가로 받을 돈이 간절했으니까.

"후우, 오늘 작업 끝!"

작업장의 장두의 말에 모두 자리를 정리하기 시작했다. 그리고 손문도 자루에 자신의 도구를 담아 정리할 때, 자루에 뭔가가 있음을 알아차렸다.

그는 그 자루에 들어 있던 것을 꺼냈고, 그만 소스라치게 놀라고 말았다.

'헉! 이건!'

손문이 놀란 이유는 그 자루에 약초가 들어 있었기 때문이다.

물론 평범한 약초였다면 그렇게 놀라지 않았을 테지만, 그 안에 들어 있는 약초는 평범한 약초가 아니었다.

그의 아들에게 꼭 필요한 약초인 억독초(抑毒草).

독기를 억누르는 효험이 있는 약초로, 비교적 희귀한 편이라 가격이 상당히 비쌌다.

그의 아들이 그렇게 비싼 약초를 필요로 하게 된 것은 선천적인 문제였다.

원석을 다루기 위해서는 유독한 약품을 써야 할 때가 있는데, 그의 부인이 착각하여 그 약품을 마셔 버리고 만 것이다.

즉사해도 이상하지 않을 정도로 위독했는데, 그의 부인은 아이를 낳기 위해 끝까지 버텼다.

결국 아이를 낳기는 했지만, 그 독기가 아이에게도 영향을 미친 것이다.

"산모의 몸에 들어온 독기가 아이의 몸에 남아 있네. 그게 계속해서 아이의 몸을 갉아 먹을 거네."

"그럼 어찌해야 합니까! 어찌해야 우리 윤석이를 살릴

수 있습니까?"

"방법이 없지는 않네. 억독초라는 약초를 쓰면 되는데, 그 가격이 제법 비싸네."

"지금 돈이 문제입니까? 제 하나뿐인 아들입니다. 죽은 마누라가 남긴 하나뿐인 아들이란 말입니다!"

"알겠네. 그러면 최선을 다해 보도록 하지. 다행히 평생 그 약초를 써야 할 정도는 아닌 것 같고, 성년이 될 때까지만 버티면 될 듯하네."

하여 억독초를 마련하기 위해 버는 돈을 다 쏟아부었는데, 그것만으로는 부족했다.

그래서 모아 뒀던 돈을 조금씩 까먹으면서 버텼지만, 거의 한계에 다다랐다.

은해상단과 계약해서 급한 불은 껐지만, 이제는 더 돈이 나올 구석이 없었다.

그래서 자신을 매수하려는 자들의 꼬임에 갈등하고 있는 것이었다.

'도대체 이게 왜 여기 있는 거지?'

그는 그런 의문을 가진 채 자루 속을 살폈고, 하나의 쪽지를 발견했다.

그는 조심스럽게 그 쪽지를 꺼내 보았다.

[저희 은해상단과 계약해 주셔서 감사합니다. 아들의 치료를 위해 이 억독초가 필요하다고 들었습니다. 억독

초를 제공해 드리겠으니, 은해상단의 장신구 사업에 힘
써 주셨으면 합니다. - 은서호.]

"……."
그걸 읽는 손문의 등에서 식은땀이 흘렀다.
"손 형! 왜 그러고 있어?"
"퇴근 안 해?"
"아, 잠시 정리할 것이 있어서. 먼저들 가시게."
그는 애써 표정을 관리하며 동료 장인들을 먼저 보냈
고, 다시 그 쪽지를 읽어 보았다.
그의 눈에는 그 쪽지의 내용이 다르게 보였다.

[은해상단을 우습게 보지 마라. 이미 너의 모든 것과
모든 행동을 알고 있다. 은해상단에 충성한다면 네 아들
의 목숨을 살려 주겠지만 배신하면 너와 네 아들의 목숨
은 없다. 그러니 선택해라] 라고.
그는 입술을 깨물고 그 쪽지를 불에 태웠다.

* * *

나는 집무실에서 혼자 업무를 보며 찾아올 손님을 기다
렸다.

장신구를 만드는 장인 중 하나인 손문 장인.

그의 손재주는 상당했다.

나조차 감탄할 정도로 엄청난 물건, 그러니까 작품이라 칭해도 손색이 없을 정도의 물품을 만들어 낼 수 있는 장인이다.

만약 그가 은해상단을 배신하지 않았더라면 은해상단의 장신구 사업은 급속도로 성장했을 거다.

그랬으면 은해상단도 더 빠르게 위로 올라갈 수 있었겠지.

그만큼 손문 장인의 배신은 뼈아팠다.

장신구 사업 분야에 대한 정보가 유출되었음을 알게 된 은해상단의 정보대는 결국 범인을 찾아냈고 그가 그리한 이유도 알게 되었다.

아픈 아들 때문이었다.

그 이유가 딱하기도 하고 그 재주가 아까워서 용서하고 같이 일하려 했지만, 그러지 못했다.

그를 매수했던 자들에 의해 살해당한 것.

심지어 아들까지 함께 살해당한 것에 나는 비통함을 감추지 못했다.

우리 은해상단은 약재를 전문으로 하는 상단.

그러니 솔직하게 말하고 도움을 요청했으면 좋았을 텐데……

하지만 그러기 쉽지 않았겠지.

다급한 상황이라 시야가 좁아졌을 수도 있고, 염치가 없다고 생각했을 수도 있다.

그래서 이번에는 내가 먼저 그에게 손을 내밀었다.

하지만 이는 동시에 경고이기도 했다.

내가 그의 상황을 알고 있으니 현명하게 판단하라는 경고.

내가 견학 핑계를 대며 미리 움직인 이유는 간단하다.

정호 형이 이번 장신구 사업에 뛰어든 이유를 알기 때문이다.

차기 상단주로서의 지위를 확고히 하기 위함이다.

이미 진호 형과 나는 상단주가 되지 않겠다는 의사를 밝혔으니 정호 형이 차기 상단주가 되는 것은 기정사실이다.

하지만 정호 형 본인이, 지금까지의 실적만으로 상단주가 되고 싶지 않아 하는 거다.

또한, 상단의 가신들과 고용인들에게 본인의 능력을 증명하고 싶다는 뜻도 있었고.

정호 형이 그리 의욕적으로 나선 일인데, 동생인 내가 최선을 다해 도와줘야지.

"주군. 손문 장인이 찾아왔습니다."

밖에서 서우 무사의 목소리가 들렸다.

다행히 늦지 않게 왔군.

나는 밖을 향해 말했다.

"들어오세요."

문이 열리고 손문 장인이 들어왔다. 그리고 나를 향해

넙죽 엎드렸다.

"이 천한 놈이 소단주님을 뵙습니다."

"천하다니! 손 장인님의 손에서 얼마나 아름다운 것들이 만들어지는지 아는데 왜 그런 소리를 하십니까?"

나는 손수 그를 일으켰다.

"일어나십시오."

"아닙니다! 제가 큰 죄를 지었습니다."

그는 고개를 들지 못하며 말을 이었다.

"제가 감히 은해상단을 배신하려고 했습니다."

"그래서, 저희 상단의 정보를 넘겼습니까?"

"그건 아니지만……."

"그럼 죄를 지은 건 아닌데 왜 그러십니까?"

나는 내 머리를 검지로 톡톡 치며 말했다.

"여기 이 머릿속에서 생각만 하는 것에 대해 누가 뭐라고 하겠습니까? 문제는 그것이 실제 행동으로 옮겨졌을 때가 아니겠습니까?"

그럼에도 손문 장인은 쉽사리 고개를 들지 못했다.

"저는 사람의 정수리를 보며 이야기하고 싶지 않습니다. 그러니 그만 일어나시지요."

그는 머뭇거리다가 겨우 고개를 들었다.

나는 그를 일으켜 다탁 앞의 의자에 앉혔다.

"이 일에 대해 제 큰형님도 알고 계십니다. 제 큰형님이 참 온화하고 덕이 넘치는 사람이지만 본질은 상인입니다. 무서울 땐 정말 무서운 분입니다."

"……."

"방금 말씀드렸듯이 덕이 넘치는 사람이기에 한 번의 기회는 줍니다. 그리고 이것이 제가 큰형님의 지시를 받아서 장인께 드리는 기회였습니다."

물론 거짓말이다.

정호 형은 이 일에 대해 전혀 모른다.

그러니까 이전 삶에서 크게 상심했었지.

"이렇게 현명한 선택을 하셔서 기쁩니다."

내 말에 손문 장인은 떨리는 손으로 억독초를 올려놓으며 말했다.

"이렇게 귀한 것을 주셨는데, 제가 어찌……."

나는 그것을 보며 말했다.

"아드님이 아프다고 들었습니다."

"그렇습니다."

그는 한숨을 내쉬고는 입을 열었다.

이미 알고 있는 사연이지만, 처음 듣는다는 듯 그의 말을 경청했다.

덕분에 내가 몰랐던 정보도 몇 가지 알게 되었다.

그중 하나가 성인이 되면 더는 억독초를 먹지 않아도 된다는 것.

이전 삶에서 손문 부자가 죽었을 때 아들은 성년이 되기 몇 년 전이었던 걸로 기억한다.

에휴…….

조금만 더 버티면 되었는데.

나는 그에게 말했다.

"저희 은해상단은 약초를 전문으로 하는 상단입니다. 약초가 필요하시면 저희에게 말씀하지 그러셨습니까? 직원들에게는 특별히 염가로 판매합니다."

"……그런 혜택이 있습니까?"

"분명 저희 상단에서 제공하는 혜택에 대한 책자가 있을 터인데…… 안 읽어 보셨습니까?"

머리를 긁적이는 손문 장인.

"직원 복지 혜택은 저희가 일일이 챙겨 줄 수 없습니다. 알아서 받지 않으면 본인 손해입니다."

"유념하겠습니다."

"아무튼, 제 큰형님과 저는 손문 장인의 가치를 크게 생각합니다. 그렇기에 아드님이 성년이 될 때까지 억독초를 제공해 드리지요."

내 말에 손문 장인의 눈이 휘둥그레졌다.

"감사합니다! 정말 감사합니다!"

"하지만 무료가 아닙니다."

"그건 기대도 하지 않았습니다. 무슨 염치로 그 비싼 것을 무료로 받습니까?"

"바람직한 자세입니다."

나는 씨익 웃고는 계약서 하나를 내밀었다.

그건 종신 계약서였다.

이런 엄청난 인재가 계약이 끝나고 다른 곳과 계약하게 둘 수는 없지.

억독초는 손문 장인을 종신토록 은해상단에 붙들어 놓기 위한 일종의 미끼다.

"어떠십니까?"

"고민할 것도 없습니다. 바로 계약하겠습니다."

내가 내민 미끼를, 손문 장인은 거부할 수 없다.

손문 장인이 돌아가고, 나는 그가 수결한 계약서를 잘 보관했다.

이것으로 정호 형의 장신구 사업에서, 장신구가 예쁘지 않다는 말은 듣지 않을 거다.

그러면 이제 손문 장인에게 접근한 자를 처리해야겠지.

손문 장인은 자신에게 서신을 보내어 회유를 시도한 자가 있음을 실토했다.

하지만 그들이 누군지는 모른다고 했다.

그렇겠지. 그들도 바보가 아니니 그렇게 성급하게 자신들의 정체를 드러내지 않을 거다.

손문 장인은 거래에 응할 생각이 있으면 약속된 시간에 정해진 장소로 오라는 내용이 적혀 있었다고 말했다.

그러나 나는 범인을 알고 있지.

"팔갑아!"

"네! 부르셨습니까요?"

"여웅암 무사님 좀 불러 줄래?"

주위가 어두운 한밤중.

한 남자가 혀로 입술을 핥으며 정면을 주시했다.

그가 살펴보고 있는 것은 은해상단의 출입문.

곧 문이 열리고 누군가가 나왔다.

'저자가 손문이군.'

그는 눈을 빛냈다.

그가 이렇게 비열한 짓을 하는 이유는 바로 가문의 사업 때문이었다.

그는 황씨상단 상단주의 차남인 황곤이었는데, 황씨상단에 걱정거리가 하나 생겼다.

바로 급성장 중인 은해상단에서 북경의 장신구 사업에 뛰어든 것.

그들이 끼어든다면 황씨상단의 입지는 좁아지고, 수익도 급감할 터.

그렇기에 어떻게 해서든 은해상단의 장신구 사업을 방해해야 했다.

그래서 그가 나선 것이다.

"아버지! 저에게 맡겨 주십시오!"

그렇게 호기롭게 나선 그는 은해상단의 장신구 사업의 핵심이 이번에 데려온 장인들이라는 것을 알아냈다.

그리고 그 장인들 중에 아픈 아들이 있는 장인의 정체도 파악했고, 그 아들을 미끼로 그 장인에 대해 회유를 시도했다.

그 대상이 바로 손문이다.

황곤은 대상이 나온 것을 보고도 바로 나서지 않고, 신중하게 그의 뒤를 살폈다.

그는 매우 조심성이 많은 성격이었다.

한참이나 주위를 살폈지만, 손문을 미행하는 자는 없었다.

'이제 약속 장소로 가면 되겠군.'

약속 장소는 인근에 있는 한 나무 아래였다.

일부러 나무에 하얀색 천을 세 개 묶어서 장소를 표시한 곳이다.

그곳에서 손문 장인이 불안한 표정으로 서 있었다.

곧 그는 자신의 호위무사를 대동한 채 그에게 다가갔다. 그리고 좀 떨어진 곳에 서 있으라고 한 후 손문 장인에게 다가갔다.

"약속대로 나오셨군요."

"……"

"당신이 나에게 서신을 보낸 자요?"

"그렇습니다."

"내가 당신에게 협조하면, 나는 무엇을 받을 수 있는 것이오?"

황곤은 히죽 웃었다.

"돈을 드리지요. 그 돈이면 필요한 약재를 사는 데 부족함이 없을 것입니다."

"……."

"어떻소?"

"그럼 내가 당신에게 무엇을 협조하면 되는 것이오?"

"이번에 은해상단에서 장신구 사업을 시작한다고 들었소. ×× 같은 새끼들, 그냥 하던 사업이나 잘하지, 왜 굳이 남의 사업에 끼어들어 지랄인지."

"……."

"아무튼, 그쪽이 알고 있는 장신구 사업에 대한 모든 것을 말해 주면 됩니다."

"정말 그것뿐이오?"

"물론."

"……."

"왜 망설이는 것이오?"

"그게, 이것이 나를 고용한 이에 대한 배신이다 보니……."

"그깟 죄책감보다 몇 배는 중요한 게 아들의 목숨 아니오? 그 은해상단 놈들이 그쪽의 아들이 죽든 말든 신경이나 쓸까?"

"……."

"이건 착수금이오."

황곤은 그에게 주머니를 건넸고, 손문은 그것을 받았다.

"그러니까 아는 것 좀 털어놔 보시오."

"알겠소."

그는 고개를 끄덕였다.

"우선, 은해상단의 장신구 사업은 크게 성공을 거둘 것이오."

"그건 나도 압니다! 그러니까 분통 터지지!"

"만약 그대가 뒤처지는 것이 싫으면, 은해상단만큼이나 뛰어난 장신구를 만들기 위해 노력하면 되는 것 아니겠습니까? 장인을 발굴하고 장신구의 모양을 연구할 돈으로 유흥을 즐기면 그게 은해상단 때문에 망하는 것이겠소? 본인들의 노력 부족으로 망하는 거지."

"그, 그건……."

황곤은 말문이 막히고 말았다.

황씨상단이 뜻밖의 성공으로 인한 이문을 얻었고, 그 돈으로 유흥을 즐기고 그 쾌락에 잠식되어 노력을 게을리한 것도 사실이니까.

그런데…… 문득 이상함을 느꼈다.

손문이 자신에게 정보를 주는 게 아니라 질책하고 있다는 것을 깨달은 것이다.

그는 벌컥 화를 냈다.

"내가 지금 그따위 말을 듣고 싶다고 했어? 정보를 내놓으라고! 정보를! 지금 내 돈을 떼먹겠다는 건 아니지? 내가 네놈의 아들을 그냥 둘 거라고……."

그는 더 말을 잇지 못했다.

그들이 서 있던 나무 위에서 누군가가 뛰어내렸기 때문이다.

탁.

"다, 당신은!"

유별나게 잘생긴 남자.

이 북경 바닥에서 그가 누군지 모르는 자는 없었다.

"은서호 소단주! 여, 여긴 어떻게?"

"지금 여기서, 저희 은해상단의 사람과 무슨 이야기를 하시는 겁니까?"

"마침 잘 왔소!"

그는 얼른 말을 꾸며냈다. 어차피 증거도 없으니까.

"이 손문 장인이, 우리 상단의 기술을 훔쳐 가는 바람에 내가 으름장을 놓았더니 이 돈을 주면서 무마하려 하는데…… 내가 그냥 넘어갈 것 같소?"

"그렇습니까? 구체적으로 어떤 기술을 훔친 것입니까?"

"그, 그건…….."

"그런데 이상하군요. 이자가 훔쳐 갈 기술이라고 하면 무공 정도인데 그쪽 상단에 그만큼 뛰어난 무공이 있습니까?"

"그게 무슨 말장난이오! 내가 말한 건 원석을 다루는 장인의 기술이오!"

"장인이라뇨? 저런! 눈이 잘 안 보이시는 겁니까?"

"그게 무슨 소리요?"

"자세히 보십시오. 아직도 이자가 손문 장인으로 보입니까?"

그 말에 황곤은 눈을 깜빡였고.

"흐어억!"

소스라치게 놀랐다. 그도 그럴 것이 방금까지 손문 장인이라고 생각했던 남자의 얼굴은 전혀 엉뚱한 얼굴이었기 때문이다.

"소, 손문 장인이 아니잖아!"

"맞습니다. 여긴 제 호위무사인 여응암 무사님이십니다. 그런데 여 무사님께서는 왜 여기에 계시는 겁니까?"

은서호의 물음에 여응암 무사가 말했다.

"제게 주군을 암살해 달라고 이 돈을 주더군요. 허! 매수할 사람이 따로 있지, 어떻게 나에게 주군을 암살해 달라는 그런 의뢰를 하는 건지!"

"네? 그게 사실입니까?"

은서호가 깜짝 놀란 듯 묻자, 그와 함께 나무에서 내려온 서우 무사와 진유 무사가 검을 빼 든 채 그와 대치했다.

이에 멀찍이 서 있던 황곤의 호위무사가 달려왔지만, 애초에 상대가 되지 않았다.

서우 무사만 해도 절정인데, 진유 무사는 초절정이니까.

황곤의 호위무사가 그들의 기세에 눌려 하얗게 질린 얼굴로 물었다.

"곤 도련님, 정말 은서호 소단주를 암살할 생각이셨습니까?"

"그, 그게 무슨! 내가 언제!"

"분명 손문 장인을 매수한다고 하지 않았습니까? 지금 손문 장인을 만나는 것이 아니었습니까?"

황곤의 호위무사가 그리 묻는 이유가 있었다. 그를 멀리 떼어 두고 왔기에 그의 눈에는 상대방의 얼굴이 잘 보이지 않았기 때문이다.

"나를 믿어 다오! 나는 분명 손문 장인을 만나려고 했다. 그에게 은해상단의 장신구 사업에 대한 정보를 얻기 위해서 말이다."

"그런데 왜 이곳에 손문 장인이 아닌 이자가 있는 것입니까?"

"그건······."

황곤은 애가 탔다.

그도 그럴 게 다른 상단의 사람을 매수해서 정보를 얻는 것과 다른 상단의 소단주를 암살하려는 것은 완전히 죄질이 다르기 때문이다.

"증명할 방법이 있습니까?"

은서호의 말에 그는 당혹스러웠다. 증거가 없었으니까.

애초에 이 일은 증거를 남겨서는 안 될 일.

그러다 보니 꼼짝없이 은서호를 살해하려 했다는 죄를 뒤집어쓰게 생긴 것이다.

만약 은서호가 이를 정식으로 현청에 고발한다면 사형까지는 아니라고 해도 곤장을 많이 맞고 막대한 배상금을 은서호 측에 주어야 한다.

그럼 자신은 황씨상단에서 제명될 터.

운이 좋아야 막대한 배상금을 주고, 가문에서 쫓겨나는 선에서 끝날 터.

조심성 많게 움직인 것이 지금은 오히려 그에게 독이
된 상황.

그리고 이렇게 은서호가 때맞추어, 나무 위에 있다가
나타난 것을 보면 틀림없다.

자신은 함정에 빠진 것이다.

'젠장! 젠장! 으아아아!'

그는 소리 없이 절규했다.

* * *

나는 속으로 피식 웃으며 황곤이라는 자를 바라보았다.

역시 이자가 당시 손문 장인을 매수했고, 입까지 막아
버렸던 범인이로군.

이전 삶에서 손문 장인이 매수되었다는 것까지는 확인
했지만, 정확한 범인을 특정하지는 못했다.

하지만 유력한 용의자로 꼽았던 자들이 몇 있었는데,
이자도 그중 하나다.

지금 황곤은 내가 쳐 놓은 거미줄에 걸린 잠자리다.

날개를 퍼덕이지만, 빠져나갈 순 없지.

나는 여응암 무사에게 신이변용술을 사용해 손문 장인
으로 얼굴을 바꾼 후 손문 장인인 척해 달라고 부탁했다.

미끼를 던지긴 해야 했지만, 무공을 모르는 손문 장인
을 미끼로 던질 순 없었으니까.

그래서 이렇게 내 함정에 걸려든 것이다.

나와 여응암 무사는 미리 계획한 대로 나를 암살하려한 것처럼 이야기를 몰아갔고, 내 예상대로 그는 암살 미수에서 벗어나려 자신의 진짜 죄를 실토했다.

"저를 암살하려 한 것이 아니라, 손문 장인을 매수하여정보를 빼내려 했다고요?"

"그러네!"

"그러면 손문 장인을 매수하려 했다는 건 인정하십니까?"

"인정하네!"

"그렇군요. 감사합니다. 이렇게 자백해 주셔서 말입니다."

"……뭐?"

그는 눈을 깜박였고, 이내 뭔가 깨달은 듯 외쳤다.

"서, 설마! 처음부터 나에게 손문 장인을 매수했다는것에 대한 자백을 받으려고!"

"네. 맞습니다."

사실 그가 자백해도, 법적으로 뭔가 강력한 제재를 가할 수는 없다.

사람을 매수해서 정보를 얻는 것은 절도로 간주되는데, 절도죄는 그 경중에 따라 배상금 정도가 전부다.

게다가 미수에 그쳤으니, 배상금도 소액에 그칠 것이다.

그리고 이런 일은 꽤 흔한 편이라, 지현도 귀찮아하며적당히 합의하라고 할 테고.

그래서 저자가 필사적으로 나를 암살하려고 한 게 아니라 손문 장인을 매수하려 했다고 주장한 것이기도 하다.

이대로 밀어붙여 살인미수로 고발할 수도 있지만, 나는

그러지 않았다.

내가 마음먹고 죄를 뒤집어씌운다면 들키지 않고 성공시킬 자신은 있지만, 그런 건 나쁜 짓이니까.

물론 저놈은 그래도 싼 놈이지만, 적어도 나는 비겁한 방법으로 응징하고 싶지 않았다.

그렇다고 이대로 황곤에게 미미한 배상금만 받을 생각도 없다.

그 죄가 발각될 상황을 우려해서 손문 장인과 그 아들까지 죽여 버린 자다.

나는 씨익 웃으며 황곤에게 말했다.

"가서 상단주에게 전하십시오. 그쪽이 먼저 우리를 건드렸으니, 이후에 벌어질 일에 대해 원망하지 말라고요."

내가 황곤에게 자백을 들으려 한 건, 범인을 정확하게 특정하기 위함과 정당방위를 위해서다.

그런 비겁한 방법을 사용하지 않아도, 충분히 밟아 줄 수 있으니까.

자신이 먼저 우리를 건드렸음을 실토했으니, 이후에 벌어질 일에 대해서 원망하지 않겠지.

하지만 황곤이 돌아가 상단주에게 순순히 내 말을 전할 가능성이 얼마나 될까?

내가 볼 땐, 아예 없다.

자신으로 인해서 이런 사태가 발생했다는 게 밝혀지면 그의 입지가 불안해지거나 약해질 테니, 이를 최대한 숨기려고 하겠지.

오히려 저 호위무사가 이에 대해 알릴 가능성이 높다.

과연 상단주는 어떤 결정을 할까?

뭐, 그건 그거고 이제는 정호 형에게 가 봐야겠군.

장신구 사업을 시작하고 책임지는 것은 정호 형이니, 가서 상의해 봐야지.

다음 날, 오후.

나는 정호 형의 집무실로 향했다.

"형은요?"

"안에 계십니다."

정호 형의 호위무사가 그리 말하며 안에 고했고, 곧 정호 형의 목소리가 들렸다.

"들어와."

나는 안으로 들어갔다.

정호 형은 정신없이 일을 처리하고 있었다. 기존에 맡은 일에 이번에 새로 시작할 장신구 사업까지 더해졌으니까.

"무슨 일이야?"

"형, 차 한 잔 마시고 해."

내 권유에 정호 형이 기지개를 켜며 일어나더니, 다탁으로 와 내 맞은편에 앉았다.

"후, 그래야겠구나."

그때 시종이 찻주전자를 내왔고, 나는 찻주전자를 들어 정호 형의 찻잔에 따라 주고 내 잔에도 따랐다.

정호 형이 차를 한 모금 마신 후 물었다.

"그래, 무슨 일이냐? 바쁜 네가 아무 이유 없이 나를 찾아온 건 아니겠고."

"맞아."

나는 고개를 들어 정호 형을 보았다.

"손문이라는 장신구 장인이 매수 시도를 받았다고 들었어."

"……소문 빠르구나. 맞아."

나는 손문 장인에게 정호 형을 찾아가 누군가 자신을 매수하려 했음에 대해 말하라고 지시했다.

정호 형이 장신구 사업의 담당자이며, 손문 장인과의 계약을 주도한 이도 정호 형이니까.

손문 장인이 내게 실토했다고 해도 이것을 내가 전한다면 정호 형의 입장에서는 한숨이 나올 일이겠지.

"벌써부터 우리를 방해하려는 세력이 작업을 시작했다니! 이거 정말 방심할 수 없게 만드네."

"그러게……."

나는 차를 한 모금 마시고는 말을 이었다.

"그만큼 긴장하고 있다는 의미겠지. 위기감을 느끼지 않으면, 신경도 쓰지 않을 테니까."

"좋은 건가?"

"응. 좋은 거야."

나는 피식 웃었다.

"손문 장인에 대한 이야기를 듣고 내 나름대로 알아봤

거든. 그리고 손문 장인에게 접근한 자가 누군지 알아냈어."

"벌써 알아냈다고? 도대체 누구냐?"

"황씨상단."

"북경에서 장신구 사업을 하는 자들 말이지?"

"맞아. 손문 장인의 아들이 아프다는데, 이를 이용해서 접근한 것 같아."

"그래, 맞다. 손문 장인이 말하길 아들에게 꾸준히 억독초를 먹여야 한다고 하더라고."

나는 고개를 끄덕였다.

"그래서 말인데, 억독초를 제공하는 게 어떨까?"

"안 그래도 그럴 생각이다. 그러면 손문 장인의 문제도 해결하고, 다른 장인들의 신뢰도 얻을 수 있으니까."

역시 정호 형이다.

"그런데 황씨상단에서 그리했다는 건 어떻게 안 거냐?"

"말 했잖아. 내 나름대로 알아봤다고."

나는 미소 지으며 물었다.

"어떻게 알아봤는지, 말해 줘?"

"아, 아니. 험험, 굳이 그럴 필요는 없다."

정호 형이 헛기침을 하며 말했고, 나는 피식 웃었다.

"아무튼, 저들이 먼저 우리를 건드렸는데 우리가 사정을 둘 필요가 있을까?"

"없지. 그래서 뭐 어떻게 하려고?"

나는 씨익 웃으며 대답했다.

"형, 우리 전시회를 한번 해 보자."

"전시회?"

"응. 이번에 우리 상단에서 만든 장신구를 전시회를 통해 사람들에게 홍보를 하자는 거지."

"귀부인들에게 홍보하지 않고?"

"물론, 귀부인들께도 소개를 해야지. 그리고 그곳에서 전시회에 대해 말하면서 초대장을 나누어 줘야지."

"초대장을?"

"응. 그 초대장을 가지고 전시회에 오면 할인해 주는 건 어때?"

"좋은 생각이네."

"그렇게 입소문을 내서 초반에 손님들을 확 끌어오는 거지."

나는 이를 갈며 중얼거렸다.

"감히 우리 은해상단을 건드리다니! 가만 둘 수 없지."

.

.

.

며칠이 지났다.

아직 황씨상단에서 아무 연락이 없는 것을 보니, 황곤이 이를 밝히지 않은 듯했다.

혹은 밝혔더라도 끝까지 시치미를 뗄 생각이겠지.

찾아와서 진심으로 사죄하면 조금 봐줬을 텐데.

이제는 자업자득이다.

"서호야. 가자."

"응."

나는 정호 형을 따라 집무실을 나왔다.

우리가 지금 향하는 곳은 북경의 한 저택이다.

정확하게 말하면 연유문 부마 부부에게 황제가 하사한 곳으로, 그와 그녀의 부인이자 공주가 사는 집이기도 하다.

그리고 공주의 혼례 예물을 위해 황실에서는 북경의 각 상단에 연락했다.

하여 우리 은해상단에서도 참석한다고 답신했다.

그리고 그 자리에서 귀부인들에게 우리 은해상단의 장신구를 소개할 예정이다.

원래도 귀부인들의 모임에 참석해서 장신구를 소개할 생각이었으니 이번 기회를 적극 활용해야지.

잠시 후.

우리는 한 저택에 도착했다.

"어디서 어떻게 오셨습니……."

춘경성에서 봤던 병사가 문지기를 하고 있다가 나를 보고 얼른 달려왔다.

"이게 누구십니까? 은해상단의 소단주님 아니십니까?"

"하하. 오랜만입니다."

"여긴 어쩐 일이십니까?"

"오늘 황궁에서 장신구를 취급하는 북경의 상단을 소

집하여 이렇게 부름에 응했습니다."

"그러셨군요. 저 안으로 들어가면 왼쪽에 대기하는 곳이 있습니다. 그곳으로 가시면 됩니다."

"알겠습니다. 감사합니다."

우리는 그가 가르쳐 준 곳으로 갔고, 그곳에 있던 이가 우리의 소속과 이름을 물은 후 기록했다.

건물 안으로 들어가니 그곳에는 황씨상단의 상단주와 황곤도 있었다.

"……음."

"큼."

그들은 우리를 보자 헛기침하며 고개를 돌렸다.

상단주의 반응을 보니 상단주도 황곤의 일을 알고 있는 듯했다.

나는 그들에게서 관심을 껐고, 상단의 사람들이 하나둘 불려 갔다.

"다음은 은해상단!"

"네!"

"나를 따라오시오."

우리를 부르러 온 자를 따라 안으로 들어갔다.

드르륵.

문이 열렸고, 우리는 그 앞에서 예를 갖춰 인사했다.

"은해상단의 소상들이 고귀하신 분들을 뵙습니다."

"고개를 드세요."

우리의 인사를 받은 이는 여량 공주마마.

본명은 따로 있고, 황제가 내린 이름이 여량(餘良)이다.

춘경성 검총 사건 당시 동행했기에 초면이 아니다.

"반가워요, 소단주님."

"네. 공주마마께서도 잘 지내셨습니까?"

"저야 늘 잘 지내고 있답니다."

그녀는 신분상 내게 말을 놓아도 되는데, 나를 공대해 주고 있었다.

그녀가 나를 살갑게 대해 주자 그곳에 모여 있던 귀부인들의 관심이 쏠렸다.

"공주마마와 귀하신 분들의 바쁜 시간을 낭비할 수 없으니 저희 상단에서 준비한 물건들을 먼저 보여 드리겠습니다."

내가 정호 형을 보자, 형이 함께 들어온 일꾼들에게 손짓을 했고 준비된 탁자 위에 상자가 올려졌다.

이에 공주와 귀부인들은 자리에서 일어나 탁자 위의 장신구를 구경했다.

"어머! 이 영롱함!"

"어머어머!"

"아름답네요."

"아…….."

그녀들은 감탄을 금치 못했다. 그도 그럴 것이 내가 봐도 정호 형이 준비한 장인들이 만든 작품들의 질이 상당했기 때문이다.

작품이라 불리는 것도 몇 개나 되지.

그것들을 보는 귀부인들의 눈에는 욕망이 가득했다.

그러나 그녀들이 이 자리에서 바로 저것을 구매할 수는 없다.

이 자리는 공주의 예물을 구하는 자리니까.

여기서 장신구를 구매한다면, 그건 황실에 대한 모독이 될 수 있으니.

하지만 이곳이 우리에게 기회가 될 수 있는 건, 이런 자리에서 귀부인들의 마음에 드는 장신구를 내놓는다면 나중에 그들에게 판매할 수도 있기 때문이다.

그리고 또 하나 준비한 게 있지.

형이 미리 준비한 초대장을 꺼내 공주에게 건넸다.

"공주마마, 저희 상단에서 여기 계신 공주마마와 귀부인들께 드리는 선물입니다."

"이게 무엇인가요?"

"초대장입니다. 사흘 뒤, 저희 은해상단에서는 저희가 만든 장신구를 전시하는 소소한 행사를 개최하려 합니다. 이 초대장을 지참하시면 모든 상품을 이 할 할인해 드립니다."

"정말인가요?"

"제가 어느 안전이라고 거짓을 고하겠습니까?"

"꼭…. 가야겠네요."

- 꾸이!

금령이가 돈 냄새를 맡았다. 그 말은 즉, 많은 돈이 들어온다는 신호지.

.

.

.

여량 공주마마는 시녀를 불러 초대권이 들어 있는 봉투를 이 자리의 모든 귀부인들에게 나눠 주게 했다.

신경 써서 만든 덕분에 초대장은 봉투만 해도 꽤 고급스러웠다.

귀부인 중 하나가 봉투를 열어 보고는 물었다.

"초대권이 한 장이 아니라 네 장이네요?"

이에 정호 형이 부드럽게 웃으며 답했다.

"혼자만 오시면 얼마나 정 없습니까? 좋은 건 함께 나누어야 한다고 생각하여 네 장을 넣었습니다. 그러니 세 분까지 동행이 가능하다고 생각해 주십시오."

"어머, 세심하시네요."

"그리 생각해 주시니 감사할 따름입니다."

역시 정호 형도 상인은 상인이네.

초대장을 한 명당 네 장씩 주는 것은 정호 형의 생각이었다.

말로는 정이 없어서 그런 거라고 하지만, 이왕 오는 거혼자 오지 말고 다른 고객들을 더 데려오라는 의미지.

그리고 저렇게 되면 이 자리에 있는 귀부인들이 다른 사람들에게 주도권을 가질 수 있다.

나는 부드럽게 말을 꺼냈다.

"이 자리의 주인공이 계시는데 실례했군요."

"괜찮아요."

공주는 웃으며 고개를 저었다.

"안 그래도 저만 예쁜 패물들을 사는 게 마음에 걸렸는데, 이렇게 좋은 기회를 나눠 주시니 한결 마음이 가벼워졌답니다."

사실 다른 상단에서 이런 짓을 했다가는 경을 칠 수도 있다.

하지만 나는 그녀와 안면이 있기도 하고 연유문 부마를 통해 양해를 구해 놓았기 때문에 문제가 없다.

즉, 짜고 치는 도박이랄까?

대신 그녀에게 그녀가 마음에 들어 하는 장신구를 하나 선물하기로 했다.

그녀는 춘경성을 도와준 일에 대한 감사의 표시를 하고 싶어 그리한 것이지만, 그 빚은 나중에 다른 것으로 받아야지.

"어떤 패물이 마음에 드십니까?"

"저는……."

그날, 공주는 은해상단의 패물을 다섯 개나 골랐다.

* * *

황씨상단의 상단주는 상당히 심기가 좋지 않았다.

이번에 공주의 혼인을 위한 패물을 팔기 위해 저택에 방문했지만 하나밖에 팔지 못한 것도 그 이유 중 하나였다.

'은해상단의 장신구는 무려 다섯 개나 골랐다지.'

하지만 다른 이유가 더 컸다.

한 귀부인이 그에게 한 말 때문이었다.

"은해상단에서 가지고 온 장신구는 하나같이 아름답던데, 솔직히 여기 물건은 그에 비하면 수수하네요."

그러니까 은해상단의 물건보다 수준이 떨어진다는 의미다.

게다가 차남 황곤의 호위무사가 자신에게 전한 말이 있었다.

그건 황곤이 은해상단의 장인을 매수하려고 했다가 실패했다는 것.

"제기랄! 실패했어도 들키지를 말았어야지!"

그는 뒤에서 따라오고 있는 차남 황곤을 보며 눈을 부라렸고, 황곤은 움츠러들며 대답했다.

"소, 송구합니다. 아버지."

"은서호 소단주가 누군지 모르는 것이냐? 우리 같은 장사치 주제에 황제의 총애를 받는 데다가 금의위와 동창에서도 뒤를 봐주는 자다. 우리는 너 때문에 그런 자를 적으로 둔 셈이다."

"……."

"그래서, 이를 어찌 해결할 것이냐?"

황곤은 할 말이 없어서 조용히 고개만 숙였다.

황씨상단주는 답답하다는 듯 다그쳤다.

"듣자 하니 사흘 후에 은해상단에서 장신구 전시회를 한다고 하더구나. 이게 무엇을 뜻하겠느냐? 이 북경의 장신구 사업을 다 먹어 버리겠다는 것이다!"

황곤이 입술을 깨물더니 굳은 표정으로 말했다.

"그러면 아버지. 저희도 가만히 있으면 안 되는 거 아닙니까?"

"뭘 더 하려고?"

"전시회를 망치면 되는 거 아닙니까? 왈패들을 풀든, 흑도를 풀든 하여……."

"이 북경의 귀부인들이 모이는 곳이다. 그 자리에서 그분들의 신변에 무슨 일이라도 생긴다면 고관대작들이 그 일을 주도한 우리를 가만두겠느냐!"

"음……."

한참 침묵하던 황곤이 묘안을 떠올린 듯 말했다.

"이 방법은 어떻습니까?"

황곤의 설명에 황씨상단주는 고개를 주억였다.

"그건 좀 괜찮구나."

* * *

나는 이번에 있을 장신구 전시회로 인해 바쁘게 움직였다.

정호 형은 이번에 우리 은해상단의 장신구를 판매하는

상점에 '화윤려(華贇麗)'라는 이름을 붙였다.

꽃처럼 아름답고도 아름답다는 의미지.

형수님께서 말해 준 이름이라고 들었는데, 작명 솜씨가 좋으시네.

전시회 장소는 은해상단 북경지부의 연회장이다.

이런저런 연회나 행사를 위해 크게 지어 놓은 곳이지.

"오셨습니까?"

"어서 오십시오. 셋째 소단주님."

내가 연회장에 당도하자, 이번 전시회를 담당한 행수가 내게 다가와 인사했다.

"수고 많으십니다. 행사장 꾸미는 건 어느 정도 마무리 되었습니까?"

"네. 이제 패물들을 올려놓을 탁자를 꾸미기만 하면 됩니다."

"다과 준비는 어찌 되었습니까?"

"그것 역시 차질 없이 준비되고 있습니다."

"이번 전시회는 매우 중요합니다. 끝날 때까지 방심하시면 안 됩니다."

"네! 명심하겠습니다."

나는 연회장 안으로 들어가 곳곳을 점검해 나갔다.

다다다다.

그때 누군가 다급하게 달려오는 소리가 들렸다.

이 기운은 정호 형의 기운인데?

벌컥 문이 열렸고, 하얗게 질린 얼굴의 정호 형이 외쳤다.

"서호야! 큰일 났다!"

"왜? 무슨 일인데 그래?"

"지금 북경에 이상한 소문이 돌고 있다. 우리 은해상단에서 만드는 패물이 저주받은 원석으로 만든 패물이라고……."

"……."

자무인형 때가 떠오르는군.

그때도 소문으로 우리를 방해했었지.

뭐, 이렇게 순탄하게 진행될 거라고 생각하지도 않았다.

그나저나 저주받은 원석이라……

어제 서향 소저가 말했던 것이 이 뜻이었군.

나는 정호 형의 충고를 들은 후로, 가끔 시간을 내서 서향 소저와 함께 담소를 나누고는 했다.

다루에서 차를 마시기도 하고, 후원을 거닐기도 했지.

바빠서 자주 그런 시간을 가지지는 못했지만, 그래도 꽤나 보람찬 시간이었다.

어제 서향 소저가 그런 말을 했었지.

"사람들은…… 이상하네요."

"네?"

"왜 저주받은 보석을 더 매력 있다고 느끼는 걸까요?"

"네? 분명 전에 저희 상단의 자무인형은 판매량이 급감했습니다만……."

"아무래도 그게 보석의 매력인 듯하네요."

서향 소저가 본 미래는 오늘의 일과 관련 있음이 분명하다.

"누가 그런 소문을 냈는지는 파악했어?"

"아직 파악 중이다. 그나저나 전시회가 당장 내일인데……."

나는 침착하게 형을 진정시켰다.

"너무 걱정하지 마. 내게 좋은 생각이 있으니까."

소문을 퍼뜨린 자들은 분명히 북경에서 패물을 취급하는 자 중 하나일 것이다.

높은 확률로 황씨상단이겠지.

그러나 지금 바로 쳐들어가서 항의를 해 봤자 우리가 손해다.

증거가 없으니까.

하지만 그렇게 하지 않아도 충분히 이 난관을 헤쳐 나갈 수 있다.

"대신, 형이 해 줄 일이 있어."

"뭔데? 뭐든 말만 해라."

"장인들에게 일러서 무척이나 화려하게, 보는 것만으로도 혼이 쏙 빠질 만하게 커다란 원석으로 장신구를 한 개 만들어 줘. 이왕이면 목걸이가 좋겠네."

"그건 왜?"

"저주받은 원석으로 패물을 만들었다면서? 그럼 그 장

단에 어울려 줘야지."

"뭐?"

"정호 형."

나는 형을 부르며 어깨에 손을 올렸다.

"지금 형이 걱정하는 것이 뭔지 알겠는데, 장신구를 취급할 형이 그것을 소유하는 자들의 심리에 대해 모르면 안 되잖아."

"……응?"

"이전에 자무인형의 경우, 저주받았다는 말에 사람들은 거리낌을 느꼈지. 왜일까?"

"저주받았다고 해서?"

"그것보단 사람의 외형을 닮았으니까. 인형이라는 건 사람의 외형과 닮았다는 것 때문에 사람들은 알 수 없는 기분을 느끼지."

"하긴…… 나도 자무인형이 보관되어 있는 곳에 들어가면 뭔가 등골이 서늘하긴 해."

그리고 나쁜 주술로 사람을 노릴 때, 인형을 사용하곤 하니까.

"그로 인해 저주받았다는 말에 사람들은 더욱 꺼리던 것이었어. 하지만 보석은 그와 다르지."

나는 검지를 뻗으며 말했다.

"보석은 빛나잖아. 그리고 사람을 닮은 것도 아니고 그 자체로 아름다운, 욕망을 불러일으키는 요물이지."

"그건 맞아."

"그렇기에 보석은 저주받았다는 이유로 그 가치를 높여 줄 수도 있어."

나는 씨익 웃었다.

"저들이 판을 깔아 줬으니, 그 위에서 춤이라도 춰야하지 않겠어?"

*　*　*

황씨상단의 상단주 황이견은 흐뭇한 표정이었다.

그가 은밀하게 소문을 낸 지 하루 만에 온 북경에 다 퍼졌기 때문이다.

그 소문이란 다름 아닌 은해상단에서 만드는 보석이 저주를 받았다는 그런 소문이다.

그리고 그 소문은 점점 부풀려졌다.

"그 보석을 소유한 자는 살해당한다지? 지금까지 세 명이나 살해당했대!"

"그런 보석을 은해상단에서 어떻게 손에 넣은 건데?"

"그건 나도 모르지."

지금 황이견의 귀에 들리는 사람들의 대화만 해도 은해상단의 저주받은 보석에 대한 이야기였다.

그만큼 장안의 화제이니, 이번에 열릴 은해상단의 보석 전시회는 폭망이라고 해도 과언이 아닐 터.

"흐흐흐, 그 꼴을 내가 직접 봐 줘야지."

하여, 그는 자신의 두 아들을 데리고 은해상단 북경지부로 향했다.

보석 전시회가 열리는 곳은 은해상단의 북경지부 내의 연회장이었으니까.

그렇게 은해상단 북경지부에 가까이 이르렀을 때.

"응?"

"아, 아버지…… 저들은 뭡니까?"

"……."

그들은 눈을 의심할 수밖에 없었다.

은해상단 앞에 사람들이 줄을 지어 서 있었기 때문이다.

"지금 줄 서신 건가요?"

"네? 그, 그게……."

"줄을 서시려면 제대로 서시죠."

그들은 경비 무사의 말에 얼른 줄을 섰다. 그리고 슬쩍 뒤를 돌아보며 물었다.

"저, 이 줄이 은해상단의 전시회에 들어가기 위한 줄입니까?"

그가 선선히 대답해 주었다.

"네. 오늘 은해상단에서 저주받은 보석이라 불리는 '해백(海魄)'을 공개한다고 합니다."

그리고 보니 입구 쪽에는 크고 긴 천이 걸려 있었다.

[은해상단 보석점 화윤려 개점 기념 : 저주받은 보석

이를 본 황이견은 입술을 깨물 수밖에 없었다.

진실을 알고 있는 그의 입장에서는 어처구니가 없었으니까.

저주받은 보석 따위는 존재하지 않는다.

자신이 은해상단을 견제하려고 일부러 낸 소문이니까.

그런데 그 소문을, 은해상단이 오히려 이용하고 있는 것이다.

"그 보석이 어떻게 생겼을까?"

"아무래도 바다의 넋이라고 하는 거 보니까, 푸른색 아닐까?"

사람들은 궁금증과 호기심을 드러내고 있었다.

그는 슬쩍 다른 이에게 물었다.

"저주받은 보석이라는데, 두렵지 않으십니까?"

"뭐, 별 상관있습니까? 그것을 소유하면 살해당한다고 하는데, 제가 그것을 살 것도 아닌데요."

"……."

"은해상단에서는 그것을 팔지 않고, 보관하고 있던 것인데 이번에 보석점인 화윤려의 개점을 맞이하여 특별히 전시한다고 합니다. 이렇게 진귀한 기회가 왔는데 그것을 보지 않는다면 얼마나 아깝습니까?"

"……."

그제야 그는 자신이 간과했던 것을 떠올렸다.

그건 보석에 대한 사람들의 욕망이다.

자신이 그 욕망에 기대어 먹고 살았지만, 그동안 유흥에 빠져 놀고먹느라 상단 운영에 게을리했다.

만약 자신이 상단 운영에 충실히 해서 그 감각을 기억하고 있었다면, 이런 실수는 하지 않았을 터.

즉, 자신이 은해상단을 도와준 것이다.

"곤아."

"네, 아, 아버지……."

황곤도 뭔가 잘못되었음을 깨닫고 식은땀을 흘리고 있었다.

"이따 가서, 보자꾸나."

"딸꾹!"

* * *

나는 아침부터 몰려드는 손님들을 맞이하느라 분주했다.

"어서 오십시오."

"은해상단 보석점 화윤려의 개점 행사에 오신 것을 환영합니다."

내 예상대로다.

이번에 보석점을 개점하면서 저주받은 보석을 특별 공개한다는 말에 사람들이 몰려온 것이다.

전시회장은 구(區)자로 구성했다.

그리고 가운데에 가장 값진 것을 두었는데 그중 하나가 바로 저주받은 보석이라는 해백이다.

투명한 남보석(藍寶石)을 깎아 만든, 손가락 세 개 크기의 목걸이다.

그 세공이 얼마나 기가 막히는지, 어느 각도로 보아도 반짝반짝 빛나는 것이 바다의 윤슬 같았다.

"아……."

"역시 저주받은 보석이라더니! 정말 아름답네."

사람들은 넋이 나간 얼굴로 해백을 관람하고 있었다.

저런 귀물을 만들어 내다니!

손문 장인과 종신 계약을 맺은 보람이 있군.

사람들은 해백을 비롯해 전시된 물품들을 관람하고는 입구 쪽에 있는 판매장 중 한 곳으로 향했다.

그곳은 상대적으로 저렴한 것들을 파는 곳이다.

이 전시회에 온 사람들이라면 아무것도 사지 않고 돌아가지는 않는다.

내 예상대로 사람들은 손에 하나씩 무언가 든 채 판매장을 나갔다.

상대적으로 저렴한 것이라고 해도 전시회장에서 파는 것이니 그 가격은 상당하다.

저 정도면 이번 전시회를 준비하면서 들어간 돈의 몇 배는 벌었을 터.

전시회를 한 보람이 있군.

— 꾸이……

금령이는 그 보석들을 보며 먹고 싶다고 칭얼대고 있지만 말이지.

자식이, 비싼 건 알아 가지고.

그때 팔갑이 나에게 달려왔다.

"도련님! 귀부인들께서 오시기 시작하십니다."

"그렇군. 어서 맞으러 가야지. 정호 형에게도 알렸지?"

"물론입니다요."

그때 내 눈에 쭈뼛쭈뼛 전시회장으로 들어오는 황씨상단의 상단주와 두 아들이 보였다.

뭔가 잘못되었음을 깨달은 표정이다.

"기분 좋아 보이십니다요."

"저들의 썩은 찻물을 들이켠 듯한 표정을 보니까 뭔가 고소하네. 확실히 내가 성격이 좋은 편은 아닌가 봐."

"맞습니다요."

"……아니라고 말해 주면 안 되었던 거니?"

"진실을 왜곡하는 건 참된 시종의 자세가 아닙니다요. 도련님의 성격이 나쁘긴 하지만 그래도 그 성격이 도움이 될 때가 있으니 너무 상심하지 않으셨으면 합니다요."

"……."

위로 맞지?

그거 하나도 위로가 안 된다고.

141장. 사천성의 변고

사천성의 변고

　내가 전시회장 밖으로 나가니, 귀부인 네 분이 함께 전시회장으로 다가오고 있었다.

　"소상이 귀한 분들을 뵙습니다."

　정호 형과 나는 정중히 인사하며 그녀들을 맞이했다.

　"내, 딸이 칭찬이 자자하여 오지 않을 수가 없었네."

　나이가 지긋하신 귀부인의 말에 정호 형이 웃으며 응대했다.

　"감사합니다. 저희 화윤려의 작품들이 부인의 마음에도 드셨으면 좋겠습니다. 혹시 초대장은 가지고 오셨습니까?"

　이에 엊그제 봤던 귀부인이 초대장을 내밀었고, 우리는 초대장을 확인한 후 그녀들을 안쪽으로 안내했다.

　초대장이 있으면 줄을 서지 않아도 곧바로 들어올 수

있었으니까.

그 이후로도 전시회에 귀부인들이 줄을 이어 방문했고, 각자 하나 이상의 패물을 구입했다.

상당히 비싼 것들이었지만, 망설임 없이 구매하는 것을 보며 전시회를 열기로 한 내 생각이 옳았다고 확신했다.

"어머, 정말 아름다운 패물이네."

"이게 세상에 단 하나밖에 없는 게 맞죠?"

"여기 단골로 다녀야겠네요."

그런 모습을 보며 나는 만족스럽게 웃었다.

이제 저들의 입소문을 통해 화윤려의 이름은 금세 퍼져 나갈 터였다.

.

.

.

사흘간의 전시회가 끝났다.

그리고 이번 화윤려 사업을 담당한 행수가 정산을 보고 하였다.

"……하여 이번 전시회의 순이익은……."

이를 들은 우리 모두는 입을 떡 벌릴 수밖에 없었다.

이문이 많을 거라고 예상은 했지만, 이렇게나 많을 줄이야.

"아무래도 저주받은 원석으로 만든 패물로 인해 생각보다 많은 홍보가 된 듯합니다."

"그 소문을 낸 자가 누군지 모르겠지만, 꽤나 배가 아프겠군요."

제법 용의주도하게 움직였는지, 아직 그 소문을 낸 자들의 증거를 찾지는 못한 상황.

그러나 물증은 없어도 심증은 있었다.

행수들의 말에 정호 형은 고개를 끄덕였다.

"그렇겠죠. 하지만 말 그대로 자업자득 아닙니까?"

"맞습니다."

"이렇게 수입이 크다면, 다음에 전시회를 한 번 더 개최하는 건 어떻겠습니까?"

그건 너무 짧은 생각이지.

내가 그 의견을 반박하려고 했는데, 나보다 정호 형이 더 빨랐다.

"그건 좋은 생각이 아니라고 봅니다. 전시회를 통해 사람들의 관심을 끌고 홍보를 하는 건 여기까지입니다. 생각보다 사람들의 적응력은 빠릅니다. 오히려 지루해할 수 있으며 급이 떨어져 보일 수도 있습니다."

역시 정호 형.

전시회에 대해 제대로 파악하고 있다.

이런 건 단발성으로 끝내야지, 주기적으로 할 수 있는 게 아니다.

"그래도, 화윤려를 위해 여러 의견을 개진해 주시니 감사합니다."

그리고 모두를 아우르는 포용력까지.

그걸 보면, 확실히 상단주의 그릇은 정호 형이지.

성격이 나쁜 나로서는 어려운 일이라고 생각한다.

– 꾸이?

전에 팔갑이 한 말 때문에 삐졌냐고?

아니…… 뭐 딱히.

내가 성격 나쁜 것도 사실이고 이 성격이 도움이 될 때가 있는 것도 사실인데.

다만, 내 뼈를 때리는 말이라서 살짝 아팠을 뿐이지.

그래도 팔갑이니까 내게 거침없이 직언을 날리는 거지, 누가 나에게 그러겠어.

그나저나 화윤려의 사업이 성공적으로 시작했으니 이제 내가 신경을 쓰지 않아도 되겠군.

그리고 이전 삶에서처럼 정호 형이 잘 이끌어나갈 테니까.

이제 곧 날씨가 따뜻해지는 삼월.

이즈음에 뭔가 큰일이 있었던 것 같은데…….

회의를 마치고 집무실로 돌아온 내가 본 것은 서향 소저가 안절부절못하는 모습이었다.

"아! 소단주님!"

"무슨 일입니까?"

내 물음에 서향 소저는 힐끗 갈 부관을 살폈다.

그 의미를 알아채고 나는 잠시 산책을 권했다.

"잠시 산책이나 하실까요?"

"네."

나는 그녀와 함께 후원으로 향했고, 인적이 드문 곳에서 그녀에게 물었다.

"무슨 일입니까?"

"사천성에 큰 지진이 일어날 거예요."

"……!"

그 말을 듣자마자 내가 생각해 내려 했던 것이 뭔지 깨달았다.

흉년이 끝나 갈 즈음에 제국을 뒤흔든 사건.

바로 사천성에서 일어난 대규모 지진이다.

원래부터 지진이 잦은 곳이긴 했지만, 이번 지진은 그 궤를 달리할 정도로 컸다.

그럼에도 내가 바로 기억해 내지 못했던 건 은해상단의 피해가 거의 없었기 때문이다.

이번 대지진은 사천성 서쪽에서 발생했고, 성도를 비롯한 동쪽은 상대적으로 피해가 덜했다.

그래서 무림 세력 중 한 곳인 청성파의 피해가 가장 컸다.

아미파도 지진의 여파를 맞기는 했지만 그렇게 심각한 편은 아니었던 걸로 기억한다.

그렇다면 무리하게 향옥 누님을 대피시킬 필요는 없지.

차분하게 생각해 보자.

내 기억에 이번 사천성의 대지진은 지진 당시의 피해보다 그 후폭풍이 더 거셌다.

전혀 예상치 못한 시기에 발생한 지진인 데다가, 산사태까지 일어나며 고립된 지역이 많아 제대로 된 수습이 늦었던 것.

게다가 사천성의 지리적 특성상 다른 지역에서의 지원이 여의치가 않다.

천혜의 요새와 같은 지형이 오히려 독이 된 거다.

사천성의 관리들은 복구를 위해 애썼지만, 결국 황제가 보낸 대규모의 지원 부대가 도착한 뒤에야 안정화되었다.

그렇다면 지금 내가 해야 할 일은 정해져 있다.

사전에 미리 사천성에 지원을 보내는 것.

지진을 막을 순 없지만, 사후 수습이라도 잘해야지.

"곽 부관님. 저는 사천으로 갈 겁니다. 곽 부관님께서는 안전한 이곳에 계시는 것이 좋겠습니다."

내 말에 그녀는 고개를 저었다.

"저는 소단주님과 혼인을 약속한 몸이에요. 부부는 일심동체라는데, 지아비 가시는 곳이 어디라고 못 가겠어요?"

"위험하고 험한 길입니다."

"제가 발목을 잡아서 그런 건가요?"

"그건 아닙니다."

나는 얼른 손을 저었다.

"저에게 얼마나 큰 도움이 되시는데 그런 말을 하시는 겁니까?"

"그럼, 저도 따라갈게요. 분명 제 힘이 필요한 곳도 있을 테니까요."

이렇게까지 말하니 내가 더는 말릴 수가 없다.

"그리고 지금까지 함께 다녀왔던 곳 중에는 북해빙궁과 운남도 있잖아요. 그곳보다 위험한 곳도 있나요?"

"……."

할 말이 없네.

"알겠습니다. 함께 갑시다."

이제 정호 형을 찾아가 봐야지.

내가 오랫동안 자리를 비우는 것에 대한 양해도 구해야 하고, 또 부탁할 것도 있으니까.

나는 곧바로 정호 형의 집무실로 향했다.

"무슨 일이냐?"

이번 전시회가 대성공했음에도 불구하고 정호 형의 얼굴에는 생각보다 미소가 진하지 않았다.

"좀 더 좋아하고 있을 줄 알았는데?"

"아아……."

정호 형이 한숨을 내쉬었다.

"이제부터가 진짜 시작이니까. 화윤려라는 상점이 명성을 이어나갈 수 있도록 하는 게 보통 일이냐?"

형이 말을 이었다.

"너도 알다시피 이렇게 초반에 반짝하고 사라지는 상점들이 얼마나 많으냐."

"하긴, 그렇지."

정호 형의 말대로다.

"처음에는 기세 좋게 시작했지만, 곧 사람들의 기억에서 잊혀 폐업했는지조차 모르는 상점들이 상당하지."

"맞아. 중요한 건 바로 사람들의 기억에서 잊히지 않는 것이지. 이를 위해 꾸준히 좋은 상품을 선보이는 것도 중요하지만, 일종의 사회적인 인식도 중요한데……."

"계속해서 사람들의 입에서 언급되게 해야 하지만 급이 떨어져 보여서도 안 되고…. 참 어렵네."

정호 형이 이를 고민하고 있다면 잘된 일이군.

"안 그래도 잘됐네. 형, 이번에 전시회로 번 돈의 이 할만 떼 주라."

"응? 그건 왜?"

"내가 키우는 금령이라고 알지?"

"그래. 그 주먹만 한 돼지를 닮은 영물 말이지?"

"어? 영물인 거 어떻게 알았어?"

"내가 낙오되었을 당시에, 그곳의 너구리를 협박해서 나에게 백년자령마를 알려 주게 하여 내 목숨을 살린 녀석인데, 영물이 아닌 게 더 이상한 거 아니냐?"

"하긴, 그러네. 그나저나 성유진 공자는 잘 지내고 있으려나?"

"아, 그 녀석이라면 걱정하지 않아도 된다."

"응?"

"여기에 오기 전에 서신을 받았거든. 벌써 무공도 일류 무사 수준까지 이르렀다고 하더구나."

"다행이네."

정호 형의 무공 수위 역시 일류 수준이다.

백년자령마를 먹은 덕분이지.

하지만 이는 대외적으로 밝히지 않은 비밀.

그래야 혹시 있을지도 모를 습격에서도 살아남을 수 있으니까.

"그래서, 금령이 이야기는 왜 꺼내는 거냐?"

"금령이에게 심부름을 시켰거든. 그 백년자령마가 아직 잘 자라고 있는지 궁금해서. 그런데, 글쎄 금령이가 말하기를 사천성에 큰 지진이 날거라는 거야."

"뭐?"

놀란 정호 형이 벌떡 일어났다.

"큰 지진이라고?"

"응. 엄청나게 큰 지진. 다행히 성도 주변은 괜찮은데, 북서쪽이 문제래. 그래서 내가 직접 사천성에 다녀오려고."

"아, 이번 전시회로 얻은 이익의 일부를 사천성을 위해 쓰겠다는 거구나."

나는 고개를 끄덕였다.

은해상단 사천지부의 피해가 없었음에도 내가 굳이 사천성으로 가려는 이유.

그건 정호 형이 고민하는 것과 일맥상통한다.

천재지변으로 고통받는 이들을 그냥 두고 볼 수 없었던 것도 있었지만, 은해상단의 이름을 높일 기회였기 때문이다.

"맞아. 그러면 형의 말하는 것처럼 우리에 대한 사회적인 인식이 한층 더 좋아질 거야."

"좋은 생각이네. 그런데 괜찮겠냐? 어쨌든 지진이 난 곳에 가는 것은 위험한 일이고, 그것을 복구하는 것도 보통 일이 아닐 텐데."

정호 형의 걱정에 나는 웃으며 말했다.

"그건 걱정하지 않아도 돼."

그렇게 정호 형의 허락을 받은 나는 곧바로 사천으로 향할 준비를 하라고 명한 후, 이필 무사를 보내 진영 대협에게 서신을 전달했다.

그날 저녁.

진영 대협이 나를 찾아왔다.

"소상이 대협을 뵙습니다."

"이번에 아주 화려하게 일을 벌였더군."

"무슨 말씀이십니까?"

"저주받은 보석인가? 이번 전시회 말이네."

"아! 해백을 말씀하시는군요."

"그래서, 그거 진짜인가?"

상대는 금의위다.

다 알고 있으면서도 이리 물으시는 저의가 뭔지 모르겠지만, 거짓을 말할 이유도 없지.

"보석은 진짜이지만, 그 소문은 진짜가 아닐 겁니다. 경쟁 상단에서 낸 소문을 저희가 이용했을 뿐이니까요."

"하하하! 역시 그랬군."

진영 대협이 크게 웃었다.

"황씨상단이 배가 아프겠군."

역시 내 생각대로 황씨상단의 짓이군.

이를 넌지시 알려 주기 위해 그 이야기를 꺼내신 거다.

"그래, 이번에 내 내자도 거기에 다녀왔는데 비녀를 마련해 왔더군."

"그러셨군요. 그런데 언제 다녀오신 겁니까? 오신 줄 알았다면 선물로 드렸을 텐데요."

"쯧! 그러면 쓰나?"

진영 대협이 손을 저었다.

"비녀를 살 정도의 여유는 있네. 그리고 폐하께서 계시는데 그런 것을 함부로 받았다가는 경을 칠 걸세."

하긴 황제가 두 눈 시퍼렇게 뜨고 있는데 금의위가 그런 패물을 제공받았다가는 목이 날아갈 수도 있다.

지금까지 뇌물을 받고 제국에 피해를 끼친 금의위들의 최후를 생각해 보면, 안 받고 금의위의 일에 충실하는 게 훨씬 바람직하지.

"송구합니다. 소상이 사정을 헤아리지 못해 대협을 난처하게 했습니다."

"뭘 그렇게까지. 그 마음은 감사히 받겠네."

"다시 한번 사죄드립니다."

"그래서, 나는 왜 부른 것인가?"

이제 본론이다.

나는 진영 대협에게 말했다.

"제가 사천성으로 가게 되어서 이에 대해 양해의 말씀을 드리려고 합니다."

"사천성? 상단 일 때문인가?"

"그렇다고 볼 수도 있지만, 정확하게는 사천성에서 구호 활동을 하기 위함입니다."

"구호 활동이라니? 사천성에 변고가 일어난 것인가?"

진영 대협의 얼굴이 대번 심각해졌다.

그도 그럴 게 사천성에서 아무런 보고도 받지 못했을 텐데, 변고가 일어났다면 이는 무척이나 심각한 일이니까.

"아직은 아닙니다."

"아직은? 그건 또 무슨 소리인가? 내가 알아들을 수 있게 자세히 설명해 보게나."

"네. 대협께서도 알고 계실 텐데, 제가 예지몽을 좀 꾸지 않습니까?"

이전에도 써먹었던 것을 오랜만에 꺼냈다.

사천성의 지진에 대해 미리 알게 된 것을 설명하기 위해서는 이게 최선이다.

가족이 아닌 외부인에게 서향 소저에 대해서 알릴 수도 없고, 금령이에 대해서도 알릴 수가 없으니까.

"예지몽이라고?"

진영 대협은 심각한 표정으로 턱을 쓰다듬었다.

예지몽이라는 게 어찌 보면 참으로 황당한 것이지만, 이미 나는 그 선례를 남긴 바가 있었다.

내 예지몽으로 인해 흉년에 미리 대비할 수 있었지.

그렇기에 진영 대협도 이를 흘려듣지 못하는 거다.

"수많은 백성들이 제때 치료를 받지 못해서 죽어 가고, 고립된 이들이 굶어 죽고, 도적 떼가 날뛰어 혼란이 가중될 것입니다."

나는 잠시 숨을 돌린 후 말을 이었다.

"사천성에는 저희 은해상단의 지부가 있고, 제 친척들도 있습니다. 그런데 어찌 그곳의 곤란을 그냥 두고 보겠습니까?"

"그래서 상단 차원에서 사천성으로 지원을 가겠다는 건가?"

"그렇습니다."

나는 고개를 끄덕였다.

"이번 화윤려의 개점 행사인 전시회를 통해 많은 이익을 얻었습니다. 그 이익의 일부라도 이 제국의 안녕을 위해 부담해야 한다고 생각했습니다."

"그렇군."

진영 대협은 심각한 얼굴로 자리에서 일어났다.

"알겠네. 그럼 나는 이만 일어나겠네. 폐하를 뵈어야겠군."

．

．

다음 날.

내 지시에 팔갑과 호위무사들은 분주히 움직여 출발 준비를 마쳤다.

이번 일을 위해 은풍대원들도 스무 명이나 차출했다.

아직 돌아가지 않고 있던 창인표국에게 표행을 의뢰했고, 호북성까지 함께 이동하기로 했다.

그곳에서 재정비한 후 사천성으로 향하는 것이지.

차장에서 출발 준비를 하고 있을 때였다.

음?

갑자기 엄청난 인원들이 이곳으로 다가오는 게 느껴졌다.

뭐지?

나는 다급히 밖으로 나갔고, 깜짝 놀랐다.

내 눈앞에 보이는 건 백여 명에 달하는 인원들.

그 선두에서 낯익은 분이 손을 흔들고 있었다.

"나, 왔네."

"소상이 태, 태자 전하를 뵙습니다!"

"은서호 소단주! 나도 왔네!"

"소상이 성보왕 전하를 뵙습니다!"

태자에 성보왕 전하까지…….

아니, 황제 폐하. 도대체 이게 무슨 일입니까?

솔직히 관리 하나 보낼 줄 알았는데 말이지.

내 얼떨떨한 표정이 재미있었는지, 태자가 웃으며 말했다.

"저런! 제법 놀랐나 보군. 자네의 그런 표정은 처음 보는 것 같은데?"

"네. 놀랐습니다."

태자에 이어 성보왕이 말에서 내려 다가오며 말했다.

"은 소단주. 나도 왔는데……."

작게 투덜거리는 성보왕.

이전에 춘경성에 억류되어 있던 주현 황자를 구출할 때 함께했던 인연이다.

당시에는 황자였지만, 얼마 전에 정식으로 성보왕으로 책봉되었다고 들었다.

소운이라는 이름의 금의위로 함께했었고, 그 성급한 성격으로 인해 일을 그르칠까 싶어 좀 굴렸었는데…….

심지어 적들을 속이고 내 충실한 심복인 척하기 위해 개 짖는 소리까지 내게 했었지.

그런데 왜 지금 모습이, 내 앞에서 파닥파닥 꼬리를 흔드는 강아지처럼 보이는 걸까?

"네, 성보왕 전하. 이렇게 다시 뵙게 되어 영광입니다."

나는 그에게 다시금 인사를 하고는 태자에게 물었다.

"그런데 여기까지 어인 일이십니까?"

"어인 일이라니? 자네가 진영 대협을 통해 폐하께 아뢴 일 때문이 아닌가? 우리 역시 사천성으로 구호 활동을 위해 간다네."

"두 분이 직접 말입니까?"

"그렇네. 이걸 받게나. 아바마마께서 자네에게 전해 달라고 하신 것이네."

그는 내게 두루마리 하나를 내밀었고, 나는 얼른 그 자리에 무릎을 꿇고 두 손으로 공손하게 성지를 받았다.

[짐에게는 악명만 씌워 놓고, 명성은 네놈만 차지하려하다니 괘씸하구나! 아직 사천성에서 들어온 소식은 없지만 네놈이 그리 움직인다면 확실한 것이겠지. 이번에 짐도 악명 대신 명성을 좀 얻어 보려고 한다. 자세한 건 태자에게 듣거라.]

나는 속으로 조용히 한숨을 내쉬며 두루마리를 돌돌 말았다.

황제 폐하, 그렇게 악명이 싫으셨습니까?

뒤끝이 길다는 건 알고 있었지만, 생각보다도 더 길군.

그리고 폐하, 지진으로 피해를 입은 사람들을 구호하는 것은 원래 나라의 일입니다.

나는 두루마리를 품에 넣고 태자에게 말했다.

"황제 폐하께서 자세한 건 태자 전하께 들으라고 하셨습니다."

태자는 고개를 주억이며 자신이 여기까지 오게 된 경위에 대해 설명했다.

그리고 이번에 황제가 구호 활동을 위해 파견하는 인원

은 물경 만 명에 달한다고 한다.

그래서 이곳에 다 데려오지는 못하고, 따로 준비 중이라고.

이 정도 인원이라면 사천성의 혼란은 금세 진정될 것이다.

황궁에서 보내는 물자의 양도 상당할 테고, 나도 많은 준비를 할 생각이니까.

곧 우리는 사천성으로 출발했다.

나는 이동하면서 태자와 성보왕을 힐끔 살폈다.

이번 일에 태자를 보내서 구호 활동을 하게 하는 것은 향후 태자의 치세를 위한 사전 작업일 터.

민생을 살피고, 아울러 구호 활동을 경험하게 하여 나중에 혹시라도 부패한 관리가 구호 활동을 위해 나라에서 내린 물자를 착복했을 때 이를 알아차릴 수 있도록 하기 위함일 거다.

태자가 직접 움직이는 만큼 그런 간 큰 짓을 하는 이들도 거의 없을 터.

게다가 사천성의 관리나 제국민들의 입장에서는 태자가 직접 왔다는 사실만으로도 충심이 깊어지겠지.

즉, 단순히 나에 대한 투덜거림만이 아니라 여러 가지 계산이 깔린 결정이라는 뜻이다.

그런데, 성보왕은 왜 함께 가는 것이지?

그 의문은 마침 태자의 질문 덕분에 해결되었다.

"사천성은 어떤 곳인가?"

"죄송합니다만, 그리 물으시는 저의를 잘 모르겠습니다."

"저의라니…… 그렇게 심각하게 생각할 건 없네."

태자가 말을 이었다.

"이번에 여기, 내 아우가 성보왕이 되면서 사천성으로 가게 되는 만큼 그곳에 대해 알고 싶어서 묻는 것뿐이네."

아…… 이제 기억났다.

그러고 보니 성보왕이 사천성에 왕부를 뒀었지.

이전 삶에서 내가 친분이 있었던 진승왕이 형인 성보왕을 만나기 위해 사천에 다녀왔었다고 했던 말을 들은 기억이 났다.

"그렇다면 그렇게 걱정하지 않아도 될 것입니다. 사천성만큼 단합력이 좋은 이들도 없습니다."

아무래도 지리적으로 다른 곳과 교통이 원활하지 않다 보니 사천성 출신들끼리 뭉치는 경향이 짙다.

"다만 그것이 다른 이들에게 배타적으로 느껴질 수도 있습니다만, 그건 어쩔 수 없습니다. 역사적으로 천혜의 요새라 불렸던 지역 아닙니까? 최근에는 비교적 교류가 많아졌지만, 여전히 다른 지역에 비하면 교류가 적은 편입니다."

"그렇군."

"그들과 끈끈한 연을 맺고 싶으시다면 몇 가지 방법이

있습니다. 그중 가장 대표적인 것은 혼인입니다."

"가장 흔한 방법이로군."

"맞습니다. 그러니 아직 혼인하지 않으셨다면 사천성 출신의 여인을 배필로 맞이하시는 것도 좋은 방법입니다."

내 숙부님처럼 말이지.

"다른 방법은 무엇인가?"

"전하께서 부지런히 노력하셔야 하는 것입니다만, 사천성의 유지들을 자주 불러 관계를 돈독히 하시는 것도 좋은 방법입니다."

"그런 건 당연히 해야 할 일이네."

"맞습니다. 이렇게 구호 활동을 가시는 만큼, 이번에 최선을 다해 저들을 보살피신다면 그런 고민은 하실 필요가 없습니다. 저들도 전하의 진심을 알고 마음을 열어 줄 테니까요."

"고맙네. 그 말을 들으니, 내 더 열심히 해야겠다는 생각이 드는군."

그렇게 우리는 사천성을 향해 나아갔다.

워낙 대규모의 행렬이니만큼 속도는 다소 느렸다.

하여 서둘러 움직인 것이다.

우리는 의창을 통해 무당산 자락을 지나 섬서성을 통과하는 길을 선택했다.

더 빠른 길은 아니지만, 이 길이 가장 넓고 안전하다.

수많은 물자와 만여 명의 인원이 움직이는 만큼 넓고 안전한 길을 택해야 한다.

　아버지께는 금령을 통해 미리 서신을 보내 두었다.

　원래는 사천으로 가는 길에 본단에 들러서 아버지를 뵙고 움직일 생각이었는데, 예정이 변경되었기 때문이다.

　황제가 생각보다 대규모의 구호단을 보냈기 때문.

　가는 길에 무당산을 지나게 되었다.

　중간에 해검지가 있었고, 그곳의 주변에서 무당파의 제자들이 순찰을 돌고 있지.

　곧 우리 앞에 무당파의 제자가 나타났다.

　"어디서 오셨습니까?"

　대규모의 인원에 경계심을 감추지 않으면서도 정중한 인사.

　"예를 갖추게. 태자 전하와 성보왕 전하시네."

　"헉!"

　그는 얼른 예를 갖추었다.

　"무당의 제자가 전하를 뵙습니다. 천세! 천세! 천천세!"

　아무리 관무불가침이라고 해도 그들 역시 제국에 사는 사람들인 만큼 황실에는 절대적으로 충성할 수밖에 없다.

　정파의 무림 세력들이 가장 두려워하는 것은 흑도나 마교가 아니라 바로 황궁이다.

　역모죄 같은 것으로 몰린다면 수만 대군이 몰려올 테니까.

나는 그들의 부담을 덜어 주기 위해 앞으로 나섰다.

"은해상단의 은서호 소단주입니다."

"은공을 뵙습니다!"

"현재 저희는 사천성에 지진이 났다는 소식을 듣고 구호를 위해 가는 중입니다. 그래서 말인데, 빠른 길을 안내해 주실 수 있으시겠습니까?"

그 제자가 선선히 고개를 끄덕였다.

"물론입니다. 직접 안내해 드리겠습니다."

무당파의 제자들은 무당산을 누비며 다니는 만큼, 이 근처의 지리에 빠삭할 테니까.

그래서 그들에게 도움을 청한 것이다.

"다소 험하지만 거리가 짧은 길이 있고, 조금 더 시간이 걸리지만 그만큼 평탄한 길이 있습니다. 어느 길로 안내해 드리면 되겠습니까?"

"보다시피 인원이 매우 많고 물자도 수송해야 하니 후자 쪽으로 부탁드립니다."

"네."

그렇게 우리는 다시 출발했다.

당연한 말이지만, 우리는 해검하지 않았다.

해검지에 대한 건 황궁의 이들에게는 통용되지 않는 규칙이니까.

그리고 솔직히, 누가 간 크게 태자에게 해검을 요구할 수 있을까?

그렇게 무당파 제자의 안내를 받아 이동하던 중, 나는

걱정스럽게 말했다.

"이렇게 도와주셔서 감사합니다만, 장문인께 사정을 설명하지 않고 지나가게 되어 걱정이군요."

내 말에 그가 손을 저었다.

"그게 무슨 말씀이십니까. 이는 황궁의 일인 데다가 구호를 위한 일이라고 하셨지 않습니까. 그런데 바로 움직이지 않았다면 오히려 질책을 받을 겁니다."

"그리 말씀해 주시니 한결 마음이 편해지는군요."

하긴 무당파의 성향이나 장문인의 됨됨이를 생각하면 그의 말대로일 거다.

우리를 안내하던 제자는 순찰을 돌던 다른 무당파의 제자를 만나자마자 그에게 사정을 설명하고 우리를 인계했다.

"이곳부터는 제가 안내해 드리겠습니다."

그는 길을 잘 안내해 주었고, 우리는 아무 사고 없이 무당산을 넘을 수 있었다.

"무당파의 장문인에게 감사의 말을 전해 주게나."

"성은이 망극하옵니다. 저희 무당파가 도움이 될 수 있어 감격할 따름이옵니다."

그렇게 우리는 사천성의 성도에 무사히 도착했다.

그리고 태자와 성보왕을 비롯한 일부 인원만을 데리고 먼저 포정사사로 향했다.

이에 포정사사의 관리들이 깜짝 놀라며 달려나와 예를

올렸다.

"일어나라."

"성은이 망극하옵니다."

"포정사는 어디에 있는가?"

그 물음에 포정사사의 관리 중 하나가 식은땀을 흘리며
대답했다.

"현재 포정사께서는 자리를 비우셨습니다. 성도의 북
서쪽에서 지진이 일어났다는 보고를 받고 이를 조사하고
수습하기 위해 가셨습니다."

"그렇군."

태자는 부드럽게 말을 이었다.

"그대들은 너무 걱정하지 말게. 내가 온 건 아바마마께
서 사천성의 지진으로 인한 피해를 최소화하기 위해 보
내셨기 때문이니."

"지, 지진이 난 건 엊그제입니다만……."

"그렇군."

태자는 고개를 주억이며 말했다.

"역시 아바마마의 혜안은 헤아릴 수 없음이야."

저 뻔뻔한 모습이 너무 익숙한데…….

옆에서 팔갑이 작은 목소리로 말했다.

"확실히 태자 전하께서 도련님의 영향을 많이 받으신
듯합니다요."

……나였군.

태자가 그리 말하는 것도 이해가 가는 게, 내 예지몽을

근거로 대기에는 조금 애매하니까.

"나는 대접받고자 온 것이 아닌, 사천성 백성들을 위해 온 것이니 과도한 의전은 삼가도록 하게."

"명을 받잡습니다."

"그럼, 우리를 포정사가 있는 곳으로 안내해 주게."

우리는 한 관리의 안내를 받아 포정사가 있다는 곳으로 향했다.

그쪽으로 가면서 지진으로 인한 참상을 볼 수 있었다.

지붕이 갈라져 무너진 집.

그 앞에서 망연자실한 표정으로 주저앉아 있는 이들부터 세간살이를 하나라도 건지려 애쓰는 이들.

부상자들과 죽은 이들을 두고 통곡하는 이들……

"역시나 상황이 좋지 않군. 아비규환이 따로 없네."

나 역시 씁쓸한 표정으로 동의했다.

"맞는 말씀입니다. 그래도 저희가 많이 늦지 않은 것 같아 다행입니다."

"자네 덕분이지. 다시금 고맙네."

"제가 도움이 되어, 다행입니다."

그리 말은 했지만, 이를 미리 말해 준 서향 소저에게 무척이나 고마운 마음이었다.

그녀가 말해 주지 않았다면, 나중에서야 이마를 치고 후회했을 터니까.

곧 우리는 포정사와 만날 수 있었다.

"헉! 태자 전하와 성보왕 전하를 뵙습니다! 천세! 천세!

천천세!"

포정사는 태자를 보자마자 예를 갖추었다.

"일어나게."

"성은이 망극하옵니다."

"수고가 많네."

"아닙니다. 황제 폐하께서 맡겨 주신 소임을 다할 뿐입
니다."

"현재 상황은 어찌 되는가?"

포정사는 짧고 간결하게 상황을 보고하였다.

"성도의 북서쪽 지역에서 지진이 일어났습니다. 이 주
변은 산악 지역이라 곳곳에서 낙석이 발생하고, 길이나
다리가 끊긴 상황입니다. 그래서 아직 피해 규모를 다 파
악하지는 못했습니다."

"그렇군."

"그나마 불행 중 다행인 것은 성도 쪽은 피해가 그리
크지 않다는 것입니다."

만약 성도에서 지진이 일어났다면 문제는 지금보다 훨
씬 심각했을 것이다.

"상황이 생각보다 좋지 않더군. 구호를 위한 물자와 병
력을 데려왔다네. 자네가 책임지고 지휘하도록 하게나."

"성은이 망극하옵니다."

"그럼 나는 도지휘사와 안찰사를 보러 가겠네."

이런 혼란을 틈타 불온한 일을 벌이는 자들이 있을 수
있기 때문이다.

나는 태자에게 다가갔다.

"태자 전하, 저는 따로 움직이도록 하겠습니다."

"그리하도록 하게."

이에 성보왕이 태자에게 말했다.

"형님. 형님께서 도지휘사와 안찰사를 만난 후에는 저도 은서호 소단주와 함께 움직이도록 하겠습니다."

"······?"

왜냐는 물음이 담긴 눈빛에 성보왕이 말했다.

"왠지 그 편이 더 보람 있을 듯합니다."

그 말에 태자가 피식 웃더니 고개를 끄덕였다.

"알겠다. 그리하거라."

그렇게 태자가 성보왕과 함께 도지휘사를 만나러 떠났다.

포정사가 그 뒷모습을 보며 깊게 고개를 숙였다가 들었다.

그 눈가가 벌게져 있었다.

울고 계시는군.

"흐윽! 이렇게 빨리 지원을 보내 주실 거라고 생각도 못 했는데······ 이 황은을 어찌 갚아야 할지."

그 모습을 보며 나는 뺨을 긁적였다.

하긴, 나 같아도 감동하겠네.

나는 조심스럽게 그에게 다가가 인사했다.

"소상, 은해상단의 은서호라고 합니다. 포정사 대인을 뵙습니다."

"아! 자네가 그 명성이 자자한 선협미랑이군!"

그 반응은 매우 호의적이었다.

역시 나에 대해 알고 계시는군.

"그런데 어찌하여 태자 전하와 함께 움직이고 있는 것인가?"

"황제 폐하의 명을 받들어 태자 전하와 같이 오게 되었습니다."

"그렇군."

"저희 은해상단 역시 구호를 위해 총력을 다할 생각입니다. 무엇이든 맡겨 주십시오."

"고맙네. 그렇다면 길을 뚫고 물자를 옮기는 일을 부탁하네."

"그런 거라면 저희의 전문이지요. 먼저 어디로 가면 되겠습니까?"

"아미파를 부탁하네."

나는 뜻밖의 요청에 고개를 갸웃했다.

"그곳은 여기와는 조금 떨어져 있지 않습니까?"

"맞네. 그래서 피해가 그리 크지는 않았을 거네. 그리고 이 주변은 이미 작업을 진행 중이기도 하고."

그는 말을 이었다.

"하여, 그들의 도움을 받을 생각이네. 이런 상황에서는 그런 무림 세력들이 구호 활동에 도움이 되는 것은 물론이고, 치안 유지에도 도움이 되지."

포정사의 말에 그에 대한 평가를 내릴 수 있었다.

침착하고 현명한 사람이네.

앞으로 친하게 지내야겠군.

.

.

.

아미파로 향하기 전 숙부님을 뵈어야 했기에 나는 내가
데리고 온 이들과 함께 은해상단 사천지부로 향했다.

"어쩌다 보니, 여기까지 함께 오게 되었군요."

나와 같이 가는 이들 중에는 창인표국의 장진 표두도
있었다.

원래 호북성까지만 같이 가 달라고 했는데, 일정이 바
뀌는 바람에 이곳까지 함께 온 것.

물론 아버지께 서신을 보낼 때, 이에 대한 사정도 창인
표국에 전해 달라고 부탁하긴 했다.

"괜찮습니다. 그만큼 넉넉하게 표행비를 쳐주실 거 아
닙니까? 하하하."

그 말에 나는 고개를 주억였다.

"표행비는 걱정하지 않으셔도 됩니다. 갑작스러운 변
경으로 인한 추가금까지 지급해 드리겠습니다. 그리고
이제는 돌아가셔도 됩니다. 어차피 갈 때는 빈 수레일 테
니까요."

내 말에 장 표두가 뒤의 이들을 보더니 말했다.

"아닙니다. 이왕 이렇게 왔으니, 저희도 구호에 참여하
겠습니다."

"힘드실 텐데, 그래도 됩니까?"

"열심히 움직이다 보면 새로운 인연을 만들게 되겠죠. 그리고 아시다시피 그런 인연이 나중에 도움이 되기도 합니다."

그 말도 맞는 말이지만, 이런 상황을 보고 그냥 넘어갈 수 없는 것이겠지.

"감사합니다."

"별말씀을 다 하십니다."

그리고 내 귓가에 들리는 전음.

— 저야말로 잘 부탁드립니다. 소궁주님.

그에 나는 피식 웃었다.

장 표두는 절정의 실력자로, 설풍궁의 고위 인사기도 하다.

그러니 내 또 다른 신분도 알고 있는 것.

곧 우리는 은해상단 사천지부에 도착했다.

숙부님 내외께서 우리 일행을 반갑게 맞아 주셨다.

"숙부님과 숙모님을 뵙습니다."

"그래, 구호를 위해 왔다고 들었다. 대체 지진이 난 건 어찌 알고 온 것이냐?"

여기선 황제 핑계를 대자.

"황제 폐하의 혜안 덕분입니다. 하여 황제 폐하께서 저를 같이 보내셨습니다."

"그랬구나!"

숙부님과 숙모님의 얼굴에는 반가움과 더불어 걱정도 섞여 있었다.

아마 아미파에 있을 향옥 누님 때문이겠지.

"향옥 누님이라면 너무 걱정하지 마십시오. 아미파는 피해가 그리 크지 않다고 들었고, 누님 역시 절정의 무사 잖습니까?"

"그건 알지만, 부모의 마음이라는 것이 그게 아니잖느냐?"

이에 숙모님이 말을 이으셨다.

"그리고 다른 사람들을 돕는다고 무리할까 봐 걱정되기도 한단다. 그 아이가 말은 험해도 그 마음은 매우 여리니 말이지."

미리 말씀을 드리는 게 낫겠군.

"안 그래도 제가 이번에 구호 활동을 하러 아미파로 가게 되었습니다. 그러니 가서 향옥 누님을 살펴보겠습니다."

"아미파로 간다고?"

"예. 포정사 대인께서 아미파의 도움을 받아야겠다고 하셨습니다."

내 말에 숙부님이 고개를 주억이셨다.

"하긴 지금 상황에서는 그것이 현명한 처사겠지. 안 그래도 우리 사천지부에서도 물자를 풀 준비를 하던 중이었다. 이리 되었으니 네가 그들을 이끌고 구호 활동에 나서 주면 좋겠구나."

"감사합니다."

사천지부의 사람들 역시 대부분 사천 출신.

그래서인지 이번 구호 활동에 나설 사람을 모으는 것은 매우 쉬웠다.

다들 기꺼이 참여했기 때문이다.

하긴, 워낙 폐쇄적인 지역이다 보니 다섯 다리만 건너면 모두 친인척이니까.

준비를 마치자마자 우리는 아미파가 있는 아미산으로 향했다.

그리고 얼마 지나지 않아 아미산으로 가는 입구가 토사로 막혀 있는 것을 발견했다.

그리고 이를 치우기 위해 움직이는 사람들도.

그들 중 대부분이 아미파의 제자들이다.

모두 지친 기색이 역력했지만, 아미파가 걱정되어 쉬지 못하고 있는 듯했다.

나는 그녀들에게 다가갔다.

"여기부터는 저희에게 맡겨 주십시오."

내 말에 그녀들은 나를 보며 눈을 깜박이다가…….

"어! 선협미랑 대협?"

"선협미랑 대협께서 여긴 어쩐 일이십니까?"

그녀들 중 나와 안면이 있던 이들이 나를 보며 반가워했다.

이전에 용봉비무회와 무림대연회 때 만난 이들이니까.

"황제 폐하의 혜안과 자비 덕에 이리 올 수 있었습니다. 이제 저희가 나설 테니 좀 쉬십시오."

내 말에 옆에 있던 서향 소저가 그녀들에게 말했다.

"맞아요. 이쪽으로 와서 좀 쉬도록 하세요. 너무 무리하셔서 쓰러지시기라도 하면 다른 아미파 분들께서 속상해하실 거예요."

그녀의 부드러운 권유에, 더 이상 아미파 제자들은 고집을 부리지 않았다.

나는 서향 소저에게 감사를 표하고는 몸을 돌려 일행들에게 말했다.

"그럼, 치웁시다."

"네."

우리는 각자 장비를 들고 흙더미로 달려들었다.

솔직히 산사태로 인해 쏟아진 흙더미를 치우는 건 쉬운 일이 아니다.

하지만 사람 손이 무섭다고, 백여 명이 넘는 이들이 달려드니 흙더미는 마치 봄눈 사라지듯이 사라지고 있었다.

한 시진 정도 만에 여러 사람이 통행할 수 있는 길을 만드는 데 성공했다.

"길이 뚫렸습니다!"

"그럼 다시 이동합니다!"

"네!"

당연하게도 우리 앞을 가로막은 흙더미는 방금 지나온

그것뿐만이 아니었다.

그리고 아미산은 바위산이니만큼, 커다란 바위가 떡하니 길을 막고 있는 경우도 있었다.

지금처럼 말이지.

"이번에는 저희가 나서야겠군요."

나는 호위무사들과 함께 나서며 주변의 이들을 물러나게 했다.

"혹시 돌이 튀면 다칠 수 있으니 잠시 비켜 주십시오."

그렇게 사람들이 물러난 것을 확인하고 차례대로 힘껏 검을 휘둘렀다.

서걱!

다들 절정 이상의 무사들만 나섰기에 바위는 어렵지 않게 해결했다.

동시에 나서지 않고 차례대로 나선 건 혹시라도 검기가 튀거나 바위가 쪼개지면서 위험해질 수 있기 때문이다.

그렇게 잠시 후, 우리 앞을 가로막았던 커다란 바위는 사람이 옮길 수 있을 정도의 작은 돌멩이가 되었다.

그렇게 여러 군데의 막힌 길을 해결하고 나니 날이 저물었다.

사천성의 기후는 습하고 덥다는 말로 설명할 수 있었지만, 그게 겨울이 춥지 않다는 건 아니다.

날이 풀리고 있었기에 낮에는 옷을 가볍게 입으니, 밤에 더욱 춥게 느껴지는 것도 있었다.

군데군데 모닥불이 피워지고, 그 앞에서 불을 쐬며 저

녁을 먹었다.

내일도 열심히 움직이기 위해서는 밤에는 체력을 비축해야 했기 때문이다.

나는 아미파 제자들이 쉬고 있는 모닥불로 향했다.

"너무 걱정하지 마십시오."

"아! 대협."

"그래도 이곳은 그렇게 지진이 심하지 않아서 피해가 많이 없을 겁니다."

"그러기를 바라고 있습니다."

나는 그녀들 옆에 앉으며 말했다.

"그나저나 청성파가 걱정입니다. 그곳은 지진으로 피해를 크게 입었다고 들었습니다."

"아……."

그녀들은 안타까운 표정을 지었다.

이 사천성의 패자 자리를 두고 아웅다웅하는 사이이긴 하지만, 그만큼 정도 많이 든 사이니까.

"다행히 사천당가에서 그들을 돕기 위해 향했다고 들었습니다."

나는 조심스럽게 본론을 꺼냈다.

"해서 드리는 말씀인데, 여러분들은 내일부터 청성파 쪽을 도우러 가시는 게 어떻습니까?"

"이곳을 놔두고 말입니까?"

"네."

나는 고개를 끄덕였다.

"이곳은 이제 저희에게 맡기셔도 됩니다. 아시다시피 제 사촌 누님이 아미파의 제자입니다. 그런 만큼 열과 성을 다할 것입니다."

내 말에 다들 머뭇거리며 한 사람을 쳐다봤다.

이곳에 있는 아미파의 제자들 중 가장 배분이 높은 듯한 제자였다.

"선협미랑 대협을 의심하지는 않습니다. 다만 왜 그리 말씀하시는지 궁금합니다."

"사해가 동도라고 하지 않습니까? 하물며 같은 사천성에 사는 이들이니 당연히 도와야 한다고 생각합니다."

"그건 맞습니다만……."

"사천당가에서 저들을 돕기 위해 움직였다고 하지만, 그래도 손이 부족할 것입니다. 여러분께서 가세한다면 큰 도움이 되겠지요."

나는 말을 이었다.

"또한, 아미파의 제자들이 아미파가 피해를 입었음에도 상황이 더 좋지 않은 청성파를 돕기 위해 움직였다는 것만으로도 훗날 아미파에 큰 도움이 될 것입니다."

내 조언에 그녀는 잠시 고민하더니 고개를 끄덕였다.

"알겠습니다. 향옥 사매가 말하길, 선협미랑 대협만큼 머리를 잘 쓰는 사람이 없다고 했으니 그 조언을 받아들이겠습니다."

……이거 칭찬이겠지?

왠지 '은서호 그 새끼. 진짜 머리 하나는 잘 돌아간다니까! 분명 나와 대련하는 거 싫어서 머리를 쓴 게 분명해! 나중에 걸리기만 해 봐! 아작내 줄 거야!'라고 투덜거렸을 것 같단 말이지.

음…… 내가 일부러 다리가 부러진 척했다는 건 영원히 비밀로 해야겠군.

나는 표정을 관리하며 정중히 포권했다.

"누님께서 저를 그리 칭찬해 주셨다니, 민망하군요. 제 조언을 받아 주셔서 감사합니다."

"아닙니다. 그러면 저희는 쉬었다가 내일 청성파로 향하겠습니다."

그 말에 나는 속으로 안도의 한숨을 내쉬었다.

다행히 설득에 성공했군.

지금 이곳에 있는 아미파의 제자들은 대략 스무 명.

그녀들이 볼일이 있어서 산을 내려와 성도에 들른 사이 지진이 일어난 것이다.

이전 삶에서 그녀들은 아미파로 가는 길을 뚫는 데 전념한다.

여기까지는 지극히 당연하고 자연스러운 일.

팔은 안으로 굽기 마련이니까.

하지만 그 이후로 사천성 내부가 혼란스러웠고, 아미파도 그 상황을 수습하느라 정신이 없어서 청성파에 도움을 주지 못한다.

그리고 이게 결국 아미파와 청성파의 관계 악화의 원인이 된다.

내가 그녀들을 미리 보내는 것은 그 원인을 없애기 위해서다.

사실, 당시 아미파의 행동이 잘못된 것이 아님에도 청성파와의 갈등과 반목의 원인이 된 것은 분명 내가 모르는 다른 이유가 있을 터.

아마 수라혈교 쪽에서 수작질을 부린 것이겠지.

하지만 그 과정을 모르는 이상, 그 수작질 자체를 막을 수는 없다.

대신 그 수작질로 인해 관계가 악화되는 것을 막는 것은 가능하지.

저들이 아미파의 상황 수습이 끝나지도 않았는데 청성파를 돕게 된다면 청성파 쪽에서 아미파에 호의를 가질 수밖에 없다.

수라혈교와 무림맹의 관계나 그간 밝혀진 일들을 생각하면, 정파 무림 세력 간의 반목도 그들의 계략일 가능성이 높다.

그렇다면 그것을 막아야겠지.

.

.

.

날이 밝았다.

내 말대로 아미파 제자들은 청성파로 향할 준비를 했다.

"이 수레를 끌고 가시면 될 것입니다."

"이건?"

"가는 동안 드실 식량과, 구호품을 실었습니다."

내 말에 수레에 실은 것을 살핀 아미파 제자가 말했다.

"붕대, 금창약, 부목…… 부상자들을 위한 물건들이 많군요."

"네. 아무래도 지진의 피해가 심하다고 하니 부상을 입은 이들이 많을 것 같아서 말입니다."

추측인 것처럼 이야기했지만, 실제로 청성파의 상황이 매우 심각하다는 것을 알고 있기에 저렇게 준비한 것이다.

건물에 깔리거나, 건물 잔해에 맞아서 중상을 입은 이들이 많다.

그들의 상처를 감쌀 붕대가 부족해서 이불과 옷을 잘라 사용했다고 할 정도니, 그 심각함은 이루 말할 수 없지.

"그런데 이 흉갑은 무엇입니까?"

"그건 흉골이 부러진 이들을 위한 부목 같은 겁니다."

그리고 이번 기회에 우리 은해상단에서 출시하는 상품의 홍보를 빼먹을 수는 없지.

실제로 그들에게 필요한 물건이기도 하고.

그렇게 그녀들은 수레를 끌고 청성파로 향했다.

그럼 우리는 계속해서 아미파로 향하는 길을 뚫어야겠지.

다음 날.

우리가 작업을 하고 있는데, 성보왕이 도착했다.

"오셨습니까? 전하."

"그래, 작업 속도가 생각보다 빠른 듯하군."

"네. 모두가 열심히 움직인 덕분입니다."

"그럼, 나도 한 팔 보태겠네."

성보왕은 입고 있던 비단옷을 벗어 놓고, 직접 흙더미를 나르며 움직이기 시작했다.

"저, 전하! 어찌 전하께서 직접……."

내가 다급히 그를 말리려 하자, 성보왕이 손을 내저었다.

"이 사천성의 이들을 위한 일이네. 그들의 목숨 하나하나가 소중하네. 아바마마의 소중한 백성들이 헛되이 목숨을 잃게 할 수는 없네."

그런데 그 눈빛에서 '잘했다고 칭찬해 주세요'와 느낌이 드는 건…… 내 착각이겠지?

내가 말한 것을 무척이나 충실하게 반영하시는군.

"전하의 그 뜻을 받들겠습니다."

그렇게 이틀 정도가 흐르자 어느새 아미파가 보이기 시작했다.

내 기억에 당시 아미파의 고립이 풀리는 데만 거의 보름이 걸렸다고 들었다.

그렇다면 아미파 제자들이 길을 뚫고 있던 시간을 합쳐도 이전의 절반도 걸리지 않은 셈이다.

그렇게 다시금 열심히 흙더미를 치워 나가고 있는데, 누군가의 말소리가 들려왔다.

그리고 이 기운은…….

"향옥 누님?"

내 목소리를 들었는지 흙더미의 반대편에서 향옥 누님의 목소리가 들렸다.

"어? 설마 서호니?"

"네. 누님. 저 은서호입니다."

"네가 여긴 왜 온 거니?"

"왜긴요. 누님을 구하러 왔습니다."

내 말에 반대편에서는 잠시 정적이 흘렀다.

그리고……

"향옥 사매. 지금 감동한 거야?"

"감동했네!"

"아! 시끄러워요!"

"부끄러워하기는…….''

향옥 누님이 부끄러워하는 모습이라니…… 뭔가 상상이 안 가는데.

"그런데, 제 말이 그리 감동이었습니까?"

나는 작은 목소리로 물었고, 이에 서우 무사가 고개를 끄덕였다.

"저라고 해도 감동했을 겁니다."

뒤이어 성보왕이 말했다.

"하긴 자네는 그런 말을 대수롭지 않게 말하는 바람에,

더 사람의 마음을 울리는 편이지."

그, 그랬습니까?

"그래서 내가 자네에게 반한 거 아닌가?"

······그건 좀 위험한 발언 같습니다만.

내 눈빛에 성보왕이 손을 저었다.

"왜 그런 눈빛인가? 행여나 오해하지 말게. 내가 말한 반했다는 건 존경할 만한 인물이라는 의미네."

"애초에 오해도 하지 않습니다."

"험험. 그랬나?"

"그리 말씀해 주시니, 성은이 망극할 따름입니다."

후, 자연스럽게 넘겼군.

나는 향옥 누님에게 물었다.

"누님! 아미파의 상황은 어떻습니까?"

"모두 무사해."

"다행입니다. 그럼, 잠시만 쉬고 계십시오. 이쪽의 인원이 많으니, 저희가 움직이겠습니다."

.

.

.

우리 쪽의 인원이 움직이자, 아미파로 향하던 길을 막은 마지막 장애물은 생각보다 빠르게 제거되었다.

덕분에 향옥 누님과 마주할 수 있었다.

"누님!"

"서호야!"

향옥 누님의 꼴은 보기 안타까울 정도였다.

옷 곳곳이 흙투성이에 찢어져 있었고, 손마저 상처투성이였다.

그만큼 고되게 움직였다는 의미겠지.

다른 사람들을 돕는다고 무리할까 봐 걱정이라는 숙모님의 말씀대로군.

"손이 이게 뭡니까!"

"어쩔 수 없었어. 하루라도 빨리 길을 뚫어야 했으니까."

"식량 때문입니까?"

"맞아."

생각보다 지진의 피해가 크지 않은 거였지 식량 문제가 내 생각보다 심각했나 보네.

내가 청성파로 보낸 제자들이 성도로 내려왔던 이유가 식량을 구매하기 위해서라고 했었지.

"너, 다리는 괜찮니?"

"네. 다 나았습니다."

"다행이네."

내가 일부러 다리가 부러진 척했음을 누님이 알면 난리난다.

나는 얼른 화제를 돌렸다.

"저희가 식량을 가지고 왔습니다."

"정말 다행이네!"

그때 뒤에서 성보왕이 다가왔다.

"이자가 자네의 누님인가?"

"네, 맞습니다. 제 숙부님의 장녀인 아미파의 제자 향옥이라고 합니다."

그러곤 누님에게도 성보왕을 소개했다.

"누님, 이분은 성보왕 전하이십니다."

"아미파의 제자 향옥이, 성보왕 전하를 뵙습니다."

누님이 부복하며 예를 차렸고, 성보왕 전하가 그 예를 받았다.

"일어나게."

"성은이 망극하옵니다."

"만나서 반갑네. 아미파는 별일 없는가?"

"네. 식량이 부족하긴 하지만 지진으로 인한 피해는 크지 않습니다."

"불행 중 다행이라고 해야 하나? 그러면 나를 장문인에게 안내해 줄 수 있겠는가?"

"물론입니다."

그렇게 우리는 아미파의 산문을 넘어 아미파 안으로 들어갔다.

우리가 가지고 온 구호 물품에 아미파의 이들은 기쁜 기색을 숨기지 못했다.

건물이 무너진 흔적들이 보이기는 하지만, 이 정도면 양호하다.

무엇보다 부상자들이 별로 보이지 않는다는 점이 다행

이었다.

우리는 구호 물품의 분배를 같이 온 이들과 아미파 제자들에게 맡기고, 곧바로 아미파 장문인을 만나러 갔다.

"향옥아!"

그때 낯익은 분이 누님을 부르며 달려오셨다.

일전에 몇 번 뵌 적이 있는 무정검 해청신니.

향옥 누님을 아미파로 이끈 사부이기도 하다.

누님이 그녀에게 인사하고는 우리를 소개했다.

"자세한 건 제가 나중에 설명드릴게요. 이분은 성보왕 전하이십니다."

"빈니가 성보왕 전하를 뵙습니다."

"일어나게. 만나서 반갑네."

나는 해청신니에게 말했다.

"전하께서 장문인을 뵙고자 합니다."

"알겠습니다. 이쪽으로 오십시오."

우리는 그녀의 안내를 받아 이동했고, 곧 장문인을 마주할 수 있었다.

장문인은 성보왕에게 황족에 대한 예를 갖추었고, 황자도 마주 예를 갖추었다.

아미파의 장문인쯤 되면 황자의 입장에서도 존중할 만한 위치니까.

"이번 사천성의 지진으로 인해 고통받는 이들을 구호하기 위해 아바마마께서는 태자인 형님과 저를 이곳에 보내셨습니다."

"참으로 황은이 망극합니다."

아미파 장문인이 말을 이었다.

"황자마마께서 이 빈니에게 공대라니, 과분합니다."

"그게 무슨 말씀입니까? 아미파의 장문인께서는 많은 분들의 존경을 받으시는 분입니다. 저 역시 존경을 표하고자 합니다."

"부끄럽습니다."

이제 본론이군.

나는 가만히 성보왕이 말하는 것을 바라보았다.

"아미파의 명성은 익히 들었습니다. 현재 사천성은 지진으로 많은 백성들이 고통받고 있습니다. 하여 사천성의 구호 활동에 도움을 주시기를 요청하는 바입니다."

"여부가 있겠습니까? 저희 역시 사천성을 위해 두 팔 걷어붙이고 나설 것입니다."

"그리 말씀하니, 감사할 따름입니다."

그렇게 아미파의 지원이 결정되었다.

우리가 가져온 구호 물품을 통해 기력을 되찾은 아미파 제자들은 분주하게 움직였다.

그들은 몇 개의 조로 나뉘었는데, 상대적으로 무공이 강하지 않은 두 개의 조를 청성파로 파견했다.

그리고 다른 이들은 우리와 함께 움직였고, 포정사가 있는 곳에 당도했다.

"성보왕 전하 오셨습니까?"

"형님께서는 어디에 계십니까?"

"현재 도지휘사사에 계신다고 들었습니다."

"그렇군요. 은서호 소단주 일행이 아미파로 향하는 길을 뚫었고, 아미파의 지원 부대와 같이 왔습니다."

"아! 참 다행입니다!"

포정사의 표정이 환해졌다.

곧 아미파의 구호대를 이끄는 조장들이 모였고, 포정사는 그들에게 지시를 내렸다.

"우선 무공이 고강한 이들은 안찰사 쪽으로 가 주면 되네."

"하긴, 안 그래도 녹림들이 들끓고 있어서 안찰사가 골치 아프다고 했었지."

성보왕의 말대로 이런 혼란스러운 상황은 녹림들에게는 기회였다.

사람이 양심이 있다면 이런 상황에서는 자중해야겠지만, 양심이 있으면 녹림으로 살지 않겠지.

"나머지는 주변 민가를 수습하는 데 가세해 주면 되네."

"그리하겠습니다."

나는 포정사에게 물었다.

"저는 뭘 도와드리면 되겠습니까?"

"자네는…… 계속해서 고립된 마을의 진입로를 확보해 주게나."

"알겠습니다."

나는 안찰사에게 갈 준비를 하는 향옥 누님에게 향했다.

누님은 무림대연회에서 준우승을 할 정도로 아미파에서도 손꼽히는 후기지수다.

그런 만큼 녹림들을 때려잡는 쪽으로 가야 하지.

"누님, 숙부님께서 걱정이 많으십니다. 부디 몸조심하세요."

"알았어. 그리고……."

누님이 머뭇거리다가 말을 이었다.

"나를 구하러 와 줘서, 고마웠어."

"뭘요."

긴 이야기를 나눌 시간이 없었기에, 누님은 다른 이들을 따라 얼른 달려가셨다.

왠지 얼굴이 좀 빨개지신 것 같기도 하고…….

나와 일행은 산사태로 인해 고립된 마을들로 향하는 길을 뚫는 데 전념했다.

그러다 보니 요령이 생겨서 그 효율도 점점 높아졌다.

그렇게 다섯 번째 마을의 진입로를 확보하고 있을 때, 태자가 나를 찾아왔다.

"잘들 하고 있는가?"

"태자 전하를 뵙습니다!"

우리는 얼른 예를 올렸고, 태자는 손을 저었다.

"상황이 그리 느긋한 게 아니니 이번 사태가 마무리될 때까지는 포권하는 것으로 예를 대신하게."

"성은이 망극하옵니다."

"자네 덕분에 고립된 마을의 구호 작업이 상당히 빠르게 진척되고 있다고 포정사가 칭찬이 자자하더군."

"제가 도움이 되어 다행입니다."

"그래, 혹시 내가 도와줄 것은 없는가?"

"저희는 괜찮습니다. 다만, 여력이 되신다면 청성파 쪽에 지원을 부탁드립니다."

"청성파?"

"네. 이번에 그곳에 피해가 크다고 들었습니다."

"그래, 그랬지."

"민간인의 구호도 중요하지만, 청성파는 그 지역의 치안을 유지하는 곳입니다. 자칫 그곳의 치안의 공백이 생길까 봐 걱정됩니다."

"알겠네. 내 그리 이르도록 하지."

그때였다.

서향 소저가 내 소매를 당긴 것은.

나는 잠시 양해를 구하고는 서향 소저와 함께 조용한 곳으로 이동했다.

"왜 그러십니까?"

"어서 여기서 대피해야 해요. 여진으로 인해 이곳에 산사태가 일어날 거예요."

"언제인지…… 보셨습니까?"

파랗게 질린 얼굴로 말하는 서향 소저.

"곧이요. 사람들과 태자 전하가 산사태에 휩쓸리는 것을 봤어요."

"……!"

뭐라고?

그렇다면 이는 정말 큰일이다.

만약 태자가 산사태에 휩쓸리게 된다면 그 뒷감당은 상상조차 할 수 없다.

나는 다급히 돌아와 모두에게 말했다.

"오늘은 이만 작업을 중지합니다!"

내 외침에 성보왕이 의문을 표했다.

"무슨 일인가? 아직 해가 지지 않았는데 왜 갑자기 작업을 중지하는 것인가?"

"이미 며칠이나 작업을 이어 온 탓에 피로가 많이 쌓인 듯합니다. 오늘은 휴식을 취하고 내일 다시 시작하는 게 나을 듯합니다."

"자네가 그리 판단했다면 그게 옳겠지. 그렇게 하게나."

그렇게 나는 빠르게 작업을 중지시켰고, 그곳을 빠져나가기 시작했다.

"태자 전하, 성보왕 전하. 저를 따르시지요."

"알겠네."

서향 소저에게 경고를 들은 이상 방심할 수 없다.

하여 태자의 곁에 바짝 붙어서 이동했다.

작업 중이던 진입로에서 거의 다 빠져나왔을 때.

드드드.

갑자기 땅이 흔들리기 시작했다.

서향 소저가 말했던 대로 여진이 발생한 것이다.

"다들 자세를 낮추고 중심을 잡으십시오!"

그러곤 주변을 살펴보는데 위에서 흙더미가 쏟아지는 게 보였다.

그것도 하필 태자의 위로.

젠장!

나는 다급히 검을 뽑았고, 진기로 막을 형성했다.

"큭!"

나를 짓누르는 토사의 무게에 저절로 신음이 터졌다.

"어서 피하십시오!"

"으, 은 소단주! 자네는……."

"어서 피하십시오! 시위들은 뭐 하는 겁니까! 정신 차리고 움직이십시오!"

내 일갈에 태자와 성보왕의 시위들이 다급히 그들을 데리고 자리를 피했다.

이제 문제는 내가 이 자리에서 벗어나는 건데…….

그때였다.

드드드.

다시금 땅이 흔들리면서 위에서 쏟아지는 흙더미의 압력이 강해졌다.

내가 초절정에 오르기는 했지만, 이건 그 정도로 버틸 수 있는 수준이 아니다.

나는 최대한 기운을 끌어 올린 채 빠르게 머리를 굴렸다.

이대로 깔리면 나라고 해도 즉사다.

어떻게 하지…….

"……!"

그때 내 뒤쪽이 절벽이라는 것을 깨달았다.

그렇다면 나를 짓누르고 있는 흙더미와 바위에 깔리는 것보다 절벽으로 뛰어내리는 게 훨씬 생존 가능성이 높다.

그렇게 결정하고는 망설임 없이 몸을 뒤로 날렸다.

탓!

내 몸은 허공을 향해 날았고, 그대로 아래로 떨어지기 시작했다.

"주군!"

"도련님!"

"소단주!"

나를 다급히 부르는 외침과 비명들.

그 속에서 내가 본 건 절벽에 자라고 있는 나무 덩굴이었다.

저걸 잡아야겠군.

젠장!

힘껏 손을 뻗었지만, 손이 닿기에는 조금 멀었다.

"꾸이!"

그때 내 등을 누군가 밀어주었다.

"금령?"

"꾸이이잇!"

꽈악!

금령이 힘껏 나를 밀어준 덕분에 간신히 나무 덩굴을 잡을 수 있었다.

살았다.

"금령아. 도와줘서 고마워."

"꾸이잇!"

당연히 해야 했을 일이라고? 얼마나 놀랐는지 아냐고? 이런 무모한 짓을 하려면 미리 말이라도 해 달라고?

"미안해. 이따가 금자 줄 테니까 화 풀어."

여기서 떨어진다고 해서 죽지는 않았겠지만, 크게 다치기는 했겠지.

그러지 않도록 구해 준 건데, 금자가 아깝겠어.

"꾸익?"

정말이냐고? 그럼 정말이지.

금자를 준다는 말에 금령이의 엉덩이가 실룩였다.

역시, 좋아하네.

그렇게 한동안 덩굴을 붙잡고 버티자, 더 이상 흙더미나 바위가 떨어지지 않았다.

"주군! 계십니까? 주군!"

위에서 들리는 서우 무사의 절박한 목소리.

나는 크게 외쳤다.

"저 여기 있습니다!"

"살아 계십니까?"

"물론입니다!"

"다행입니다. 정말…… 다행입니다. 지금 곧 밧줄을 내려 보내겠습니다."

곧 위에서 밧줄이 내려왔다.

나는 그 밧줄의 올가미를 한쪽 다리에 끼운 후 밧줄을 잡았다.

"됐습니다. 이제 끌어 올려 주세요!"

밧줄이 위로 올라가고, 나는 절벽 위로 올라올 수 있었다.

"소단주님!"

서향 소저가 나에게 달려왔다. 그리고 내 호위무사들과…….

"도련님! 흐허엉! 아이고! 도련님!"

"팔갑아. 좀 조용히 좀 해 줄래? 머리 울려."

지금 내공이 바닥을 보였을 뿐만 아니라 체력적으로도 한계였으니까.

"흐허엉! 도련님이 돌아가시면 저는 복수를 위해서 이 산을 없앨 생각이었습니다요."

다행이군.

금령아, 네가 이 산이 사라지는 것을 막았다.

"후, 나 멀쩡하니까 이제 좀 놔줄래? 네가 잡고 있는 어깨가 더 아파."

내 말에 팔갑은 잡고 있던 내 어깨를 잽싸게 놓았다.

"정말 다친 곳은 없으십니까요?"

"없어."

그리고 몸의 흙먼지를 털고 있자, 태자와 성보왕이 다

가왔다.

"정말 괜찮은 것인가?"

"네. 태자 전하. 성보왕 전하. 소상이 심려를 끼쳤습니다."

"그런 말 하지 말게! 자네가 아니었다면 우리는 꼼짝없이 죽었을 거네."

"어째서 그렇게 무모한 짓을 한 것인가?"

성보왕의 물음에 나는 뺨을 긁적였다.

"저도 모르겠습니다. 정신을 차리고 나니 제가 두 분을 구하기 위해 움직이고 있더군요."

내 말에 그들은 감동한 표정을 지었다.

"역시 선협미랑이라고 부르는 이유가 있네. 자네가 선협미랑이 아니면 누가 그 이름을 가지겠는가?"

"역시, 내가 대협에게 반한 이유가 있어."

나는 멋쩍게 웃었다.

그렇다고 여기서 사실대로 '두 분께서 죽거나 다치면 꽤나 골치 아파집니다.'라고 말할 순 없잖아.

"우선 오늘은 좀 쉬도록 하게."

"그게 좋겠네."

그렇게 우리는 인근 마을로 향했고, 씻고 침상에 누웠다.

오늘 제법 과격하게 움직여서 그런지 어깨가 좀 결리는 것 같네.

아무리 무림인의 신체가 튼튼하다고 해도 통증이 아예

없는 건 아니다.

"꾸이?"

금령이가 내 배 위로 올라왔다.

"꾸이! 꾸!"

"그래, 약속했던 거 줘야지."

나는 옆에 놓아두었던 주머니에서 금자를 꺼내어 내밀었고, 금령이는 금자를 안고 내 배 위에서 뒹굴뒹굴했다.

그렇게 좋나?

나도 돈을 좋아하지만, 금령이를 보면 내가 욕심이 없는 것처럼 느껴진단 말이지?

"에고고……."

몸을 일으킬 때 나도 모르게 곡소리가 나왔다.

"꾸이?"

금령이는 그런 나와 금자를 번갈아 보더니, 금자를 꿀꺽 삼키고 말했다.

"꾸이! 꾸!"

음? 좋은 곳이 있으니 따라오라고?

나는 고개를 갸웃했지만, 금령이가 자신 있게 말하니 따라가지 않을 수 없었다.

나는 채비를 하고 금령을 따라갔다.

그런 내 뒤를 팔갑과 호위무사들이 비장한 얼굴로 따라왔다.

그렇게까지 하지 않아도 되는데…….

조금 찔리네.

"꾸이!"

그때 금령이가 다 왔다고 했다.

생각보다 가까운 곳이네.

그렇게 생각하며 금령이에게 다가간 순간, 나는 눈을 휘둥그레 뜰 수밖에 없었다.

여긴…….

나보다 팔갑의 반응이 빨랐다.

"여긴 온천 아닙니까요?"

금령이가 고개를 끄덕였다.

"꾸이! 꾸!"

여기에 몸을 푹 담그고 있으면 아프지 않을 거라고?

나도 모르게 피식 웃음이 나왔다.

기특하네. 이렇게 온천에도 데려다주고.

그런데 여기는 알려지지 않은 온천 같은데?

물웅덩이만 덩그러니 있고 다른 시설이나 사람은 전혀 보이지 않았으니까.

사천이 온천으로 유명하긴 하다.

그리고 금령이가 기왕 데려와 줬으니 들어가 봐야지.

나는 겉옷을 벗고, 신발을 벗은 후 조심스레 온천물이 고여 있는 커다란 물웅덩이 안으로 들어갔다.

생각보다 깊이도 있어서 물속 바위 하나를 찾아 걸터앉 았더니 내 목까지 물이 찼다.

물 온도도 딱 맞네.

"꾸이!"

금령이도 온천 안으로 들어오더니, 앞다리로 파닥파닥
하며 헤엄을 쳤다.

"그런데 여긴 어떻게 알았어?"

"꾸이? 꾸이! 꾸!"

아…… 일전에 탈취당한 은무검을 쫓아서 운남으로 가
다가 이곳을 발견했었다고.

그거 제법 오래된 일인데, 기억력이 좋구나.

"꾸이. 꾸!"

음? 내가 아파서 돈을 못 벌면 굶어야 하고, 그러면 많
이 슬퍼진다고? 그러니까 아프지 말고 돈 많이 벌라고?

뭐지?

나를 걱정해 주니 고맙지만 묘하게 부담되는 이 기분
은…….

금령이가 나에게 소개해 준 온천은 평범한 온천이 아닌
듯했다.

고작 일각 정도만 몸을 담갔을 뿐인데, 피로가 풀리고
몸이 가벼워지는 기분이었으니까.

실제로 내공도 회복된 게 마치 운기조식을 한 것 같았
다.

진짜 뭐지?

문득 좋은 생각이 떠올랐다.

이 온천을 개발해 볼까?

현재 지진을 복구하기 위해 나선 사람들의 피로가 쌓이
고 있는 상황이다.

그런 사람들에게 이곳을 개방하면 반응이 좋겠지.

그리고 복구 속도도 빨라질 테고.

이번 지진 복구가 끝나면 상업적으로 개발해 봐야겠군.

"금령아."

"꾸이?"

"이 온천, 내가 개발해도 될까?"

"꾸이. 꾸이."

상관없다고? 돈만 많이 벌면 된다고?

금령의 허락도 받았으니, 본격적으로 움직여 볼까?

나는 옷을 다시 챙겨 입고 은해상단 사천지부로 향했다.

내가 왔다는 소식에 숙부님께서 다급하게 달려 나오셨다.

"서호야! 몸은 괜찮으냐?"

"아, 네. 괜찮습니다."

"네가 태자 전하를 구하려다 크게 다칠 뻔했다고 들었다."

"소문이…… 참 빠르네요."

하루도 안 돼서 이 소식이 숙부님의 귀에까지 들어간 것을 보면, 의도적으로 소문을 퍼뜨린 것 같은데.

"향옥 누님의 연락은 왔습니까?"

"그래. 지금 저 북쪽에서 기승을 부리는 녹림들을 토벌 중이라고 하더구나."

"그렇군요."

그럼 이제 본론을 꺼내야겠군.

"숙부님, 사업에 관련해서 지원을 요청할 일이 있습니다."

"사업?"

"네. 안에서 이야기를 나눴으면 합니다."

"그러자꾸나."

나는 숙부님의 집무실 안으로 들어가 심도 있는 이야기를 나누었다.

"그래, 그러니까 새로운 온천을 발견했다는 것이냐?"

"네. 게다가 다른 온천에 비해 효과가 월등히 뛰어난 것도 확인했습니다."

"온천 사업이 좋기는 하지. 하지만 온천이라는 게 이미 누가 선점한 경우가 대부분이다 보니 너무 아쉬웠다. 그런데 그런 좋은 온천을 발견하다니 잘됐구나."

역시 숙부님.

아버지와 상단주 자리를 놓고 자웅을 겨루셨던 분인 만큼, 상재가 부족하신 분은 아니다.

그 말은 즉, 그만큼 욕심이 있으시다는 말이기도 하지.

"우선, 지진 복구 기간 동안은 무료로 운영했으면 합니다."

"하긴 지금 유료로 운영했다가는 욕먹기 딱 좋지. 지금 무료로 하면 구호를 위한 명분도 좋고, 나중을 위한 홍보도 될 테고."

"맞습니다."

"알겠다. 온천 쪽은 사천지부에서 맡아서 진행하도록 하마."

"감사합니다."

숙부님도 좋아하시는 것 같으니, 일을 더해 드려 죄송하다고는 안 해도 되겠지.

.

.

.

숙소에 돌아오니, 어느새 저녁이었다.

"오셨어요?"

"네."

숙소에는 서향 소저가 나를 기다리고 있었다.

"저녁은 드셨습니까?"

"아직……."

"잘 되었군요. 저도 아직입니다. 함께 저녁 드십시다."

현재 우리가 머무는 곳은 객잔이다.

태자와 성보왕은 포정사사에 머물고 있고, 나에게도 함께 머무는 것을 권했지만 그건 부담스러우니까.

우리는 식당으로 향했고, 나와 서향 소저가 같이 앉았다.

"우린 여기에 앉읍시다."

"네."

나와 서향 소저를 제외한 다른 이들은 다른 식탁에 앉았다.

곧 주문한 음식이 나왔다.

다행히 성도는 지진의 피해가 없기에, 제대로 된 음식을 먹을 수 있었다.

하지만 솔직히 사천의 음식은 내 입에 맞지 않기에 호북식 만두를 주문했다.

그사이 먼저 나온 차를 마시며 그녀에게 사과했다.

"걱정시켜서 죄송합니다."

"괜찮아요."

그녀는 고개를 저었다.

"목숨을 잃지 않으실 건 알고 있었으니까요. 하지만 다치면 아프니까……."

그녀는 고개를 숙였다.

"왠지 괜히 알려 드린 것 같다는 생각도 들고요. 안 그랬다면……."

"아닙니다. 소저가 알려 주시지 않았다면 무척이나 곤란한 상황이었을 겁니다. 태자 전하의 시위들은 중벌을 받았을 테고, 저를 비롯해 같이 있던 일행들도 책임을 면할 수 없었을 겁니다."

"……."

"소저 덕분에 많은 이들이 곤란을 겪지 않을 수 있었습니다."

"하지만 소단주님께서……."

"저는 믿는 구석이 있으니 괜찮습니다."

"네?"

"소저와 제 호위무사들이 어떻게든 구해 줬을 테니까요. 팔갑이와 금령이도 있고요."

내 말에 다른 식탁에서 차를 마시던 호위 무사들이 고개를 끄덕이는 것이 느껴졌다.

"솔직히 말씀드려서, 저와 혼인하면 앞으로 걱정 없이 살게 해 드리겠다고는 약속할 수 없습니다. 말씀드렸다시피 제 삶 자체가 피곤하니 말입니다."

사실 이전에 서향 소저에게 이에 대해 말할 땐 복수로 인해 가시밭길을 걸어야 한다고 말했지만, 이곳에서 그리 말할 순 없으니까.

"그래도 이건 약속드리죠. 되도록 장수하겠습니다. 한 이백 살 정도 살면 되겠습니까?"

"그게 뭐예요……."

서향 소저가 웃으며 말했다.

"오백 살은 살아야 장수하는 거 아닌가요?"

"그런가요? 하하하."

그리 농을 던지는 것을 보니 마음이 풀어진 것 같군. 다행이다.

.

.

.

다음 날부터 고립된 마을의 통행로를 뚫기 위해 다시 움직였다.

"몸은 괜찮으십니까?"

걱정스럽게 묻는 장진 표두를 보며 나는 고개를 끄덕였다.

"괜찮습니다."

"걱정 많이 했습니다."

"걱정하게 해서 죄송합니다."

"아닙니다. 소단주님은 저희…… 의 희망이시라는 것만 알아주시면 좋겠습니다."

"유념하겠습니다."

중간에 생략된 말은 아마도 '설풍궁'이겠지.

작업이 시작되었다.

그리고 약 두 시진을 작업한 끝에 고립되었던 마을의 통행로를 확보할 수 있었다.

우리는 그 통행로를 통해 마을로 향했다.

"누구십니까?"

"수레? 혹시 통행로가 뚫린 것입니까?"

"그렇습니다."

나는 마을 사람들에게 성보왕을 소개했다.

"성보왕 전하께서 직접 오셨습니다."

이에 마을 사람들이 다급히 부복하며 예를 갖추었다.

"아바마마께서 보내셔서 이리 왔네. 통행로는 뚫었으니 걱정 말고, 혹시 도움이 필요한 게 있는가?"

"집이 무너지면서 다친 이들이 몇 있습니다. 그리고…… 먹을 것이 있습니까?"

이에 내가 얼른 대답했다.

"물론입니다."

우리는 서둘러 움직여 솥에 물을 붓고 끓인 후 쌀가루를 넣고 죽을 끓였다.

아무리 사천의 음식이 자극적인 편이라고 하지만, 배를 곯았던 사람들에게 자극적인 음식은 좋지 않으니까.

몇 개의 마을을 돌아다니며 구호 활동을 하다 보니 어느새 이것도 익숙해졌다.

그렇게 그 마을에 하룻밤을 머물면서 복구할 것도 복구하고 치울 건 치우는 등 분주하게 시간을 보냈다.

다음 날, 우리는 성도로 돌아왔다.

그리고 숙부님이 내게 남긴 방문을 요청하는 서신이 있었다.

곧바로 사천지부에 방문하자 숙부님께서는 반가운 소식을 전해 주셨다.

"네가 말한 온천 때문에 불렀다. 어느 정도 준비가 되었다."

"벌써 말입니까?"

"그래. 온천은 찾는 게 어렵지, 사람이 쓸 수 있도록 꾸미는 게 어려운 건 아니니까. 그래서 말인데, 태자 전하와 성보왕 전하를 모시고 다녀오는 게 어떻겠느냐?"

"좋은 생각입니다."

나는 즉시 두 분에게 전갈을 보냈고, 그들은 사천지부

로 함께 찾아왔다.

"어인 일로 불렀나?"

"저희 사천지부에서 얼마 전에 찾아서 개발한 온천이 있습니다. 피로회복에 매우 좋아서 사천 사람들에게 도움이 될 듯한데, 두 분께서 직접 확인해 주셨으면 합니다."

"그런 거라면 좋네. 안 그래도 몸이 뻐근했으니 말이지."

"구호 활동을 하는 자들에게도 도움이 되겠군."

두 분은 내 제안을 흔쾌히 받아들였다.

우리의 안내를 맡은 자는 숙부님의 장남인 대석 형님.

"온천의 수원을 건드리지 않고 돌을 쌓기 위해 최대한 자연미를 살렸다."

"잘 하셨습니다."

곧 우리는 온천에 도착했다.

그리고 주변에 매끈한 돌을 쌓아서 물웅덩이를 더 넓게 만든 모습을 보며 감탄했다.

"형님, 대충하셨다고 하셨는데…… 대충이 아닌 것 같습니다."

내 말에 대석 형님이 피식 웃었다.

"아버지께서 언젠가 우리도 온천을 운영할 것이라고 벼르고 계셨거든."

"아…… 그러셨군요."

그래서 미리 준비하고 계셨기에 이렇게 빠르게 진행이 된 거구나.

대석 형님이 공손하게 말했다.

"그럼, 들어가 보시지요."

"그러지."

태자와 성보왕은 겉옷을 벗고 천천히 물속으로 들어갔다.

"후!"

"좋군."

두 분의 입에서 저절로 나오는 감탄사.

그럴 만하지.

온도도 적당하고, 물의 느낌도 매우 좋았으니까.

그리고 내가 느낀 또 다른 장점을 그들도 느낀 듯했다.

"어? 형님…… 형님도 느끼셨습니까? 내공이 회복되고 있습니다."

"정말이군."

이 온천의 특별한 점은, 바로 내공이 회복된다는 것이지.

황자들은 각자 실력의 고하는 있지만 모두 황궁무공을 익히고 있다.

호신과 심신의 수련을 위해서다.

하여 성보왕은 일류의 경지에 올라 있고, 태자는 그보다 조금 아래다.

전에는 조금 더 낮았던 것 같은데…….

아무튼, 그들은 내공이 회복되는 것에 놀라움을 금치 못했다.

"은서호 소단주! 여기는 대체 어떻게 찾은 것인가?"

"이 정도면 영천(靈泉)이라고 할 만 하군!"

나는 포권하며 사정을 설명했다.

"얼마 전에 우연히 발견했습니다. 아무래도 하늘이 사천 지역의 복구를 위해 고생하는 이들의 노고를 알고 제게 이곳을 발견하게 한 듯합니다. 하여 이곳을 개발하여 많은 사천의 이들이 온천을 즐길 수 있게 할 생각입니다."

"그렇군."

태자가 고개를 주억이며 물었다.

"그러면 이용료는 얼마나 받을 생각인가?"

"우선 당분간은 무료로 운영할 생각입니다."

"무료라고?"

"네. 누구든 원한다면 와서 몸을 담그고 회복하고 갈 수 있도록 할 생각입니다. 그리고 이번 지진으로 인한 피해 복구가 끝나면 그때 정식으로 요금을 받으며 운영할 생각입니다."

"상인으로서 그렇게 하기 쉬운 일이 아닐 텐데, 신경 써 줘서 고맙네."

성보왕이 만족스러운 미소를 지었다.

"중간에 몸이 무거우면 찾아오도록 해야겠어."

"영광입니다."

성공적으로 태자와 성보왕에게 선을 보였으니, 이제 다른 이들을 데리고 와도 되겠군.

내가 이들을 데리고 이렇게 온 건, 이 온천의 가치 때문이다.

몸을 담그면 내공이 회복되는 온천이다.

얼마나 많은 이들이 눈독을 들이겠는가?

그럴 때 이를 막아 줄 권력이 있다면 만사형통이다.

무려 미래와 황제이신 태자와 이 사천에 왕부를 두실 성보왕이다.

권력의 끝판왕이신 분들이니, 이 온천을 뺏길 염려는 하지 않아도 되겠지.

"포정사를 비롯한 관리들도 여기 와서 좀 피로를 풀고 가라고 해야겠군."

"좋은 생각입니다. 다들 요즘 안색이 말이 아니더군요."

"특히 지진의 피해가 심한 쪽 녹림들이 난리를 쳤다던 데……."

그러고 보니 향옥 누님이 북쪽의 녹림을 토벌하기 위해 움직이고 계신다고 했지.

"그래도 거의 마무리되었다고 하니 다행입니다."

그렇다면 누님과 아미파의 제자들도 이곳으로 초대해야겠군.

며칠이 지났다.

그사이 포정사와 안찰사, 도지휘사를 비롯한 사천성의 관리들이 온천에 방문했다.

그리고 아미파의 제자들도 방문했는데, 모두 만족하며 돌아갔다.

특히 무공을 익힌 자들은 이 온천의 진가를 알아보고 놀라워했다.

돈 들어오는 소리 들리는군.

– 꾸이!

네가 알려 준 온천이니까, 개평은 좀 떼어 줘야 하는 거 아니냐고?

– 그런데 개평이라는 말은 대체 어디서 배운 거야?

– 꾸?

– 아…… 나구나.

나는 뺨을 긁적였다.

역시 금령이…… 돈을 버는 방법을 배우는 속도가 아주 남다르단 말이지.

그래도 온천을 알려 준 건 금령이니까, 당연히 보상을 줘야지.

– 그럼 한 달에 은자 한 냥 어때?

– ……

부족하다는 거구나.

– 그럼 한 달에 금자 한 냥 어때?

– 꾸이!

그렇게 금령이와 협상을 마쳤다.

"주군. 이제 슬슬 청성파입니다."

"그렇군요."

우리는 지금 청성파로 가고 있었다.

청성파 쪽에 지원을 갔던 아미파의 제자가 나를 찾아와

지원을 요청했기 때문이다.

"생각보다 상황이 심각합니다. 저번에 주셨던 구호 물품들이 더 필요합니다. 그리고 장문인께서 선협미랑 대협의 도움이 필요하다고 하셨습니다."

내게 찾아온 아미파 제자의 표정을 보니 예상보다 상황이 더 심각한 듯했다.

하긴, 그냥 말로 들은 것과 실상은 다른 법이니까.

하여 포정사의 허락을 받아 성보왕과 함께 청성파로 향하는 것이다.

"어서 오십시오. 시주님들."

청성파의 제자가 우리를 맞아 주었다.

"환영해 주셔서 감사합니다. 여기는 성보왕 전하이십니다."

"헉! 청성의 제자가 성보왕 전하를 뵙습니다."

"일어나게."

"성은이 망극하옵니다."

성보왕이 부드럽게 말했다.

"현재 청성의 상황은 알고 있네. 그러니 우리에 대한 대접은 신경 쓰지 말게나. 구호하러 와서 대접받고 가는 건 예가 아니지."

"그리 말씀해 주시니 감읍할 따름입니다."

"들어가지."

그렇게 우리는 청성파 내부로 이동했고, 그 처참한 상황을 목도할 수 있었다.

그리고 저 멀리서 나를 바라보는 누군가의 기운이 느껴졌다.

역시 여기에 계셨군.

142장. 청성파의 지원요청

청성파의 지원요청

인봉 도장의 아버지.

이름은 모르지만, 화경의 고수라는 것은 알고 있다.

그리고 본인의 모습을 숨기기 위해 지금도 은신술을 펼치고 계시지.

그래서 이곳의 그 누구도 그분이 저기 계신다는 것을 알아차리지 못하고 있다.

나만이 알아챈 듯한데, 아마 내가 익힌 태음빙해신공 덕분이겠지.

나는 그곳을 보며 살짝 포권하여 예를 갖추어 보였다.

그리고 청성파의 제자에게 말했다.

"우선, 장문인을 뵙고 싶습니다."

"아, 네. 이쪽으로 오십시오."

우리를 맞아 준 제자의 배분이 높아 보이지 않았음에도

곧바로 우리를 안내하는 것을 보니, 우리를 장문인에게 안내하기 위해 온 제자 같았다.

그를 따라 장문인이 계시는 곳으로 향하며 본 경내의 모습은 처참하기 짝이 없었다.

무너지고 갈라진 건물들과 그 사이사이에 보이는 검붉은 흔적.

"많은 분들이 피해를 입은 듯합니다."

"그렇습니다. 때맞춰 사천당가에서 와 주시지 않았으면 더 많은 제자들이 목숨을 잃었을 겁니다."

그가 걸어가면서 말을 이었다.

"또한 아미파 역시 피해를 입었음에도 본문을 돕기 위해 와 주셨는데, 정말 감사한 일이지요."

저런 반응이라면 어지간해서는 이전 삶처럼 두 문파 사이에서 반목이 생기지는 않겠군.

"게다가 태자 전하께서도 본문을 위해 지원을 아끼지 않아 주셨습니다."

그 제자는 한숨을 내쉬며 말을 이었다.

"처음, 지진이 일어났을 때 정말 막막했습니다. 봉문을 생각할 정도로 말입니다."

봉문을 한다는 건 일체의 외부 활동을 금할 뿐만 아니라 제자도 받지 않는다는 것.

그 정도로 심각한 상황이었다는 의미다.

"그 정도였군요. 불행 중 다행입니다."

그런데 이미 수습이 되고 있는 상황 같은데, 굳이 아

미파 제자를 보내서까지 우리에게 지원을 요청할 정도의 일이 뭐가 있는 것일까?

곧 우리는 청성파 장문인이 계신 곳에 도착했다.

"장문인. 성보왕 전하와 선혐미랑 대협께서 오셨습니다."

이에 곧 문이 열리고 장문인이 나오셨다.

이전에 뵈었던 모습 그대로군.

하지만 다른 점이 있다면 왼쪽 팔을 부목으로 고정하고 있다는 것.

"청성의 빈도가 성보왕 전하를 뵙습니다."

"일어나십시오."

"성은이 망극합니다. 안으로 드시지요."

나는 장문인에게 포권하며 인사했고, 장문인 역시 가볍게 고개를 끄덕여 인사를 받아 주었다.

상황이 상황인 만큼 길게 인사를 나눌 수도 없었고, 무림대연회 때 금봉 도장이 아버지인 장문인에게 약을 먹여 이지를 흐리게 했던 건 외부인에게 말할 만한 것이 아니니까.

우리는 자리에 앉았다.

"이렇게 어려운 걸음을 해 주셔서 감사하다는 말씀을 먼저 드립니다."

"그게 무슨 말입니까? 이 청성은 사천의 기둥 중 한 곳입니다. 그런 청성에서 지원을 요청하였는데 어찌 가만히 있겠습니까?"

"빈도와 청성을 존중해 주시니 감사할 따름입니다."

"사천 백성들의 존경을 받는 장문인을 내 어찌 함부로 대하겠습니까?"

그 말을 들으며 나는 속으로 씩 웃었다.

전에 아미파의 장문인과 대화를 했을 때도 느꼈지만, 언변이 상당히 늘었단 말이지.

"그래서, 지원을 요청하신 이유가 무엇입니까?"

"얼마 전에 다시 여진이 발생했습니다."

"맞습니다. 저희도 위험할 뻔했기에 기억하고 있습니다. 구호 활동 중이었고 약간의 부상자는 있었지만, 큰 피해는 없었습니다."

"다행입니다."

"사실 저희 형님께서 큰일을 당하실 뻔했는데, 여기 선협미랑 대협이 몸을 날려 구해 주었습니다."

그리고 성보왕이 내게 고맙다는 눈빛을 보냈다.

그 일 이후 나에 대한 호감이 더욱 깊어진 것 같단 말이지.

"그때 선협미랑은 그야말로 영웅의 모습이었습니다."

"오오! 그랬군요!"

저기, 성보왕 전하.

제 얼굴에 금칠 좀 그만하시면 안 되겠습니까?

나는 얼른 화제를 돌렸다.

"그 여진 때문에 문제가 발생한 것입니까?"

"맞습니다. 저 산 위쪽의 풍련각에 있는 제자들을 구하기 위해서 향했던 제자들…… 고립되었습니다. 염치없지만, 그들과 풍련각의 제자들을 구해 주시기를 부탁드립니다."

그가 죄송하다는 얼굴로 말을 이었다.

"저희가 직접 구해야 함이 마땅하지만, 오시면서 보셨듯이 저희가 여력이 없습니다."

나는 잠시 생각하다가 장문인에게 물었다.

"많이 다치셨습니까?"

"그건 모르겠네. 아직 그들의 부상 여부를 파악하지 못했네."

"그들 말고, 장문인 말입니다."

"나 말인가?"

그는 머쓱한 표정으로 대답했다.

"무너지는 건물 안에서 제자들을 구하느라…… 잔해에 팔이 조금 스친 것뿐이네."

말은 그리하시지만, 많이 다치셨다는 거군.

그러니까 직접 나서지 못하고 이렇게 지원을 요청하신 것이다.

아마 다른 장로를 비롯한 중진들도 비슷한 상황이겠지.

"알겠습니다. 최선을 다해 구출하도록 하겠습니다."

"감사합니다. 자세한 건 아까 안내해 준 제자가 설명해 줄 겁니다."

우리는 자리에서 일어나 장문인의 방에서 나왔다.

그러자 아까 우리를 안내해 준 제자가 다가왔다.

"아버지…… 장문인께 이야기는 들으셨습니까?"

아, 어쩐지 닮았다 싶었는데 부자지간이었군.

청성파는 도가 계열이지만 혼인과 출산이 가능한 문파니까.

"네. 대략적인 이야기는 들었습니다."

"그럼, 우선 숙소를 안내해 드리겠습니다."

그렇게 우리는 먼저 숙소로 향했다. 그리고 고립된 제자들을 구하는 건 나와 일행만 움직이기로 했다.

아무래도 풍련각으로 가는 길은 험하기도 하고, 혹시라도 여진이 또 발생하면 큰일이니까.

하여 성보왕 일행에게는 청성파의 부상자들을 돌보는 일을 부탁했다.

"부상자를 돌봐달라고?"

"네. 전하. 사람의 마음이 가장 약해질 때가 언제라고 보십니까?"

"글쎄. 아무래도 힘들 때가 아니겠는가?"

"비슷합니다. 그중에서도 아프거나 다쳤을 때겠죠. 그런 만큼 지금 그들을 적극 도와주신다면 청성파의 마음은 물론이고, 사천의 민심까지 얻으실 수 있을 겁니다."

"오! 그렇군!"

"그러니 잘 부탁드립니다."

그렇게 성보왕을 두고 내 일행은 그 제자를 따라 풍련각이 있는 곳으로 향했다.

"아, 제 소개가 늦었습니다. 저는 경문이라고 합니다."

"은서호입니다."

"선협미랑 대협에 대해서는 익히 잘 알고 있습니다. 그리고 아버지께 베풀어 주신 은혜도요."

혹시 금봉 도장과 수라혈교에 대한 일을 알고 있는 것인가?

"금봉이 저잣거리에서 수상한 이들에게서 산 약으로 인해 중독되셨던 것을 해독해 주셨다고 들었습니다."

아…… 다른 이들은 이렇게 알고 있구나.

하긴, 수라혈교에 대한 일은 함부로 알려져서 좋을 게 없으니까.

"그저 원시천존의 자비로 인연이 닿은 것뿐입니다."

나는 조심스럽게 물었다.

"그런데 장문인께서는 많이 다치신 겁니까?"

"……그렇습니다."

그리 대답하는 경문 도장의 얼굴은 걱정이 가득했다.

"왼쪽 팔뼈가 부러지셔서, 한동안 정양을 해야 합니다."

"생각보다 부상이 심각하시군요."

"그래서 직접 나서지 못하고 계실 정도니까요."

나는 고개를 끄덕이며 물었다.

"그런데 저 풍련각은 무엇을 위한 곳입니까?"

"그곳은 폐관 수련을 위한 곳이라고 생각하시면 됩니다. 아실진 모르겠지만 저희 청성파의 무공은 자연을 느끼는 데에서부터 시작합니다. 그런 만큼 어딘가에 갇혀서 무공에 전념하는 게 아니라, 자연 속에 둘러싸인 채 수련을 하는 것이 저희 청성파의 폐관 수련입니다."

"그렇군요."

"그리고 그 자연 속에서 바람을 수련한다고 하여 풍련 각입니다."

딱 맞는 이름이군.

청성파는 바람을 연상시키는 무공이 많으니까.

그들의 대표적인 신법인 세류표 역시 바람에 흩날리는 버들잎을 닮은 자유분방한 신법이지.

"그곳에서 수련하던 제자들이 곤란에 처했을 듯해 봉 자 배 제자 몇을 보냈습니다만……."

잠깐, 봉 자 배라고 하면 분명…….

"인봉 도장도 혹시 풍련각으로 향했습니까?"

"인봉을 아십니까?"

"일전에 무림대연회 때 제 상대였습니다."

"아! 그랬죠. 맞아요. 그랬다고 들었습니다."

그는 고개를 주억였다.

"후, 어쨌든 말씀대로 인봉도 그곳으로 향했습니다. 저희 청성의 미래나 마찬가지인 녀석이다 보니 걱정이 됩니다."

"몇 명이나 갔습니까?"

"인봉을 포함해서 총 다섯 명이 갔는데, 부끄러운 제아우인 금봉도 포함되어 있습니다."

그가 민망해하는 것이 이해가 가는 게, 사술로 아버지의 이지를 흐리게 만든 불초자식이었으니까.

"용서받은 것입니까?"

"사실, 장문인을 능멸하는 일은 단전이 폐해져서 쫓겨나야 마땅한 일이지만 그러지는 않았습니다. 대신 진산 제자의 자격이 사라지고, 삼 개월 동안 변소 청소를 담당해야 했습니다."

"그랬군요."

"아무래도 아버지의 혈육인 만큼, 내칠 수는 없었습니다."

그는 그리 알고 있지만, 내가 볼 땐 감시를 위해서인 듯했다.

단전이 폐해서 하산시킨다면, 그에게 다시 누군가 접근할 가능성이 아주 높으니까.

"그래도 아우라고 걱정이 되는군요. 좀…… 부탁드리겠습니다."

"알겠습니다. 최선을 다하겠습니다."

곧 우리는 커다란 바위가 길을 떡하니 막고 있는 것을 발견했다.

"여기까지는 저희가 뚫었지만, 이후로는……."

"여기부터는 저희가 나서죠."

나는 호위무사들과 함께 작업을 시작했다.

서걱! 서걱!

그렇게 나와 절정 이상의 호위무사들이 먼저 바위를 큼직하게 쪼갰다.

이제는 대기하고 있던 이들의 차례.

그들에게는 각자의 일이 분담되어 있었고, 그동안의 관록이 오늘도 빛을 발했다.

그렇게 한 시진 만에 바위를 치우고 길을 뚫을 수 있었다.

"정말 대단합니다."

"최선을 다할 뿐입니다."

풍련각까지는 제법 거리가 있어서 하루 만에 풍련각으로 향하는 길을 모두 트는 것은 무리였다.

안에 고립되어 있는 이들을 생각하면 서둘러야 하지만, 그러다가 우리 쪽이 다치거나 하면 곤란하다.

그리고 혹시 모를 사태를 대비해서 우리의 체력과 기력이 남아 있어야 하기도 하고.

"오늘은 여기서 작업을 마무리합니다."

"네!"

우리는 다시 청성파로 돌아가 각자의 숙소로 향했다.

숙소라고 해 봤자 임시 막사 같은 것이었지만, 어쩔 수 없다.

이미 무너지거나 흔들렸던 건물들이기에 다시 한번 여진이 일어나면 위험하니까.

대충 씻고 막사로 돌아오자, 서향 소저가 내게 말했다.

"소단주님, 아까부터 저쪽에서 누군가 서성거리고 있어요."

"네?"

"저쪽이요."

서향 소저는 어느 한 곳을 가리켰다.

"그런데 팔갑 소이는 아무도 없다고 하는데, 제가 보지 말아야 할 것을 보는 것일까요?"

그녀의 물음에 나는 고개를 저었다.

"그건 아닙니다. 저분은 좋은 분인데 사정이 있어서 은신술로 몸을 숨기고 계신 것뿐입니다."

"그렇군요."

그녀는 문득 무엇을 떠올린 듯 고개를 주억였다.

"그러고 보니, 이전에 무림대연회 때 뵈었던 것 같네요."

"그랬습니…… 음?"

나는 문득 그녀의 말에서 이상함을 느꼈다.

"그런데, 저분이 보이시는 겁니까?"

"네."

고개를 끄덕이는 서향 소저.

그녀의 빙정안은 숨겨진 것을 볼 수 있다. 그게 은신술까지 간파하는 것이었나?

빙정안이라는 것이 생각보다 대단하군.

북해빙궁의 궁주가 탐을 낸 이유가 있다. 그리고 북해빙궁에서 신녀로 받들어지는 이유도.

"역시…… 그렇군요. 그럼 저는 잠시 다녀오겠습니다. 아무래도 저를 만나러 오신 것 같으니까요."

잠시 후.

나는 바람을 쐬러 간다는 핑계를 대고는 인봉 도장의 아버지에게로 다가가 전음을 보냈다.

– 잠시, 걷죠.

– 그러지.

우리는 청성파의 경내에서 인적이 드문 쪽으로 향했다.

– 들었습니다. 인봉 도장이 지금 풍련각으로 가던 중
에 고립되었다고요.

– 그렇다네.

– 걱정이 많으시겠습니다. 이런 위로밖에 할 수 없어
송구합니다.

– 오늘 애써 준 것, 보았다네. 내 감사를 표하네.

그는 말을 이었다.

– 다행히, 인봉은 무사하다네. 길 가운데에 고립되어
있긴 하지만…….

나는 날짜를 헤아리다가 말했다.

– 그럼 굶고 있는 것 아닙니까?

– 내가 직접 가서 식량을 주고 왔다네.

– 그럼 인봉 도장을 만나고 오신 겁니까?

– 내가 해 줄 수 있는 건 식량을 전달해 주고, 기다리
면 구하러 올 거라고 위로해 주는 것뿐. 직접 구해 줄 수
없으니, 그것이 슬플 뿐이라네.

나는 의아했다.

식량을 전달해 주고 올 정도라면 직접 구해 올 수 있는
것 아닌가?

– 왜 직접 구출하지 못하시는 겁니까?

– 유일한 길이라고 해 봤자, 절벽인데 그 절벽이 그냥
절벽도 아니고 떨어지면 즉사하는 그런 천애지로라서 말
이지. 만약 내가 자칫하여 놓치기라도 한다면…… 생각

만 해도 끔찍하군.

그는 말을 이었다.

– 또 인봉이만 구할 수도 없고…….

– 그건 그렇군요.

– 그 절벽을 오르내리기 위해서는 내 은신술을 풀어야 하는데 그건 싫고.

이게 진짜 이유인 것 같은데.

– 그럴 바에는 조금 기다렸다가 안전하게 모두 함께 구출되는 편이 낫네.

맞는 말이네.

혼자만 구출되어 오면 이상하지.

– 최선을 다해서, 이른 시일 내에 구출하도록 하겠습니다.

– 고맙네. 하지만 그보다 안전이 제일이네.

– 그 또한 유념하겠습니다.

그렇게 대화를 마친 나는 다시 막사로 돌아왔다.

"대화는 잘 하셨나요?"

서향 소저의 말에 나는 고개를 끄덕였다.

"네."

"무슨 이야기를 하셨는지 잘 모르겠지만, 표정이 좋지는 않으시네요."

"아, 이건…… 잠깐 고민할 것이 있어서 그렇습니다. 다행히 인봉 도장을 비롯하여 모두 무사하다고 하십니다."

"다행이네요."

"네. 정말 다행입니다."

그나저나 화경의 고수가 그렇게 말할 정도면 절벽이 엄청나게 험하다는 건데.

아들에게 식량을 전달해 주기 위해 그 절벽을 기어 올라가는 아버지의 그 마음에 뭔가 먹먹해졌다.

반드시 안전하게 구해내야지.

.

.

.

날이 밝았다.

우리는 다시 작업을 재개하였다.

토사에 덮여 있는 길은, 좁았고 그 옆은 천 길 낭떠러지였다.

절벽을 깎아서 만든 잔도(棧道)다 보니 어쩔 수 없긴 하지만, 보기만 해도 아찔하군.

그렇게 한참을 작업하다 보니 드디어 제자들과 마주할 수 있었다.

"살았다!"

"흐어엉! 이제 우리는 살았어!"

환호하는 제자들.

나는 문득 의아함을 느꼈다.

인봉 도장과 금봉 도장이 왜 없지?

나는 그들에게 물을 수밖에 없었다.

"다른 분들은 없습니까? 다섯 명이라고 들었습니다만."

내 물음에 제자들의 안색이 어두워졌다.

"아, 인봉이랑 금봉은 절벽 아래쪽에 있습니다."

"그게 무슨 말입니까?"

"그것이……."

그들 중 한 제자가 자초지종을 설명했다.

"사실 금봉이 거미를 엄청 무서워합니다. 그런데 하필 거미가 금봉의 몸에 달라붙는 바람에 질색하며 날뛰다가 절벽 아래로 떨어지고 말았습니다."

"네?"

"인봉은 금봉이 떨어지는 것을 보고 붙잡으려다가 함께 떨어졌고요. 절벽 바로 아래에 공간이 있어서 다행이긴 한데……."

"아직 올라오지 못하고 있다는 거군요."

"네. 저희로서는 어떻게 할 방도가 없어서……."

그렇단 말이지.

나는 몸을 돌려서 절벽 아래쪽을 내려다보았다.

과연 저 아래 좁은 공간에 두 사람이 벽에 바짝 붙은 채 있는 게 보였다.

"저기, 인봉 도장님! 무사하십니까?"

내 목소리를 들었는지 인봉 도장이 고개를 들더니 소리쳤다.

"네! 무사합니다!"

"조금만 기다리십시오."

우리는 준비해 둔 밧줄을 꺼내 내게 묶었고, 내가 직접 아래로 내려갔다.

"금봉 도장님."

"……오랜만에 뵙습니다."

이전에 나와 마주쳤던 기억이 별로 좋지는 않았지. 그래서인지 나를 꺼려하는 듯한 눈치다.

나는 밧줄을 내밀며 말했다.

"먼저 올라가시죠."

"네."

그리고 이어서 인봉 도장이 위로 올라갔고, 마지막으로 내가 위로 올라갔다.

"인봉아!"

"무사해서 정말 다행이다!"

세 명의 제자는 인봉 도장을 격하게 환영하고 있었다.

그들은 지금 금봉 도장을 모르는 체하고, 인봉 도장만 신경 쓰고 있다.

무림대연회 때와 사뭇 다르군.

저번 일 때문인가.

금봉 도장은 민망한 듯 한쪽에서 쭈뼛거리고 있었다.

나는 그들 앞에 나섰다.

"아직 풍련각까지는 당도하지 못하셨다고 알고 있습니다."

"아, 네…… 맞습니다."

"저희는 계속해서 풍련각으로 가는 길을 열 것입니다. 그래서 말인데 여러분들께서는 어찌하시겠습니까?"

이미 며칠이나 고립되어 있던 이들이다.

그러니 당연히 내려가서 몸을 정양하도록 하는 게 맞지만, 내가 그리 묻는 이유가 있다.

"저희는……."

인봉 도장은 굳센 눈빛으로 말했다.

"저희도 길을 여는 데 도움을 드리고 싶습니다."

"알겠습니다. 그럼 그렇게 하십시오. 인봉 도장과 금봉 도장께서는 이곳에서 돌을 자루에 담아 주십시오."

"알겠습니다."

"나머지 도장들께서는 자루에 담은 돌을 나르시면 됩니다."

"네."

그렇게 분주하게 움직이다 보니 어느새 해가 지고 있었다.

"오늘 작업은 여기까지 하겠습니다."

"더 할 수 있습니다."

인봉 도장의 말에 나는 고개를 저었다.

"구조 작업을 서둘러야 하는 건 맞지만, 무리하다가는 이쪽이 먼저 지치거나 사고가 날 수 있습니다. 누군가를 구하려다가 지쳐 쓰러지거나 사고가 나면 그야말로 본말전도입니다."

"듣고 보니, 대협의 말이 맞습니다. 그럼 가서 쉬도록 하겠습니다."

"그 전에……."

나는 미소 지으며 부드럽게 말했다.

"장문인께서 걱정 많으십니다. 장문인을 먼저 뵙는 것이 좋을 듯합니다."

"알겠습니다."

그렇게 다 같이 청성파로 돌아왔고, 제자들과 헤어진 후 나는 진유 무사를 불렀다.

ㅡ 부르셨습니까?

ㅡ 저 무사를 감시해 주십시오.

* * *

금봉은 자신의 처소로 배정된 막사 안으로 들어왔다.

그리고 간이 침상에 앉아 한숨을 내쉬었다.

"후……."

그러나 그런 그에게 관심을 가져 주는 자는 없었다.

불과 몇 개월 전만 해도 자신은 다른 제자들에 둘러싸여 좋은 말만 듣고 살았다.

하지만 지금은 완전히 달라졌다.

아버지의 편애를 듬뿍 받으며 세상 무서운 줄 모르고 살았던 꿈같은 시간은 이제 없다.

그는 몇 달 전의 일을 떠올렸다.

어두컴컴한 뇌옥에서 사지가 결박된 그는 외쳤다.

"이게 무슨 짓입니까! 아버지가 알면 가만 놔두실 것 같으십니까! 내 이 일을 결코 그냥 넘어가지 않을 겁니다!"

그런 그를 비웃는 사숙.

"쯧쯧, 이를 명한 사람이 네 아버지인 장문인이다."

"네? 그, 그럴 리가 없습니다! 나를 기만하지 마십시오! 아버지가 저에게 이러실 리 없습니다!"

짜악!

"시끄럽다! 지금 너는 이 자리에 죄인의 신분으로 왔음이다!"

그의 따귀를 후려치는 사숙의 모습에 그는 어안이 벙벙했다.

"죄인이라니요? 제가 무슨 죄를 지었다는 겁니까?"

"감히 사특한 약물로 장문인의 이지를 흐리게 만들어? 그게 얼마나 중죄인지 아느냐?"

"……!"

그 말에 금봉은 자신이 한 짓이 들통났음을 알아차렸다. 그리고 왜 아버지가 자신을 뇌옥에 가두고 심문하라는 명을 내렸는지도.

어떻게 한 것인지는 모르겠지만, 정신을 차린 것이 분명했다.

"장문인께서는 모든 수단과 방법을 가리지 말고, 진실을 알아내라고 하셨다."

"……."

"그래서, 그 약물은 어디서 구한 것이냐?"

"약물이라니? 무슨 약물을 말하는 겁니까?"

"역시 그냥 말로 해서는 안 되겠구나. 걱정하지 말거라. 그래도 장문인의 아들이니 몸이 상하게는 하지 않으마."

탓탓탓! 탓탓!

그 말이 끝나기 무섭게 이어지는 점혈.

"커헉! 끄으윽!"

상상을 초월하는 고통에 결국 그는 모든 사실을 실토할 수밖에 없었다.

그리고 이어진 천문회에서 그에게 내려진 형벌은 진산 제자로서의 모든 권리의 박탈과 삼 개월간의 변소 청소였다.

이를 받아들이지 않는다면 단전이 폐해진 채 쫓겨나는 것뿐.

그는 할 수 없이 그 처벌을 받아들일 수밖에 없었다.

처음에는 변소 청소를 도맡아 해야 하는 그에게서 나는 냄새 때문에 제자들이 피한다고 생각했다.

하지만 청소가 끝난 지금도 제자들이 다가오지 않는 것을 보니, 그런 이유가 아니었다.

단순히 다가오지 않는 정도가 아니었다.

몇몇은 아예 없는 사람 취급을 했으니까.

심지어 오늘 장문인 앞에 생환을 고했음에도 장문인은 그를 본 체도 하지 않았다.

그에게 따뜻하게 대하는 유일한 자는…….

"오늘 피곤했지? 무사해서 다행이다."

"어……."

"내일도 풍련각으로 가는 길을 열어야 하니까 얼른 자라."

"……냅둬라. 내가 알아서 할 테니까."

"그러든지."

인봉뿐이다.

그러나 그것이 퍽이나 자존심이 상하여 매정하게 그 손길을 쳐 냈다.

동정심으로 자신을 대하는 것 같았으니까.

한때, 자신이 괴롭혔던 인봉은 이제는 모든 제자들이 아끼고 사랑하는 제자가 되었다.

"그런데, 너 오늘 절벽에서 떨어졌던 너를 구해 준 분에게 감사 인사, 드렸어?"

"……."

하지 않았다.

아무래도 껄끄러워서 피했으니까.

"그런 기본적인 예의도 지키지 않는 것은 이 청성의 이름을 더럽히는 일이야. 그건 나로서도 넘어갈 수 없어."

"그냥 넘어가지 못하면 뭐? 한 대 치려고?"

"왜? 내가 못 칠 것 같아? 한 판 붙을까?"

"……."

그 말에 금봉은 우물쭈물할 수밖에 없었다.

인봉의 경지는 절정.

젊은 나이에 고강한 경지가 된 그는 이미 차기 장로로

거론될 정도다.

그에 반해 금봉의 경지는 겨우 이류일 뿐.

상대가 되지 않는다는 것이 생각났기 때문이다.

이전에는 아버지가 그의 방패가 되어 주었지만, 이제 그의 방패가 될 자는 아무도 없다.

"아, 알았어. 내일 감사하다고 말씀드리면 되잖아."

"확실하게 해라."

"알았다고."

문득 지금의 신세가 처량하다고 느낀 금봉은 울분을 터뜨리며 침상에 누웠다.

막사의 간이 침상은 많이 불편했지만, 오늘 죽을 뻔한 것도 그렇고 하루 종일 피곤했기에 금세 곯아떨어졌다.

어두워진 막사.

그 안에서 움직이는 누군가가 있었다.

그는 품에서 뭔가를 꺼내어 화섭자로 불을 붙였다.

화륵!

곧 막사 내부에 향이 퍼지기 시작했다.

향을 피운 그는 곧바로 누워 있는 자 중 한 명에게 다가가며 품에서 침을 꺼냈다.

쿨쿨 자고 있는 모습에 그의 입술이 길게 찢어졌다.

그리고 그 침을, 막사 안의 한 제자의 목을 향해 내리꽂으려는 순간.

챙ㅡ!

그 침은 누군가의 검에 막혀 버렸다.

'뭐지? 아무 기척도 없었는데?'

당혹스러워했던 것도 잠시, 그는 곧 자신이 들고 있던 침을 자신을 방해한 쪽을 향해 던지며 박수를 쳤다.

짝!

퍽!

그러자 그가 던진 침이 조각나며 날아갔다.

이는 진기를 움직여 침을 조각내서 상대에게 치명상을 입히는 그의 비기다.

투두둑!

하지만 그 침은 기운의 벽에 막혀 더 날아가지 못하고 그대로 땅에 떨어졌다.

"어, 어떻게……."

"어떻게 알았냐고? 폭침독은 네놈의 특기인데, 당연히 이를 염두에 두고 있었지."

그는 경악할 수밖에 없었다.

"너, 너! 대체 누구야? 그걸 어떻게……."

"그건 그쪽이 알 바는 아닙니다."

막사의 내부가 밝아지면서 갑자기 나타난 상대의 정체를 알아챈 그의 눈이 휘둥그레졌다.

"선협미랑!"

"제 예상대로였군요. 그래서, 금봉 도장은 왜 죽이려고 한 것입니까?"

나는 지금 봉 자 배 제자 중 일부가 묵고 있는 막사 안에서 한 제자와 마주하고 있다.

엄봉 도장.

아까 내가 구했을 때부터 수상함을 느꼈던 자다.

그에게서 흑도의 기운이 느껴졌으니까.

하여 구출한 다섯 명의 제자를 바로 내려보내지 않고, 나와 같이 내려올 때까지 일을 돕게 했다.

그리고 작업하는 내내 그를 지켜보자, 그가 무엇을 노리는지 알아차릴 수 있었다.

그는 금봉 도장을 신경 쓰고 있었으니까.

거미 때문에 놀라서 절벽에서 떨어질 뻔했다고 했는데, 아마 그 일 역시 저자의 소행이겠지.

하여 진유 무사에게 저자를 감시해 달라고 부탁했고, 예상대로 그는 금봉 도장을 죽이기 위해 움직인 것이다.

"그래서, 진짜 엄봉 도장은 어디에 있습니까?"

"훗! 이 인피면구를 보면 모르겠나? 이미 고인이 된 지 오래다."

그는 순순히 자신의 정체를 밝혔다.

"그래서, 무엇을 위해 금봉 도장을 죽이려고 한 것입니까?"

"글쎄?"

"입막음입니까?"

"……!"

순간 움찔하는 암살자.

역시 입막음을 위해서가 맞군.

이전에 인봉 도장의 아버지가 나에게 은밀히 알려 주길, 금봉 도장에게 수상한 약물을 준 자는 붉은색 이파리 문신을 지니고 있었다고 했다.

하지만 이는 아직 청성파의 중요 인물들을 제외한 다른 이들은 모르는 정보.

그러니 수라혈교의 입장에서 금봉 도장이 아직 그에 대해 말하지 않았다고 생각하고 이에 대해 말하기 전에 입을 막으려고 한 것이다.

아니면, 금봉 도장이 알아서는 안 되는 것을 알고 있을지도 모른다.

그렇다면 아직 수라혈교가 청성파에 깊숙이 들어오지 못했다는 의미인가?

그건 다행이군.

어쨌든, 저 암살자를 제압하는 것이 먼저다.

막사 안이 좁은 탓에 다른 호위무사들은 제자들을 보호하게 하고 진유 무사와 함께 그를 노렸다.

하지만 그는 날랜 신법으로 우리의 공격을 피했다.

그나저나 무위에 비해 신법 실력이 대단하군.

나와 진유 무사는 초절정인데, 우리의 합공을 피해 내다니 말이다.

─ 저 녀석에 대해 들은 바가 있습니다. 몸 하나는 정말

날랜 자입니다.

- 정말 그렇군요.

- 저자가 날리는 침에 맞지 않도록 하십시오. 독이 발라져 있습니다.

그는 우리의 공격을 대부분 피해 내면서 독침을 꺼내 반격해 왔다.

우리는 정신없이 움직일 수밖에 없었다.

사실 나는 독침에 맞아도 중독되지 않았고, 또 독침에 맞는다고 해도 호신강기가 독침을 튕겨낸다.

하지만 그렇게 튕겨 나간 독침이 엉뚱한 곳에 튀면 큰일이다.

그러니 그 독침을 일일이 받아쳐서 무력화시켜야 하는 것.

- 이 사람들은 왜 깨지 않는 겁니까? 이 정도면 깨야 정상 아닙니까?

진유 무사가 미간을 찌푸리며 말했다.

- 수면독을 쓴 듯합니다.

그리고 영악하게도 우리가 그들을 보호하며 움직인다는 것을 알아차렸다.

"흐흐흐, 맞아! 여기에 네놈들의 약점이 있었군! 그렇다면……."

그는 품에서 다시 독침을 꺼냈다.

딱 봐도 그 수가 제법 많았기에 우리는 긴장했다.

"막으세요!"

"네!"

제자들을 보호하고 있는 호위무사들이 긴장한 채 외쳤다.

그런데.

퍽!

그는 이 상황이 이해되지 않는다는 듯 눈을 부릅뜨더니, 그대로 쓰러지며 기절했다.

털썩.

어라?

우리 역시 무슨 일이 일어난 것인지 알 수 없어서 눈만 깜빡이고 있는데…….

– 쯧! 지금 어디서 내 아들에게 독침을 날려! 이 쳐 죽일 놈의 자식이!

아, 인봉 도장의 아버지로군.

나는 그의 기운이 느껴지는 쪽을 향해 포권하며 전음을 보냈다.

– 도와주셔서 감사합니다.

– 뭘. 내 아들이 다칠까 봐 나선 것뿐이니.

그때 소란을 들었는지 청성파의 제자들이 달려왔다.

왜 지금에야 왔나 싶지만, 생각해 보니 상황이 종료된 지금 저들이 와서 다행인 듯했다.

만약 저들이 어설프게 도우려 했다가 괜히 중독되기라도 하면 골치 아프니까.

물론 사천당가의 사람들이 와 있으니 해독이 가능하기

는 하겠지만, 극독이라면 즉시할 수도 있다.

"사천당가 분들을 불러 주십시오. 여기 네 명의 제자들이 수면독에 당한 듯합니다."

잠시 후.

급하게 달려온 사천당가의 이들에 의해 수면독의 정체가 드러났다.

"걱정하지 않으셔도 됩니다. 잠에서 깨지 못하게 하는 효과만 있는 수면독이니 한두 시진 있으면 알아서 깨어날 겁니다."

"다행입니다."

그 말대로 잠시 후 그들은 잠에서 깨어났고, 자신들을 둘러싼 사람들을 보며 어안이 벙벙한 표정을 지었다.

나는 굳은 얼굴로 금봉 도장에게 다가갔다.

아무래도 심도 있는 대화가 필요할 것 같으니까.

(은해상단 막내아들 29권에서 계속)